롤러코스터

롤러코스터

초판 1쇄 찍은날 2010년 4월 10일
초판 1쇄 펴낸날 2010년 4월 15일

지은이   배명희 · 송언 · 박명호 · 정환
        한상준 · 박종관 · 김혁

펴낸이   최윤정
펴낸곳   도서출판 나무와숲

등 록   22-1277
주 소   서울특별시 송파구 방이동 22 대우유토피아 1304호
전 화   02)3474-1114
팩 스   02)3474-1113
e-mail : namusup@chol.com

값 11,000원
ISBN   978-89-93632-12-5   03810

교·육·소·설

롤러코스터

배명희·송 언·박명호·정 환·한상준·박종관·김 혁

나무와숲

우리는 오늘 차마 하늘을 올려다볼 수 없다

"3월 추위가 장독 깬다"는 옛말이
있다. 미루건대, 이상기후가 마냥 지금의 문제만은 아니었던 듯하다.
이번 겨울처럼 많은 비가 내린 적도 드물었다. 하우스에서 짓는 호박
농사, 오이농사, 딸기농사를 망쳤다는 전언이다. 잦은 겨울비로 인한
일조량의 절대 부족과 3월 냉해가 원인이란다. 강원도엔 3월 말인데도
대설이 내렸다. 망측한 날씨다. 이즈음의 한국 사회가 날씨만큼 망측
하다.

'오늘 나는 대학을 그만둔다, 아니 거부한다'는 한 젊은이의 "큰 배
움도 큰 물음도 없는" 대학에 대한 통렬한 자기비판이 좁게는 대학 사
회를, 넓게는 한국 사회를 숙연한 자탄의 시간 속으로 몰아넣고 있다.
1천만 원대에 이르는 등록금을 내고 학생들이 대학에서 배우고 익

히는 건 뭔가. "'자격증 장사 브로커'가 된 대학", "글로벌 자본과 대기업에 가장 효율적으로 '부품'을 공급하는 하청업체"로 전락한 대학. 이렇게 변모해 버린 대학이 오늘날 한국 사회의 병폐를 심화시키는 여럿의 연결고리 중 그 중심 역할을 맡고 있음을 말하지 않을 수 없다.

오늘날 신자유주의의 거센 파고에 휘둘리며 갈수록 심화되는 양극화를 고착화하는 책무를 대학이 선두에서 맡고 나선 게 어제오늘의 일이 아니다. 학생 선발권 위임을 끊임없이 요구하면서 중등교육을 입시 지옥으로 몰아넣는가 하면, 기여입학제를 도입하려는 부단한 시도를 통해 부의 편중과 자본의 대물림을 꾀하고 있다. "큰 배움도 큰 물음도 없"이 "가장 순수한 시절 불의에 대한 저항도 꿈꿀 수 없"도록 만든 대학大學 없는 대학은 한국 사회의 미래를 어둡게 하고 있다.

이럴진대 대학 사회는 여전히 침묵하고 있다. 현재의 상황을 결코 바꾸고 싶지 않을 만큼 단맛에 대학 사회는 물들어 있다. 이런 대학 사회를 지켜보는 건, 한국 사회의 암울한 미래를 보는 것과 다르지 않아 슬프다.

하물며 이런 대학에 기를 쓰고 보내야만 하는 부모 된 자의 벋대지 못하는 심경이 참으로 시름겹다. 그런 대학에 진학해야만 하는 '유보할 수 없는 청춘의 세대'에 대한 나이 든 자의 자리가 너무 추레하여 자성의 술잔을 들지 않을 수 없다. '오늘 나는 대학을 그만둔다, 아니 거부한다'를 다시금 읽는다. 이런 젊음이 한둘이 아니기를 나약한 기성의 희망으로 희망해 본다. 부끄럽다. 가슴이 콩콩 뛰고 눈시울이 붉어진다.

이번 신작소설집은 출판사의 요청에 따라 교육과 관련한 내용으로 한정한 글쓰기였다. 우리 교육의 현실을 들여다보고 곱씹어 보는 작업만으로도 유의미하다는 판단이었겠으나, 작가들에겐 매우 고통스러운 주문이 아닐 수 없었다. 이 창백한 민주주의 시대에 글 쓰는 이로서, 더불어 학교에서 아이들 대하는 자로서, 감히 낯을 들 수 없었기 때문이다. 하여, 참여했어야 하는 몇몇 작가는 끝내 글을 내지 않았다. 그들 또한 부끄러움의 다른 표현으로 작품을 내지 못한 것이다. 여기에 실린 글은 그리하여, 부끄러움의 또 다른 이름이다.

　남녘엔 꽃 피고 바람 또한 상큼하다. 허나, 우리는 오늘 차마 하늘을 올려다볼 수 없다.

2010년 봄날에

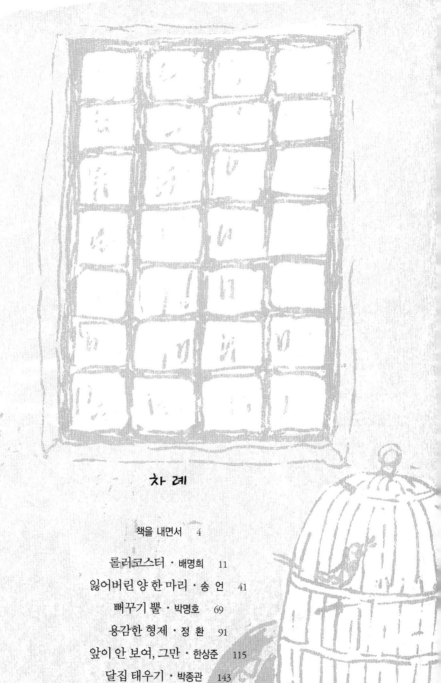

차 례

책을 내면서 4

롤러코스터 · 배명희 11

잃어버린 양 한 마리 · 송 언 41

뻐꾸기 뿔 · 박명호 69

용감한 형제 · 정 환 91

앞이 안 보여, 그만 · 한상준 115

달집 태우기 · 박종관 143

부러진 화살 · 김 혁 201

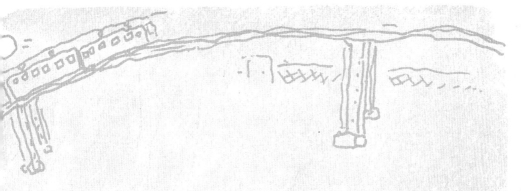

롤러코스터

배명희

진이는 가연이를 늘 구석진 곳으로 데려갔다. 쓰레기 소각장 뒤쪽은 진이 패거리들 외에 누구도 발을 들여놓지 않았다. 가연이는 진이를 따라 음습한 그늘로 뒷모습을 보이며 사라지곤 했다. 그곳에서 무슨 일이 일어나는지 나는 잘 알고 있었다. 중학교 때 나는 가끔 그늘진 구석에서 욕을 먹고 따귀를 맞고 머리채를 잡혔다. 허벅지나 등이나 가슴, 겉에서 보이지 않는 부위에 열은 색 멍을 달고 살았다. 핸드폰을 빌려 쓰는 일은 아무것도 아니다.

　　　　　　고등학생이 되면서 화장을 했다. 화장
솔로 뺨을 몇 번 슬쩍 문질러 주면 혈색이 돌았다. 볼터치는 정교한 손
놀림이 필요하다. 잘못해서 화장을 한 티가 났다가는 반성문을 쓰거나
수행평가에서 점수가 깎일 게 분명했다. 예뻐 보이려고 한 게 아니라
그런지 한 번도 걸리지 않았다. 내 손은 신의 경지에 올라선 모양이다.

　저녁마다 밤참을 먹었다. 평균치에 미치지 못하는 키와 몸무게를 늘
려야 했다. 크고 강해 보이면 쉽게 깔보거나 괴롭히지 않을 것 같았다.
사람이 만물의 영장이라거나 동물과 다르다는 말을 나는 믿지 않는다.
텔레비전을 보면 공작이 꼬리를 활짝 펴서 적을 방어하거나, 복어가
배를 빵빵하게 키워 상대에게 두려움을 주는 장면이 나온다. 가끔 나
는 꿈에 카멜레온이 되기도 한다. 뱀을 만나 배를 커다랗게 부풀리는
개구리가 되는 날도 있다.

그럴 때면 한밤중에 비명을 질렀다. 내 비명에 내가 놀라 잠에서 깬 적도 있다. 식구들은 한밤중에 공포에 떠는 나의 몸부림을 알지 못했다. 눈을 떠도 까만 어둠에 잠긴 방은 아무것도 보이지 않는다. 손등으로 축축한 목과 이마를 문지르며 꿈이구나, 생각하며 나는 다시 잠을 청한다. 더 이상 중학생이 아닌 것에 안도하면서.

밤마다 야식을 먹는 덕에 키도 약간 크고 몸무게도 늘었다. 그래도 내 자리는 변함없이 맨 앞줄이다. 2학기에 두 번째 줄로 옮기는 게 나의 목표다.

학원 수업이 끝나면 열한 시다. 집에 돌아가면 지쳐서 아무것도 하기가 싫다. 오늘 할당된 양의 칼로리를 채우려면 지금 보충해야 했다. 체구가 작은 내가 밤늦게 먹을 수 있는 양은 한정되어 있다. 조금씩 자주 먹는 것이 키가 크는 비결이라고 나는 믿고 있다.

편의점 앞에 가연이가 서 있었다. 나는 얼른 주변을 둘러보았다. 주변을 둘러보는 내 꼬락서니가 부끄러웠다. 어쩔 수 없다. 당해 보지 않은 사람은 이해할 수 없다. 내 몸무게의 절반 이상을 차지하고 있는 물은 H_2O가 아니라 공포 두 개와 두려움 하나로 구성되어 있다. 진이와 그 패거리들은 보이지 않는다. 나는 편의점에서 산 빵을 반으로 나누어 가연이에게 내밀었다. 수업이 끝나자마자 도망치다시피 학교를 나와 버린 것에 대한 죄책감이었다.

"아까 너 안 보이기에 혼자 왔어."

나는 더듬거리며 변명했다.

"응, 진이가 핸드폰 좀 빌려 달라고 해서 다 쓸 때까지 기다렸어."

가연이와 나란히 걸으며 빵을 뜯어먹었다. 나는 마시던 우유를 가연이에게 주었다. 가연이는 우유를 다 마신 후, 내게 무슨 말인가를 하려고 했다. 나는 가연이 손에서 빈 우유갑을 빼앗다시피 낚아챘다. 학원 입구에 놓인 쓰레기통으로 다가가 빈 우유갑을 던져 넣었다.

"빨리 가자. 늦었다."

학기 초에 가연이와 같은 아파트 단지에 살고 있는 것을 알고는 기뻤다. 친구가 생긴다고 생각하니 가슴이 설렜다. 함께 영화를 보러 가지 않겠냐고 했더니 가연이는 귀여운 덧니를 드러내며 활짝 웃었다. 우리는 함께 화장실도 가고 급식도 같이 먹었다. 중학교 2학년 이후, 누군가와 함께 점심을 먹고 화장실에 간 것은 처음이었다. 전과 달리 학교에 가는 것이 즐거웠다. 물 만난 고기처럼 팔다리가 자유롭게 움직이는 느낌이었다. 가연이네 아파트는 우리 집 바로 앞 동이었다. 8층에 있는 내 방 창에서 건너편에 있는 15층 가연이네 집 베란다가 보였다. 아침부터 우리는 핸드폰으로 문자를 주고받았다. 엘리베이터를 타고 내려가면 아파트 마당에서 가연이가 기다리고 있거나, 어떤 날은 내가 먼저 내려가 가연이를 기다리기도 했다. 학교에 가는 동안에도 우리는 쉬지 않고 쫑알거렸다. 담임이 이혼을 했다고 알려준 것도 가연이었다.

"땡자 남편이 바람이 나서 헤어졌대. 그것도 한참 나이 어린 여자하고. 땡자가 얼음마녀가 된 것은 그때부터래."

나는 가연이를 통해 낯선 도시의 과거를 접했다. 몇 년 전에는 담임이 인기투표에서 넘버 쓰리 안에 들었다는 말은 믿기 어려웠다. 하지만 초등학교 때부터 이곳에 살고 있는 가연이의 정보력을 무시할 수는 없었다. 초등학교와 중학교, 남자고등학교와 우리가 다니는 여고가 죄다 아파트 단지 안에 모여 있었다. 소문이 아파트 단지 구석구석을 삽시간에 파고드는 동네였다.

요즘 거울 앞에서 보내는 시간이 길어졌다. 깃털처럼 가볍게, 바람처럼 부드럽게 화장 솔이 얼굴을 스치는 것이 요령이었다. 잠시 방심을 하면 티가 났다. 너무 진하게 발라 세수를 다시 한 적도 있었다. 최대한 자연스러워야 했다. 그래야 건강해 보였다. 밤에는 라면을 먹거나 낮에 먹다 남긴 떡볶이를 해치웠다. 밤참거리가 없는 날이면 냉장고를 뒤져 반찬으로 사둔 어묵이나 소시지를 날것으로 먹기도 했다. 그런데도 얼굴은 뾰족해졌다. 빈혈기가 있는 얼굴은 늘 창백했다.

점심시간에 식당에서 가연이가 내게 말을 걸었다.

"아바타 봤니? 이번 일요일 날 보러 가지 않을래?"

급식을 받기 위해 줄을 서 있던 중이었다. 내 뒤쪽에 가연이가 서 있었고, 앞에는 진이와 승희 패거리가 줄을 서 있었다. 새로 나온 쓰리디 입체영화라는 광고를 보았던 터라 꼭 보고 싶었다. 가연이의 말을 듣는 순간 반갑기까지 했다. 일요일에 다른 계획은 없었다. 가연이와 함께 등교를 하지 않은 지가 여러 날 되었다. 학원에 가는 날도 학교 수업이 끝나면 재빨리 혼자 학교를 빠져나왔다. 쉬는 시간에 가연이가 화장실에 가자고 하면 책상에 엎드려 자는 척하거나 옆에 앉은 친구와 수다를 떨면서 못 들은 척해 버렸다. 가연이는 내게 서운하다거나 싫은 기색 한 번 드러내지 않았다. 양심의 가책 때문인지 요즘은 꿈을 꾸다가 가위에 눌리기도 했다. 나는 '응, CGV에 가자'라고 말하려 했다. 그때 진이가 끼어들었다.

"야, 같이 가. 우리도 아바타 보기로 했거든."

가연이는 진이와 나를 번갈아 쳐다보았다. 주변 아이들이 모두 들을 수 있게 나는 일부러 큰 소리로 대답했다

"나는 못 가. 일요일에 엄마 아빠랑 시골에 가야 해."

엄마랑 아빠를 따라다니지 않은 것은 이미 오래되었다. 명절날 두 분이 시골 할머니 댁에 가면 나는 혼자 집에서 비디오를 보거나 컴퓨터 게임이나 인터넷 서핑을 했다. 무료하면 만화를 빌려 보면서 뒹굴었다. 명절을 쇠고 금방 시험이 있다고 하면 두말 안 했다. 오히려 돈까지 쥐어 주며 열심히 공부하라고 했다. 요즘 들어 부쩍 거짓말이 늘었다. 거짓말을 할 때마다 마음이 스펀지처럼 푸석해졌다.

"야, 넌 일요일에 나올 거지? 니가 표 예매해라."

진이의 말에 가연이는 얼른 대답을 하지 않았다. 내 차례가 되어 식판에 국을 받았다. 오늘은 내가 좋아하는 김칫국이었다. 시금치나물과 어묵조림과 깍두기를 담아 줄에서 빠져나왔다.

"일요일에 엄마랑 마트 가는 거 깜박했어. 팔을 다쳐서 장보는 거 도와드려야 하거든."

등 뒤에서 가연이의 말소리가 들렸다.

"진짜야? 어쩌겠어. 우리끼리 가야지."

진이는 의외로 순순히 넘어갔다. 자기 마음대로 되지 않으면 진이는 욕을 하거나 비아냥거렸다. 진이에게 욕을 먹으면 얼굴부터 달아올랐

다. 얼굴색 하나 변하지 않고 씹할, 싸가지, 개 같은 따위의 욕을 내뱉었다. 식당은 다른 주파수에 맞춰 수백 대의 라디오를 켜놓은 것 같았다. 수저와 스테인리스 식판이 부딪는 소리가 금속 타악기를 치는 것 같았다. 나는 빈자리가 있는 테이블을 향해 갔다. 진이나 승희처럼 노는 애들과는 부류가 다른 아이들이 모여 있었다.

"여기 앉아도 되지?"

통로 쪽에 앉아 있던 경서가 의자를 끌어당겨 테이블 쪽으로 몸을 비켜 주었다. 나는 안으로 들어가 경서의 옆자리에 앉았다.

"학원 숙제 다 했니?"

경서가 젓가락으로 깍두기를 집으며 물었다.

"아니, 이따 자습 시간에 하려고. 넌?"

"나도 다 못 했어. 어제 과외 하는 날이었거든."

중간고사가 끝나면 반은 몇 개의 그룹으로 나뉘었다. 경서의 성적은 상위권이었다. 범생이들은 딱 보면 알 수 있었다. 3년 뒤 자신의 모습을 정해 놓고 있는 것 같았다. 마치 대학에 가기 위해 사는 애들 같았다.

"너 음악반에 들었니?"

경서가 내게 물었다. 중간고사가 끝난 뒤 엄마가 갑자기 내게 음악반에 들라고 말했다. 노래도 잘 못하고 잘 다루는 악기도 없었다. 내가 의아한 얼굴로 쳐다보자 엄마가 말했다.

"너 바이올린 했잖아. 잘할 필요는 없어. 그냥 쉬운 곡 한두 개만 켜면 돼."

바이올린은 초등학교 4학년 때 방과 후 교실에서 일 년간 배운 게 다였다. 작은 읍이라 교사를 초빙하기가 쉽지 않아 바이올린교실은 얼마 안 가 영어교실로 바뀌어 버렸다.

"말도 안 돼. 나 하나도 못해, 엄마."

"아무 소리 말고 음악반에 들어가. 엄마가 다 알아서 할 테니. 1학년때 아니면 봉사활동 나갈 시간도 없어."

엄마는 어머니 오케스트라반에 가입해서 일주일에 한 번씩 나갔다. 경서네 엄마는 시립교향악단의 바이올리니스트였다. 어머니 오케스트라반에는 경서 엄마처럼 프로 음악가, 혹은 음악을 전공한 사람이 절반이었고, 절반은 음악보다 자신의 아이를 더 사랑하는 어머니들이었다. 어머니 오케스트라반의 목적은 봉사활동이었다. 불우이웃돕기 행사나 독거노인, 장애우를 위한 공연이나, 크리스마스나 어린이날 등에 시설을 방문해 연주를 했다. 사회의 춥고 어두운 곳을 음악으로 따뜻하게 밝히는 엄마들의 숭고한 목적을 나는 의심하지 않는다. 어머니의 마음은 위대하니까.

어머니 오케스트라반의 자녀인 우리는 협연 형식으로 함께 참가한다. 노래를 잘하는 친구는 자신의 목소리를 제공했다. 그것은 봉사활동 점수와 연결되었다. 어머니 오케스트라반 멤버의 자녀들이 중·상위권 대학에 간다는 전설은 학교 괴담과는 달리 꽤 신빙성이 있다고 했다.

"우리는 우물 안 개구리였던 거야. 시골에서처럼 하면 넌 대학도 못 가."

나의 중간고사 성적을 보고 엄마는 공황에 빠진 것 같았다. 아파트 단지를 돌아다니며 수소문을 한 후 엄마는 부근에서 가장 좋다는 학원

종합반에 등록을 했다. 학원에 보내는 것만으로는 안심이 안 되었던지 어머니 오케스트라반에도 들었다. 나는 음악반 앞까지 갔다가 돌아섰다. 음악 선생님이 음악반에 들어오려는 이유를 물으면 무어라고 대답해야 할지 알 수 없었기 때문이다.

경서는 음악반에 대해 친절하게 설명해 주었다. 가입 이유 같은 것은 물어 보지 않는다고 했다. 다소 안심이 되었다. 맨 뒷줄에 앉는 경서는 나보다 머리 하나는 더 컸다. 교복 아래 숨어 동그랗게 솟은 가슴도 예뻤다. 내 가슴은 프라이팬에 구운 계란보다 조금도 나을 게 없었다. 경서는 뒤로 모아 고무줄로 단정하게 묶은 머리를 풀어 어깨 위로 늘어뜨리면 대학생이라 해도 믿을 것 같았다. 투명한 햇살을 받아 경서의 뽀얀 목덜미의 솜털이 금빛으로 반짝거렸다. 테이블 아래로 보이는 실내화는 새로 산 듯 깨끗했다. 나는 때가 묻어 거무스름하게 변색된 실내화를 신은 발을 종아리 뒤로 슬며시 접었다. 당장 실내화를 사고, 그리고 음악반에 들어야겠다고 생각했다.

금속판이 시멘트 바닥에 팽개쳐지는 소리와 동시에 경서가 펄쩍 뛰어오르며 비명을 질렀다. 밥을 먹던 아이들이 일제히 경서를 쳐다보았다. 경서는 황급히 일어나 치마를 털며 발을 굴렀다. 하얀 실내화는 붉은 김칫국물로 뒤덮였다. 다리에도 국물이 튀었다. 나영이가 얼른 휴지를 건네주었다. 테이블 사이의 통로에 가연이가 넘어져 있었다.

"괜찮아?"

가연이의 무릎에 핏방울이 작은 이슬처럼 맺혀 있었다. 가연이는 비틀거리며 몸을 일으키더니 경서에게 말했다.

"미안해, 경서야. 안 다쳤어?"

경서는 휴지로 종아리를 닦고 실내화를 닦아냈다. 뜨거운 국물이 맨 살에 닿아 조금 덴 것 같았다.

"조심 좀 하지. 아우, 따거."

경서는 울상이 되었다. 가연이는 식당 아줌마에게 걸레를 얻어 바닥에 쏟아진 밥과 반찬을 비닐봉지에 쓸어 담았다. 저런 무릎으로는 펴고 굽히는 것조차 힘들 것이다. 중3 때 일 년 동안 수없이 당한 일이었다. 식판을 들면 발아래는 사각지대다. 빈자리를 찾아 두리번거리는데 누군가 발을 걸면 식판과 함께 나동그라진다. 운이 좋으면 무릎이 깨지지는 않고 식판만 나동그라진다. 그날 일진이 나쁜 누군가의 머리나 몸에 식판이 날아간다. 그런 일이 몇 번 반복되면 모두 슬슬 피한다. 벼락을 맞을 줄 뻔히 알면서 천둥 치는 날, 비바람 몰아치는 벌판으로 나갈 바보는 없었다. 다들 놀란 표정으로 웅성거리는데 아무 소리도 못 들은 것처럼 태연하게 밥을 먹고 있었다. 나는 진이의 뒤통수를 쏘아보았다.

경서는 나영이와 함께 양호실로 갔다. 경서가 나가자 수백 마리의 까마귀가 한꺼번에 우짖는 것처럼 소란하던 식당이 조용해졌다. 아무 일도 일어나지 않았던 것처럼 다시 일상적이고 평화로운 지저귐이 이어졌다. 가연이는 절뚝거리며 숟가락과 젓가락을 줍고 흩어진 밥을 그러모았다. 나도 모르게 퉁명스럽게 쏘아붙였다.

"그냥 있어. 내가 할 테니까."

나를 쳐다보는 가연이의 눈에서 금방이라도 굵은 눈물이 뚝뚝 떨어질 것 같았다. 나는 가연이의 얼굴을 외면했다. 가슴속에서 분노가 용암처럼 들끓었다. 밥을 먹고 있는 진이와 승희의 머리통을 분노가 가라앉을 때까지 식판으로 내리치고 싶었다. 화가 나 거칠게 봉지를 당겼더니 반찬을 쓸어 담은 비닐봉지가 터져 버렸다. 붉은 깍두기 국물이 흘러나와 내 손을 적셨다. 마치 손에 흠뻑 피가 묻은 것 같았다.

나는 음악반에 들었다. 방과 후 노래를 부르거나 악기를 연습하는 게 활동의 전부였다. 일주일에 한 번이었지만 그나마 시험이라 빠지고 학원 때문에 결석하는 애들이 더 많았다. 소득이라면 음악반 아이들과 가까워진 거였다. 토요일에 가연이가 문자를 보냈다.

주말에 무슨 계획 있냐?

왜?

놀이공원 안 갈래? 야간 개장이라 늦게까지 놀다 와도 돼. 지난번에 타지 못했던 롤러코스터도 타고.

중간고사를 보기 전에 가연이와 처음 놀이공원에 갔다. 놀이공원은 별천지였다. 롤러코스터는 꼭대기를 향해 바퀴가 톱니처럼 맞물리며 천천히 올라갔다가 순식간에 바닥을 향해 떨어지며 속도가 붙었다. 통쾌함과 공포가 뒤섞인 비명 소리가 놀이공원을 둘러싼 하늘로 천둥처럼 울려 퍼졌다. 줄이 너무 길어 롤러코스터를 타지 못했다. 게다가 몇 명은 공포에 질려 울거나 멀미를 했다. 나는 가연이의 팔을 잡고 줄에서 빠져나왔다. 대신 바이킹과 대관람차와 빙글빙글 돌아가는 컵을 탔다. 귀신동굴에도 들어갔다. 햄버거와 팝콘을 먹으며 우리는 시간 가는 줄 모르고 신나게 놀았다. 그날을 생각하자 팝콘이 하늘에서 눈처럼 내리는 느낌이었다. 나는 대뜸 가겠다고 문자를 날리고 싶었다. 몇 번이나 망설이다가 나는 핸드폰을 닫아 버렸다.

가연이와 함께 있으면 재수 없는 일이 생겨. 이 말이 요즘 우리 반 분위기였다. 상처가 덧날 줄 알지만 가려움을 참을 수 없어 긁고 또 긁어대는 손과 같았다. 나는 그 말이 얼마나 엉터리인 줄 안다. 가연이에게 보이는 아이들의 혐오감은 이유가 없다. 있다면 다른 사람의 고통을 헤아리지 못하는 둔감함이었다. 가연이는 진이가 슬쩍 긁은 종기가 되어 버렸다. 내 다리에 생긴 피부병과 같았다.

식당에서 가연이가 넘어진 날 이후 내 다리에 뾰루지가 생겼다. 처음에는 무릎 부근만 가려웠는데 차츰 허벅지 쪽으로 올라왔다. 깍두기 국물이 묻은 손으로 무릎을 긁은 것이 화근인 것 같았다. 처음에는 슬쩍 다리를 긁었을 뿐이었다. 무릎에서 허벅지 안쪽으로 올라온 가려움증은 쉽게 가라앉지 않았다. 가려움증은 눈치 채지 못할 정도로 조금씩 더해 갔다. 낮에는 견딜 만했다. 하지만 밤이 되면 못 견디게 가려웠다. 인터넷을 하다가 혹은 수학 문제를 풀다 보면 내 손은 어느 새 허벅지 안쪽을 긁고 있었다. 상처를 긁어대는 통에 피딱지가 생겼다가 떨어지기를 반복했다. 피가 날 때까지 긁어도 여전히 가려웠다. 긁으면 긁을수록 더 가려웠다.

간식을 먹고 학원에 가기 전에 숙제를 끝내야 했다. 생각해 보니 이번 주말은 학원에서 시험을 보는 날이다. 학원에서는 격주로 시험을 보았다. 2학기가 되면 주말마다 시험을 본다고 했다. 어차피 놀이공원에는 갈 수 없었다. 학원에 가려고 준비를 하는데 엄마가 현관문을 열고 들어왔다.

"간식 먹었니?"

"응, 엄마. 연습 잘 돼?"

엄마의 표정이 밝은 걸 보니 나쁘지 않은 모양이었다. 한껏 멋을 부린 모습이었다. 엄마는 시골에서 왔다고 하면 사람들이 한수 낮춰 본다고 굳게 믿었다. 나는 현관에 서서 엄마를 쳐다보았다.

"얼른 가. 학원 늦겠어."

엄마는 나를 재촉했다.

"엄마, 다리에 피부병 생겼나 봐. 가려워 죽겠어."

"다리, 어디?"

치마를 입었으면 그냥 보여주었겠지만 바지로 갈아입은 후라 손바닥으로 허벅지 안쪽을 가리키고 말았다.

"학원 갔다 와서 나중에 보자. 쓸데없이 자꾸 긁지 마. 더 심해질지도 모르니까."

"가려워 미치겠는데 어떻게 안 긁어."

나는 퉁명스럽게 말했다. 엄마가 놀라 눈을 크게 뜨고 나를 보았다.

시험을 앞두고 가연이가 며칠째 결석이다. 자리가 비었는데 아무도 가연이를 궁금해하지 않았다. 기말 시험을 대비한 학원 특강 때문에 학교에 오면 첫 시간부터 졸음과 싸워야 했다. 반 아이들이 모두 비슷한 처지라 결석한 아이에게까지 관심을 보일 여유가 없었다. 학교에 있는 낮 시간 동안은 허벅지가 그다지 가렵지 않았다. 6교시를 마치고 집에 가면 엄마는 레슨을 받으러 가고 없었다. 엄마는 날이 어둑해져야 돌아왔다. 주중에는 엄마와 병원에 함께 갈 시간이 없었다. 엄마는 의료보험 카드를 주며 혼자 피부과에 가라고 했다. 팔뚝이나 얼굴이라면 벌써 갔을 것이다. 하지만 허벅지 안쪽 부분이었다. 게다가 동네 피부과 의사 선생님은 젊고 잘생긴 남자였다. 치마를 들치고 허벅지를 보여주는 것이 창피했다. 도저히 혼자 갈 용기가 나지 않았다.

아침부터 허벅지가 가려웠다. 처음에 조금 가렵기 시작할 때 손을 댄 것이 잘못이었다. 나는 치마 위로 다리를 긁었다. 가려움은 점점 심해졌다. 치마 위로 긁는 것은 조금도 시원하지 않았다. 그렇다고 치마를 들치고 긁어댈 수도 없었다. 나는 손톱을 세워 허벅지를 찔러댔다. 손을 댈수록 가려움은 심해져서 나는 슬그머니 자리에서 일어났다. 땡자는 시험이 얼마 남지 않았으니 자습을 하라고 했다. 어쩐 일인지 감독도 않고 교실을 나갔다. 평소와 달리 아이들은 떠들지 않았다. 나는 발끝을 들고 복도를 지나 화장실로 갔다. 화장실 문을 닫자마자 치마 아래로 손을 넣어 허벅지를 긁었다. 손이 움직이는 대로. 숨통이 트였다. 살 것 같았다. 하지만 그간의 경험으로 보아 한 번 긁기 시작하면 계속 긁어야 했다. 변기 위에 걸터앉아 허벅지를 보았다. 짐승이 할퀸 것처럼 붉은 손톱자국이 어지럽게 나 있었다. 상처에는 피가 맺혀 있고, 딱지가 떨어진 곳도 있었다. 손을 떼자 금방 가려워졌다. 손바닥으로 상처를 찰싹 소리 나게 때렸다. 손바닥으로 따끔하게 때려 아프게 하면 순간적으로 가렵지 않았다. 한참을 그러고 있자니 화가 치밀었다. 혼자서 병원에도 못 가는 내가 바보 같았다. 칼이 있다면 상처를 도려내 버리고 싶었다. 무언가 속에서 울컥 올라왔다. 손에 잡히는 것은 모조리 깨버리고 싶었다. 하지만 좁은 화장실 안에서 내가 할 수 있는 일은 변기에 걸터앉아 다리를 긁는 일 외에는 아무것도 없었다.

　무작정 화장실에 숨어 있을 수는 없었다. 복도로 나와 발끝으로 살금살금 걸었다. 그때 교무실에서 땡자와 학생부장과 학부모로 보이는 누군가가 나왔다. 학생부장의 사랑의 매가 내 머리 위로 쏟아져 내리겠구나 생각했다. 수업 중에 복도를 어슬렁거리는 것은 한두 대로 끝나지 않았다. 나는 순교하는 심정으로 조용히 걸어갔다. 세 사람은 내 옆을 지나 계단 쪽으로 갔다. 세 사람 모두 석고로 뜬 얼굴처럼 딱딱하게 굳어 있었다. 복도 한편에 다소곳이 서 있는 내가 그들의 눈에 비치지 않는 것 같았다. 나는 무사한 머리통을 문지르며 교실로 들어갔다.

　시험을 앞두고 학교는 차분히 가라앉았다. 쿵쾅거리며 복도를 뛰어다니던 아이들도 발소리조차 내지 않고 걸었다. 아이들은 주문을 외듯 수학 공식이나 영어 단어를 중얼거리며 돌아다녔다. 마치 딴 사람이 된 것 같았다. 쉬는 시간마다 모여 소란을 피우던 진이 패거리도 조용했다. 학생부에 불려 갔다 온 이후 진이는 늘 책상에 엎드려 있었다. 잠을 자는 것은 아닌 것 같았다. 두 팔에 얼굴을 묻고 있는 모습은 만사가 귀찮다는 태도였다.

　가연이가 학교에 나온 것은 시험을 치는 날이었다. 얼굴이 해쓱했다. 가연이가 학교에 다시 나와 반가웠다. 학교를 그만둘지도 모른다는 소문이 돌았기 때문이었다. 땡자는 아무 일도 없는 듯 표정 하나 바꾸지 않았지만 알 만한 애들은 알고 있었다.

"진이 엄마가 오히려 펄펄 뛰었대. 친구끼리 핸드폰 빌려 쓰고, 빵 좀 사다 달라고 한 게 무슨 죄냐고. 돈을 빼앗거나 폭행을 한 일도 없는데, 반성문을 쓰게 하거나 사과하라고 한다면 교육청에 진정서를 내겠다고 난리를 쳤대. 학생부장과 교장이 진이 엄마에게 오히려 쩔쩔맸다고 하더라."

점심시간에 경서가 소곤거렸다. 나는 작은 읍내를 떠올렸다. 그곳에서의 마지막 일 년은 죽고 싶은 생각뿐이었다. 고층 건물에서 뛰어내릴까도 생각했지만 뛰어내릴 만한 높은 건물이 없었다. 수면제를 구하려고 생각해 보기도 했다. 하지만 처방전도 없이 어떻게 약을 사야 할지 알 수 없었다. 약을 살 수 있다 해도 손바닥만 한 곳이라 약국에서 당장 부모에게 연락이 갈지도 몰랐다. 칼로 손목을 긋는 것이나 물에 빠져 죽는 것은 너무 무서웠다. 목을 매다는 것이 더 쉬울 것 같았다. 하지만 용기가 없었다. 죽는 것은 생각보다 훨씬 어려웠다. 그렇다고 살아 있는 게 죽는 것보다 쉬운 것도 아니었다. 키도 크지 않고 몸무게도 늘지 않았다. 겨우 열다섯 살에 나는 성장이 멈춰 버렸다.

그럴 즈음 기적이 일어났다. 나를 아는 애가 하나도 없는 세상으로 온 것이다. 내게 너무나 큰 행운이 왔기 때문에 나는 겸손하게 살기로 결심했다. 다시 지옥으로 떨어질 수는 없었다. 아버지가 생일 선물로 사준 엠피쓰리를 자랑하다가 미운 털이 박힌 나는 핸드폰 외에는 아무것도 갖지 않았다. 아이팟이나 전자사전, 남의 눈에 띌 만큼 비싸거나 화려한 소지품은 원하지도 않았다.

진이는 몇 장의 반성문으로 면죄부를 받은 것 같았다. 땡자는 가연이가 다시 학교에 나왔고, 그래서 문제가 해결되었다고 생각하는 것 같았다. 가연이도 진이를 용서했을까? 진이가 풀이 죽은 것은 가연이가 학교에 나오지 않은 며칠뿐이었다. 가연이가 학교에 오자마자 진이는 예전으로 돌아갔다. 나는 옆 테이블에 앉아 밥을 먹고 있는 진이를 쳐다보았다. 진이의 눈 안쪽에서 음습한 기운이 출구를 찾아 맹렬히 돌아다니는 것이 느껴졌다.

"왜? 뭐 할 말 있어?"

진이가 내 눈을 쏘아보며 물었다. 나는 얼른 고개를 좌우로 흔들며 대답했다.

"아니."

나는 얼른 진이의 눈을 피했다. 진이의 시선이 뺨에 들러붙어 끈적거리는 것 같았다. 나는 젓가락을 잡은 손가락에 으스러져라 힘을 주었다. 허둥지둥 눈길을 돌리다니. 게다가 초등학생처럼 고개까지 좌우로 세차게 흔들었다. 진이는 벌써 나를 파악했을지도 모른다. 약점을 잡혔다가는 끝장이었다. 나는 고개를 숙이고 국을 퍼먹었다. 분노와 뒤섞인 두려움이 가슴속 깊은 곳에 웅덩이를 만들기 시작했다. 급히 눈길을 떨어뜨린 것이 마음에 걸렸다. 이삼 초라도 더 버티다가 눈길을 돌렸으면 좋았을 텐데 하는 후회가 생겼다. 약하게 보였다가는 다시 그때로 돌아갈지 모른다. 내 과거는 깨끗이 세탁되었다. 이곳은 내게 새로운 삶의 장이었다. 아버지의 전근으로 이사를 한 것은 엄청난 행운이었다. 가끔 중3 때를 떠올리면 맨손으로 칼날을 잡고 있는 느낌이 들었다.

수업 종이 울리기 2분 전이었다. 문자나 전화 온 것이 있는지 확인했다. 아무것도 없었다. 핸드폰의 전원을 껐다. 수업 중 전화가 울리면 가차 없이 압수다. 압수된 전화기는 학기가 끝나야 돌려준다고 담임이 말했다. 담임이 전화기에 대한 법률을 선포할 때 아이들은 발을 구르고 책상을 두드렸다. 서른 명의 아이들 중 핸드폰이 없는 아이는 없었다. 누구든 법에 저촉될 가능성이 있었다. 동질성을 느끼며 한마음이 되는 경우는 대개 이럴 때였다. 담임은 조직을 결속시키는 자신의 능력에 기쁨을 느끼는 듯 입술을 약간 비틀었다. 어떻게 보면 비웃는 것 같았다. 하지만 그것은 속마음을 감추려는 의도임이 분명했다. 담임은 아무리 큰일이 벌어져도 표정 하나 변하지 않았다. 학기가 시작된 지 얼마 지나지 않아 우리는 담임의 심장이 얼음으로 만들어진 것임을 알아챘다. 첫 별명은 얼음마녀였다. 마녀라는 단어는 어쩐지 담임의 이미지와 딱 떨어지지 않았다. 마녀 대신 얼음땡으로 부르다가 그냥 땡자가 되었다. 진이가 땡자에게 핸드폰을 압수당한 것은 시험이 끝난 다음 날이었다. 수업 중에 문자를 확인하다가 걸렸던 것이다. 담임은 벌을 세우거나 꾸중을 하지 않았다. 그냥 손을 내밀었다. 진이는 황급히 핸드폰의 문자를 지웠다. 담임은 진이가 문자를 다 지울 때까지 기다렸다. 너의 사생활에 간섭할 의도는 추호도 없다는 태도였다. 진이는 담임의 손바닥 위에 핸드폰을 던지듯 내려놓았다.

"여름방학 하는 날 받으러 와."

그날 진이는 외마디 비명을 질렀지만 땡자는 못 들은 척했다. 나는 핸드폰을 가방 깊숙이 집어넣었다.

"야, 매점에 가 빵 좀 사와. 배고파 미치겠어."

진이의 목소리를 듣는 순간 나는 굳어 버렸다. 눈동자만 옆으로 굴려도 가연이와 진이를 볼 수 있었다. 하지만 나는 사냥개에게 목이 물린 토끼처럼 꼼짝도 할 수 없었다. 머릿속이 하얗게 비어 버렸다. 누구도 눈치 채지 못하게 깊이 숨을 들이마셨다가 천천히 내뱉었다. 마음을 진정시킬 때 약간의 효과가 있었다. 나는 가연이가 단호하게 거절하기를 기대했다.

'빵이 먹고 싶으면 니가 가!'

나는 진이의 얼굴에 대고 고함을 지르고 싶었다.

매점은 지하에 있다. 교실은 4층이다. 담임은 정확한 시각에 교실에 들어올 것이다. 담임에게 걸리면 수업이 끝날 때까지 벌로 복도에 서 있어야 했다. 교실은 교무실로 가는 길목이다. 담임은 자신의 손에 피를 묻히는 스타일이 아니었다. 선생님들은 출석부나 막대기로 복도에선 제자에게 애정 어린 관심을 보이길 좋아했다. 그래야 좋은 선생인 것처럼 말이다. 특히 우리를 향한 학생부장의 사랑은 눈물이 핑 돌 정도로 충만했다. 복도는 스승의 사랑을 증명하는 신전의 회랑이었다. 가연이 말없이 의자를 뒤로 밀고 일어났다. 매점까지 직선으로 떨어졌다가 공처럼 튀어 오르지 않는 이상 담임보다 먼저 올 수는 없었다. 진이와 승희는 뒷문으로 나가는 가연이를 바라보며 낄낄댔다.

"뭐야? 너 또 반성문 써야겠다."

진이 패거리들이 진이와 승희 주변으로 몰려들며 떠들었다. 다른 아이들은 아무것도 보지 못하고 듣지 못한 것처럼 행동했다. 진이가 반 아이들이 모두 들으란 듯 큰 소리로 말했다.

"재수 없는 년이 핸드폰 좀 빌려 달랬더니 없다고 그러잖아."

"가연이도 땡자에게 핸폰 뺏겼나?"

"웬걸, 가방을 뒤졌더니 나오더라고. 집에 두고 온 줄 착각했다는 거야."

"거짓말하는 년이 제일 싫어."

진이가 비아냥거리며 말했다.

담임은 빈자리를 힐끗 보았을 뿐 별말이 없었다. 지하의 매점까지 기어갔다 와도 벌써 올 시간이었다. 소리가 날 때마다 뒤돌아보았지만 누군가 책을 떨어뜨렸거나 의자를 끄는 소리였다. 열어 둔 창을 통해 이따금 운동장에서 함성이 들려왔다. 피구를 하는 모양이었다. 필기를 하면서도 내 신경은 온통 빈자리에 가 있었다.

"정가연이 어디 갔어?"

마침내 담임이 물었다. 아무도 대답하지 않았다. 교실은 이상한 침묵으로 빠져들었다. 그때 전화벨 소리가 들렸다. 땡자는 날카로운 눈으로 교실을 둘러보았다.

"가지고 나와."

걸 그룹의 최신 인기 가요는 자신을 사랑해 달라는 노랫말을 몇 번이나 반복했다.

"빨리 나와."

담임의 목소리가 조금 높아졌다. 아이들은 서로의 얼굴을 쳐다보았다. 담임이 교단에서 바닥으로 내려왔다. 소리가 나는 곳은 가연이 자리였다. 담임은 비죽이 열린 가방에서 핸드폰을 집어 들었다. 그때 가연이가 교실 뒷문으로 그림자처럼 들어왔다.

"어디 갔다 오는 길이야?"

가연이는 고개를 숙이고 바닥을 내려다보았다.

"핸드폰 네 것이지?"

담임이 가연이 앞에 핸드폰을 내밀었다. 가연이는 무슨 말을 하려는 듯 고개를 들고 담임을 쳐다보았다. 손에 투명한 비닐로 포장된 빵이 들려 있었다. 담임은 한심해하는 표정이었다.

"복도에 나가서 빵 입에 물고 서 있어."

순간 교실이 잠깐 술렁거렸다. 가연이는 충격을 받은 표정으로 못 박힌 듯 서 있었다. 불안한 긴장감이 교실을 에워쌌다. 담임이 교단에 올라 우리를 바라볼 때까지 가연이는 움직이지 않고 서 있었다. 아이들은 어둠 속에서 맹수를 피해 숨어 있는 어린 짐승처럼 숨소리조차 내지 않았다. 담임은 칠판에 적어 놓은 화학 기호들을 설명하기 시작했다. 교실을 나가는 가연이의 뒷모습이 마치 허물어져 가는 낡은 건물처럼 느껴졌다.

수업이 끝난 후, 가연이가 작은 목소리로 말했다.

"집에 같이 갈래? 이야기하고 싶은 게 있어."

가연이의 표정이 너무 간절해 차마 거절할 수 없었다. 나는 교과서를 가방에 넣고 어깨에 둘러매었다. 가연이와 함께 교실을 나오는데 경서가 불렀다.

"유진아, 어디 가? 음악반 연습 있어. 빠지면 안 돼."

방학 중에 어머니 오케스트라반과 함께하는 공연이 잡혀 있었다. 연습에 빠지면 공연에 참가할 수 없었다. 음악반 전원이 학원 시간을 조절해 가며 맹렬히 연습 중이었다.

"앗, 깜박했다. 어떡하지."

연습을 때려치우고 가연이와 가버릴까 생각했다. 분식집에서 떡볶이와 튀김을 먹으며 오늘 하루만이라도 어깨를 짓누르는 무거운 짐을 내려놓고 싶었다. 경서가 망설이고 있는 내 팔을 잡아끌었다. 계단을 내려가기 전에 돌아보았더니 복도에서 가연이가 이쪽을 보고 있었다.

"나중에 전화할게."

그렇게 말했지만 나는 전화를 하지 못했다. 음악 연습을 끝낸 후, 학원에 갔다가 집에 돌아가니 열두 시가 가까웠다. 세수도 못하고 그냥 쓰러졌다.

아침밥도 못 먹고 학교에 갔다. 가연이가 담임에게 불려간 것은 첫째 시간이 끝난 후였다. 누구도 가연이가 오랫동안 돌아오지 않는 것을 궁금해하지 않았다. 지각과 결석이 잦은 터라 그런가 보다 하는 분위기였다. 가연이는 점심시간이 될 때까지 오지 않았다. 교무실을 지나치면서 창문을 슬쩍 들여다보았다. 담임도 가연이도 보이지 않았다. 화장실을 가는 척하고 학생부실 근처에 가보았다. 창문이 머리 위에 있어서 아무것도 볼 수 없었다. 가연이에게 '어디 있니? 왜 안 와?'라는 문자를 보낸 직후, 나는 화들짝 놀랐다. 땡자가 가연이 핸드폰을 갖고 있다는 것을 잊고 있었다. 나는 주먹으로 아둔한 내 머리통을 쥐어박았다.

봉사활동 준비와 학교 수업, 학원을 마치고 돌아오면 몸에서 알맹이가 빠져나가 버린 것 같았다. 방학이 시작되면 어머니 오케스트라반과 함께 연습을 한다고 했다. 대부분의 아이들이 학원과 과외 때문에 연습 시간을 많이 낼 수 없었다. 그렇지만 짧은 시간에 전통과 역사에 걸맞은 수준에 도달해야 했다. 엄마가 어떻게 나를 음악반에 집어넣었는지 신기했다. 나는 엄마의 능력을 다시 평가해야겠다고 생각했다.

내 청소 구역인 복도 유리창을 닦고 있는데 경서가 다가왔다.

"담임이 너 지금 교무실로 오래."

경서의 말에 가슴이 철렁 내려앉았다.

"왜?"

"나도 몰라. 교무실 갔다가 빨리 음악실로 와."

경서는 궁금한 듯 내 얼굴을 유심히 살폈다.

담임은 내게 가연이와 친하냐고 물었다. 가연이는 나의 첫 친구였다. 가연이와는 속마음을 털어놓을 정도로 친했다. 그러니까 친하다고 할 수 있었다. 그런데도 얼른 대답할 수 없었다. 식당 사건 이후, 가연이와 마주 보고 잠깐 이야기를 나눈 적조차 없었다. 담임은 펜으로 책상을 톡톡 두드렸다. 에어컨을 끄고 창을 열어 둔 탓에 여름 한낮의 열기가 고스란히 들어오고 있었다. 나는 땀을 흘리며 서 있었다. 생각난 듯 매미가 애처롭게 울었다. 내가 얼른 대답을 하지 못하자 땡자는 다른 질문을 했다.

"가연이 남자 친구 누구인지 아니?"

내가 아는 한 가연이에게 남자 친구 같은 건 없었다. 담임은 왜 엉뚱한 질문을 할까? 진이 패거리가 가연이를 어떻게 괴롭히냐고 물어야 하는 것 아닌가? 그 생각을 하느라 나는 없다가 아니라, 모른다고 대답했다는 것조차 알지 못했다.

"진이가 가연이에게 핸드폰 빌리는 것 봤니?"

진이는 가연이를 늘 구석진 곳으로 데려갔다. 쓰레기 소각장 뒤쪽은 진이 패거리들 외에 누구도 발을 들여놓지 않았다. 가연이는 진이를 따라 음습한 그늘로 뒷모습을 보이며 사라지곤 했다. 그곳에서 무슨 일이 일어나는지 나는 잘 알고 있었다. 담배를 피우거나 핸드폰으로 학교 밖에 있는 다른 애들과 연락을 해 만나자는 약속을 하거나, 간밤에 놀았던 이야기나, 반은 욕으로 이어지는 대화를 나눈다. 자신의 열등감이 투사된 아이들에게 욕설을 퍼붓고 협박을 한 다음 두려움에 떠는 상대를 보며 만족해한다. 중학교 때 나는 가끔 그늘진 구석에서 욕을 먹고 따귀를 맞고 머리채를 잡혔다. 허벅지나 등이나 가슴, 겉에서 보이지 않는 부위에 옅은 색 멍을 달고 살았다. 핸드폰을 빌려 쓰는 일은 아무것도 아니다.

담임은 대답을 재촉하듯 펜으로 책상을 톡톡 쳤다.

"아니오."

담임은 종이 위에 내가 한 말을 적었다.

"가연이가 진이에게 핸드폰 안 빌려 준다고 했니?"

"그게 아니라 거짓말을 했다며……."

나는 명쾌하게 상황을 설명할 수 없었다. 그런 아이들을 떠올리면 머릿속이 고장 난 컴퓨터 회로처럼 헝클어져 버렸다.

"진이가 가연이에게 빵 사오라고 했어?"

"네."

"그때 가연이는 뭐라고 했니?"

나는 실내화 속에서 발가락을 꼼지락거렸다.

"진이가 체육 시간에 발을 삐었다는데 사실이야?"

그러고 보니 그날 진이가 체육 시간에 도움닫기를 하다가 넘어져 절룩거렸던 것 같기도 했다. 그러나 그건 발을 삔 것과는 상관없는 일이었다. 나는 가연이가 매점에 가기 직전의 상황을 떠올려 보았다. 가연이가 배고프면 네가 사와, 라고 말한 것 같기도 하고, 내가 갈게, 라고 말했던 것 같기도 했다. 가연이와 자주 만나니? 아니오. 최근에 저녁에 만난 일 있니? 아니오. 진이가 네게도 핸드폰 빌리니? 아니오. 나는 담임의 질문에 네 혹은 아니오라고 대답했다. 네, 아니오가 아닌 다른 말을 하고 싶었다. 어떻게 말해야 담임에게 진실을 전할 수 있을까를 생각해 보았다. 담임은 노트에 무언가 적어 넣었다. 담임은 내 얼굴을 쳐다보며 말했다.

"그만 가봐라. 음악반이지? 열심히 해라."

담임은 펜을 꽂은 채로 노트를 덮었다. 나는 잠시 머뭇거렸다.

"이제 가도 좋아."

담임은 다시 한 번 말했다. 나는 꾸벅 인사를 하고 교무실을 나왔다. 먼 곳에서 피아노 반주에 맞춰 노래를 부르는 소리가 희미하게 들려왔다.

방학을 하는 날, 가연이는 결석을 했다. 어디가 아픈지, 병이 심한지 궁금했다. 성적표를 받아 보니 중간고사 때보다 성적이 좀 올랐다. 종합반에 들어가기를 잘 했다는 생각이 들었다. 학원 종합반은 방학 동안 학교와 똑같이 수업을 진행한다고 했다. 이런 식으로 대학에 갈 때까지 공부해야 한다고 생각하니 우울해졌다. 게다가 광복절 행사 준비 때문에 음악반 역시 쉴 수 없었다. 음악반 아이들은 투덜대면서도 연습에 빠지지 않았다. 모두 단추를 누르면 움직이는 자동인형이 된 게 아닌가 싶었다. 엄마는 고교 3년이 내 나머지 인생을 결정한다고 했다.

"일류 대학 나와 대기업에 취직해야 돼. 고래를 잡으려면 바다로 가야 하는 거야. 나머지는 엄마가 다 알아서 할 테니 너는 공부만 해."

늦바람 난 여자처럼 엄마는 내게 갑자기 애정을 쏟았다. 처음에는 눈물겹게 고맙던 엄마가 요즘은 부담스러웠다. 엄마를 실망시킬까 봐 불안했다. 올랐다고는 하나 내 성적은 중간에서 약간 위일 뿐이었다.

밤이 되자 비가 내렸다. 열어 둔 창으로 빗방울이 들어왔다. 텔레비전을 보다가 일어나 베란다 문을 닫았다. 아빠는 9시 뉴스와 스포츠 뉴스가 끝나자 안방으로 들어갔다. 텔레비전에는 핸드폰 광고가 나왔다. 일등이 아니면 누구도 기억하지 않는다. 우리 회사 핸드폰은 최고다. 이것을 가지면 누구나 당신을 기억할 것이다. 그러니 당장 구입하라는 광고였다. 광고를 보다가 나는 짧게 신음을 토했다. 급히 방으로 가서 가방을 뒤졌다. 핸드폰이 그대로 들어 있었다. 가연이에게 갖다 주라고 담임이 내게 부탁한 것이다. 학원에 갔다 와서는 까맣게 잊고 있었다.

"엄마, 지금 전화하면 안 될까?"

연속극이 막 시작되었다. 엄마는 텔레비전에 코를 박고 앉아 건성으로 말했다.

"밤이 늦었는데 누구에게 전화 한다고?"

"가연이. 핸드폰 갖다 줘야 하거든."

엄마는 텔레비전에서 눈을 떼고 나를 보았다. 동그란 두 눈이 반짝거렸다.

"가연이 핸드폰을 왜 네가 갖고 있어?"

진지한 엄마의 눈을 보자 자초지종을 털어놓고 싶은 마음이 꿈틀거렸다. 순간 왕따였던 중학교 때의 일이 파노라마처럼 지나갔다. 부모에게나 담임에게 알리면 죽는다. 내 뒤에 누가 있는지 알지? 나를 협박하면서 애들은 손바닥을 펴 칼처럼 내 목에 갖다 댄다. 온몸에 진땀이 솟았다. 엄마는 내 쪽으로 선풍기를 돌려주었다. 가연이가 담임에게 핸드폰을 뺏겼다고 간단히 설명을 했을 뿐인데 엄마는 깨달음에 다다른 표정이다.

"가연이가 고막이 찢어졌다는 게 진짠가 보네. 화가 난 가연이 아빠가 뺨을 한 대 때렸는데 정통으로 맞았댄다."

나는 두 눈을 휘둥그레 떴다. 엄마는 그 소문을 어머니 오케스트라반에서 들었다고 했다.

"담임이 가연이 엄마에게 전화를 해서 가연이가 남학생들과 술집이나 노래방에서 자주 만나 노는 것 같으니 집에서 신경을 써달라고 했대. 지금 단속하지 않으면 대학 가기 어렵다고 했단다."

"말도 안 돼. 땡자, 돌았나 봐."

나도 모르게 비명을 질렀다. 내 방으로 달려가 가연이의 핸드폰을

켜보았다. 전원이 들어오지 않았다. 충전기를 꽂았다. 핸드폰을 켜고 문자를 열어 보았다. 아무것도 없었다. 수신과 발신 문자는 깨끗이 지워져 있었다. 핸드폰을 들고 있는 손이 떨렸다. 가연이네 집 전화번호를 눌렀다. 신호가 가는데도 전화를 받지 않았다. 역시 너무 늦었나, 하는 생각이 들었다. 오랫동안 신호가 울려도 아무도 전화를 받지 않았다. 그만 전화를 끊으려고 하는데 누군가 전화를 받았다. "저 가연이 친군데요, 늦은 시간에 죄송하지만 가연이 좀……" 하는데 전화가 뚝 끊겨 버렸다. 핸드폰을 든 채 한참 동안 앉아 있었다. 불쾌하거나 서운하지 않았다. 담임에게 네, 아니오로만 대답했던 것에 대한 벌이라고 생각했다. 오늘도 가연이에게 핸드폰을 전해 줘야 한다는 것조차도 완벽하게 잊고 있었다. 가연이와 함께 있으면 손해를 볼까 봐 피해 다니기까지 했다. 나는 어느새 가려운 종기를 긁어대는 여러 손 중 하나가 되어 있었다.

창을 열자 빗방울이 들어왔다. 나는 창가에 붙어 섰다. 길 건너 가연이네 집이 보였다. 멀리서 낮은 천둥소리가 비바람에 섞여 들렸다. 고층 아파트는 비를 맞으며 어둠에 잠겨 있었다. 천둥소리가 좀 더 가까이서 들려왔다. 일기예보대로 태풍을 동반한 비가 본격적으로 내릴 모양이었다. 나는 창턱에 배를 붙이고 윗몸을 창밖으로 내밀었다. 가연이네 베란다에 검은 물체가 그림자처럼 서 있는 것이 눈에 들어왔다. 비바람 사이로 보이는 것이 사람인지, 화분에 심은 나무인지 구별할 수 없었다. 귀청을 찢을 듯 하늘이 쪼개지는 소리가 났다.

잠시 후, 번개가 시퍼렇게 주변을 밝혔다. 15층 베란다에 서 있는 것은 화분에 심은 나무나 건조대에 널어놓은 빨래가 아니었다. 사람이었다. 빛이 사라지자 세상은 다시 어두워졌다. 그림자가 움직였다. 베란다 밖으로 몸을 내민 것처럼 보였다. 가슴이 심하게 쿵쾅거렸다. 베란다에서 눈을 뗄 수가 없었다. 내가 할 수 있는 일은 베란다를 지켜보는 것뿐이었다. 아무것도 할 수 없는 내가 부끄러웠다. 신경을 곤두세우고 건너편을 바라보다 나는 화들짝 놀랐다. 창과 벽과 방이 점점 커졌다. 손에 들고 있는 핸드폰은 몇 배나 커졌다. 자세히 보니 방이 커지는 게 아니라 내 몸이 줄어들고 있었다. 키가 줄고, 손과 발이 작아지고 있었다. 이마가 창문 아래쪽에 가 닿았다. 창밖은 이제 더 이상 보이지 않았다. 작아진 손으로 잡을 수 없게 된 핸드폰이 바닥에 떨어졌다. 덜컥 겁이 났다. 이런 식으로 줄어들면 마침내 나는 하찮은 벌레가 되어 버릴지도 모른다. 나는 힘겹게 핸드폰의 폴더를 열어 번호를 눌렀다. 비바람을 뚫고 건너편으로 날아가는 신호음이 들렸다. 핸드폰에 얼굴을 바싹 갖다 댔다. 핸드폰은 이제 내 몸만큼 커졌다. 나는 양팔을 벌려 기둥처럼 커진 핸드폰을 껴안았다. 가연이가 전화를 받으면 롤러코스터를 타러 가자고 말하고 싶었다.

잃어버린 양 한 마리

송 언

"내 생각을 좀 해보라고. 괴물 아빠한테 얻어터지고, "주여, 주여!" 만 찾는 엄마한테 또 얻어터지고, 요셉이 형한테 또 얻어터지고, 이모한테도 얻어터지고, 그것도 모자라 학교에 오면 선생님한테또 얻어터지니까 내가 죽고 싶은 거라고. 그런데 나만 죽으면 억울하잖아. 나만 얻어터지면 속상하잖아. 그러니까 내가 아이들을 패주는 거라고. 어떻게 나만 맞고 사느냐고. 그건 정말 억울한 거잖아, 안 그래, 애들아? 나도 때리고 살아야지 공평한 거잖아."

　　　　　요한은 비몽사몽 잠 속에서 길을 잃고 허우적거리다가, 저승사자 목구멍을 넘어온 듯한 "일어나지 못해, 이 새끼들!" 하는 소리를 들었고, 곧이어 몸뚱이에 익숙한 둔탁한 발길질이 허벅지를 찌르는 자극을 받자마자, 수면 위로 솟구치는 돌고래처럼 화닥닥 잠에서 깨어났다. 방금 외계에서 낙하산을 타고 내려온 것 같은 괴물이 두 눈을 게슴츠레하게 뜨고 요한의 얼굴을 쪼아보고 있었다.

　　"왜 자고 있는 애들은 깨우고 그래요. 오, 주여……!"

　　간이역을 지나쳐 가는 기차 바퀴 소리처럼 엄마 목소리가 귓바퀴에 휘감겼다. 요한은 간신히 두 눈을 부릅떴다. 형 요셉은 벌써 잠에서 깨어나 원산폭격 자세로 낑낑거리며 콧김을 뿜어대고 있었다. 요한은 부리나케 일어나 요셉 옆자리에서 곧장 원산폭격 자세를 취했다. 그때 "쿵!" 하고 방바닥을 짓찧는 소리가 들리더니, 이어 외계에서 내려온 괴물의 입에서 한 말씀이 우르르 쏟아져 나왔다.

"이 좆만한 새끼들, 똑바로 못하면, 딸꾹, 이 야구 빠따로 뼈를 추려 놓겠어."

이어 외계에서 내려온 괴물은 방언 같은 말씀을 마구 쏟아내기 시작했다.

육시랄 놈의 세상, 더러운 놈의 집구석, 육시랄 놈의 인간 말아먹을 거지 같은 종자들, 우라질, 내 손으로 다 죽여 버릴 거야, 딸꾹, 썩은 냄새를 팍팍 풍겨 대는 사탄의 자식들, 벌레들이 득시글대는 더러운 집구석, 이 좆만한 새끼들, 원산폭격 하나 똑바로 못해! 이렇게 약해빠져서 험악한 세상을 어떻게 헤쳐 나갈 거야. 원산폭격 하나 똑바로 못해 갖고 이 저주받은 세상에서 살아남을 수 있을 것 같니. 시팔 좆도, 니에미, 딸꾹, 사이로 간간이 "오, 주여!" 하는 엄마의 간절한 목소리가 주문처럼 곁들여지고, "쿵!" 방바닥을 짓찧는 야구 방망이 소리가 반주를 맞춰 주고 있었다.

얼마나 시간이 흘렀을까.

외계에서 내려온 괴물은 썩은 나무토막처럼 "쿵!" 쓰러졌다. 이어 코 고는 소리가 헬리콥터 프로펠러 돌아가는 소리처럼 크게 들려왔다.

그때를 기다렸다는 듯 요셉이 먼저 무릎을 꿇고 앉았고, 요한도 원산폭격을 중단하고 그 자리에 주저앉았다. 턱 아래쪽으로 땀방울이 주룩주룩 흘러내렸고, 머리에선 김이 모락모락 피어올랐다. 휴우. 얼마나 다행인지 몰랐다. 발길질에 사정없이 채이고, 주먹으로 얻어터지고, 야구 방망이로 살벌하게 찜질당한 게 한두 번이었던가.

그제야 엄마가 기도하듯 말했다.

"애고, 자다가 말고 벌서느라 애썼다. 그만 자거라. 오, 주여……!"

다음날 아침 외계에서 내려온 괴물이 죽은 듯 잠들어 있는 동안, 요한과 요셉은 엄마가 차려주는 아침밥을 허겁지겁 먹어치우고 학교로 줄행랑을 놓았다. 학교 가는 길에 '찍' 하고 침을 뱉듯 요셉이 문득 지껄였다.

"시팔 좆도, 내가 집구석을 안 나가나 봐라."

요한이 두 눈을 동그랗게 뜨고 물었다. 언제쯤 집구석을 나갈 거냐고. 요셉은 한 번 더 험악한 욕지거리를 입에 달면서 중학교에만 들어가면 곧바로 집을 나갈 거라고 했다. 초등학교 졸업하기 전에는 아무래도 불안하다고 덧붙였다. 그러면서 집을 나가 몇 년째 돌아오지 않는 큰형이 세상에서 가장 부러운 사람이라고 말했다. 요한은 큰형 얼굴을 떠올려 보았다. 그러나 기억이 가물가물하여 잘 떠오르질 않았다. 요한이 겨우 세 살이었을 때 집을 나갔으니까. 서울 어느 변두리에서 아르바이트를 전전하며 혼자 살아간다는 소식만 들었다. 고시원 방 한 칸을 얻어 근근이 살아간다고 했다. 요한은 요셉의 옆구리를 툭 쳤다.

"형이 집구석을 나갈 때 말이야, 나도 데려갈 거야?"

요셉은 두 눈을 부릅뜬 채 요한의 머리통에 알밤을 튕겼다.

"이 좆만한 새끼야, 그게 말이 되는 소리냐? 나 혼자도 막막해 죽을 지경인데 머리에 피도 안 마른 너를 데리고 나가라고. 그럼 어떻게 살라고. 넌 말이야, 엄마 믿고 좀 더 기다렸다가 나와. 집구석은 형이 먼저 나간다."

"알았어, 알았어. 형 먼저 집 나가서 잘 살아 봐. 혼자 살기 어려우면 큰형을 찾아가든지. 큰형을 만나면 나한테 꼭 연락하고. 알았지?"

"아, 시팔! 세월이 왜 이렇게 안 가는 거야."

요셉과 요한은 교문 안으로 들어섰다. 요셉은 5학년이라 4층으로 올라갔고, 요한은 1학년이라 1층 자기 교실을 찾아갔다. 교실 문을 열자 먼저 도착한 아이들이 올망졸망 앉아 아침 자습을 하고 있었다. 요한은 가방을 둘러맨 채 고대현 자리로 직행했다. 고대현은 아침부터 팽이를 갖고 놀고 있었다. 고대현 앞으로 다가간 요한은 두 눈이 휘둥그레졌다. 워낙 비싸 웬만하면 사기 어려운 대장 팽이임을 확인한 것이다. 대부분 천 원짜리 졸때기 팽이인데 대장 팽이는 그보다 훨씬 비싼 팽이로, 그것은 군계일학에 견줄 만했다. 팽이 싸움에서 승리할 확률이 막강하게 높은 것은 물론이고, 게다가 겉보기에도 비까번쩍 근사했다. 해서 대장 팽이를 갖지 못해 안달복달하는 아이들이 꽤 여럿 있었다.

요한은 다짜고짜 고대현의 대장 팽이를 빼앗았다.

"이 새끼, 언제 대장 팽이를 구했어? 내가 좀 갖고 놀아야겠다."

"야, 이리 줘! 내 팽이잖아."

고대현은 징징거리며 따라붙었다. 요한은 팔꿈치로 고대현의 가슴팍을 강타했다. 그러고는 목을 찍어 누르며 윽박질렀다.

"누가 네 팽이 아니래. 내가 좀 갖고 놀다가 나중에 돌려주면 되잖아."

"싫어, 지금 돌려줘! 그거 비싼 대장 팽이란 말이야."

"이 새끼야, 대장 팽이니까 빼앗는 거지, 싸구려 팽이엔 나도 관심

없어!"

요한은 며칠째 대장 팽이가 탐나던 터였다. 자기도 대장 팽이를 손아귀에 넣고 싶었으나 방법이 마땅찮았다. 엄마는 입만 열면 "돈 없어, 돈 없어!" 하고 짐승처럼 울부짖곤 했다. "주여, 주여!" 다음으로 엄마 입에서 자주 튀어나오는 말이 바로 "돈 없어, 돈 없어!" 였다. 그래서인지 엄마 입에서 튀어나오는 "주여, 주여!"가 "돈 줘요, 돈 줘요!" 하는 소리로 들릴 때도 있었다.

어쨌거나 문방구에 가서 대장 팽이를 훔칠 수는 없었다. 남의 물건을 훔치다 들키면 경찰서에 끌려갈지도 모르니까. 그러므로 가장 간단한 방법은 만만한 녀석이 갖고 노는 대장 팽이를 솔개가 병아리를 채가듯 빼앗는 것뿐이었다. 대장 팽이를 돌려달라고 하면 그때는 주먹으로 패주면 그만이었다. 얻어터지면서 돌려달라고 계속 졸라대는 녀석은 그리 많지 않으니까. 그런데 고대현은 정말 끈질겼다.

"야, 이 도둑놈아! 내 대장 팽이 돌려줘!"

도둑놈이란 말에 요한은 마음이 뒤틀렸다. 그래서 곧장 주먹을 말아 쥐고 고대현 얼굴을 향해 강하게 내뻗었다.

"엄마야!"

고대현은 그 자리에서 철퍼덕 주저앉았다. 그것으로 끝난 줄 알았는데 아니었다. 정신을 차린 고대현이 요한의 허벅다리를 부여잡고 용을 쓰기 시작한 것이었다. 대장 팽이를 돌려받을 때까지 물고 늘어지기로 작정한 것 같은 자세였다.

요한은 속이 부글부글 끓어올랐다. 그래서 자기 다리를 부여잡고 용을 써대는 고대현을 주먹으로 '퍽!' 내리쳤다. 고대현은 벌러덩 뒤로 넘어졌다가 발딱 일어나 다시 달려들었다. 요한은 달려드는 고대현을 향해 발길질을 날렸다. 그제야 고대현은 "으앙" 소리 내어 울기 시작했다. "돌려줘, 내 대장 팽이!" 하고 소리, 소리 지르며 울어댔다. 아침 신문에 코를 처박고 있던 선생님이 뒤늦게 사태를 눈치채고 소리쳤다.

"누가 교실에서 우는 게냐?"

일러바치기 대장 유동준이 잽싸게 일러바쳤다.

"요한이가 고대현을 때려서요, 지금 고대현이 울고 있는 거예요."

"아침부터 요한이가 왜 고대현을 때려?"

유동준이 쫑알쫑알 사건의 대략을 말했다.

"요한이가 고대현 대장 팽이를 빼앗았어요. 그래서 고대현이 돌려 달라고 조르니까요, 나중에 준다면서 주먹으로 때리고 발로 까고 그랬어요."

선생님은 뚜벅뚜벅 요한에게 다가가서는 요한의 귓바퀴를 세게 잡아끌고는 교실 앞으로 나갔다.

"너는 어떻게 되어먹은 녀석이 하루도 안 빼놓고 싸움질이냐. 아이들 때리는 재미로 학교에 다니니? 너 때문에 우리 교실이 바람 잘 날이 없어. 엎드려뻗쳐!"

요한은 습관처럼 엎드려뻗칠까 하다가 멈칫했다. 차라리 반항하는 게 더 나을 것 같았다. 집에서 날마다 야구 방망이로 언어터지고, 머리 꼭지가 터지도록 원산폭격 벌을 받는데, 학교에 와서 또다시 엎드려뻗쳐 벌을 받는 건 너무 억울했다. 요한은 억울해서 반항했다.

"싫어요! 내가 왜 엎드려뻗쳐 벌을 받아야 해요?"

요한이 두 눈을 동그랗게 뜨며 대들자 선생님이 말했다.

"엎드려뻗쳐 벌 받는 게 싫다고? 그렇다면 더 좋은 방법을 너에게 일러주마. 자, 이리 따라오너라."

선생님은 요한을 교실 밖으로 데리고 나갔다. 그때까지 요한의 등에는 책가방이 거북이 등딱지처럼 들러붙어 있었다. 교실에 들어가 그때껏 가방 벗어 놓을 겨를도 없었던 것이다. 요한은 교실 밖으로 고분고분 따라 나갔다. 선생님이 요한의 등짝을 떠다밀며 냉랭하게 말했다.

"그만 집으로 가거라. 너는 우리 교실에 있을 이유가 없다. 집에 가서 엄마랑 공부를 하든지, 김밥 싸가지고 소풍을 가든지 마음대로 해라. 학교가 너를 싫어하는 게 아니라, 너 스스로 학교를 짓밟고 괴롭혀 오늘과 같은 사태가 벌어진 줄이나 알아라. 이 대책 없는 아이야, 잘 가거라."

"알았어요. 가라면 내가 못 갈 줄 알아요!"

"잠깐! 가더라도 빼앗은 대장 팽이는 이리 내놓아라."

"자요!"

요한은 복도 바닥에 대장 팽이를 내던졌다. 그러고는 뚜벅뚜벅 걸어가 복도 현관문을 팔꿈치로 팍 밀쳤다. 요한은 햇살이 쏟아지는 운동장으로 나갔다. 그때 첫째 시간 시작을 알리는 종소리가 운동장 가득히 울려 퍼졌다. 요한은 운동장 가장자리에 있는 놀이기구로 자리를 옮겨 혼자 놀아 볼까, 하다가 급히 생각을 바꿔 교문을 벗어났다. 학교를 떠나는 마당에 미련을 남겨둘 까닭이 없었다.

요한은 터덜터덜 집이 있는 쪽으로 발길을 옮겼다. 집이 큰 자석붙이처럼 요한을 서서히 끌어당기자 마음이 불안해지기 시작했다. 외계에서 내려온 괴물이 요한을 발견하는 순간, 어떤 반응을 나타낼지 불을 보듯 뻔했기 때문이다.

'아, 시팔! 집에 괴물딱지가 있다는 생각을 깜박했잖아!'

요한은 자기도 모르게 부르르 진저리를 쳤다. 집에 도착하는 순간, 학교에서 엎드려뻗쳐 벌을 받는 것보다 열 배는 더 끔찍한 일이 벌어질 게 분명했다. 요한은 마을회관 앞 놀이터로 급히 방향을 틀었다. 마을회관 앞 놀이터엔 개미 새끼 한 마리 나와 있지 않았다. 유치원 꼬마들은 몽땅 유치원에 가고, 초등학교 아이들은 죄다 학교에 가고 없는 시간이었다. 그렇다고 할아버지 할머니들이 그 이른 시간에 놀이터에 나와 노닥거릴 가능성도 거의 없었다. 요한은 혼자 세상 밖으로 밀려난 것 같은 착각에 빠져들었다. 놀이터 둘레에 있는 나무의자들이 햇살을 받고 꾸벅꾸벅 졸고 있었다. 요한은 가까운 나무의자로 다가가 털썩 주저앉았다. 심심했다. 도대체 혼자서 무슨 짓을 한단 말인가. 따사로운 햇살이 그나마 은혜롭게 마음을 위로해 주었다. 요한은 몸뚱이를 지옥으로 내던지듯 나무의자에 벌러덩 드러누웠다. 두 팔로 머리를 떠받치고 하늘을 올려다보았다.

새파랗게 떠 있는 하늘은 아침 일찍 세수를 한 듯 말끔했다. 세상은 죽은 듯이 고요했다. 별안간 눈물이 나려고 했다. 말끔한 하늘, 새파랗게 떠 있는 하늘을 보았을 뿐인데 왜 눈물이 나려는 것일까. 그토록 깨끗한 하늘을 바라본 것이 무척 오래되었다는 생각이 들었다. 그러자 자신이 한없이 초라하고 슬프게 느껴졌다. 새파란 하늘 속으로 풍덩 빠져 버리고 싶었다. 그러자 걷잡을 수 없이 마음이 흔들려 요한은 질끈 두 눈을 감았다.

'아, 시팔! 영원히 눈을 뜨지 말았으면…….'

요한은 오래도록 눈 뜨고 싶지 않았다. 그리고 실제로 오래도록 눈을 뜨지 않았다. 소록소록 잠이 쏟아졌다. 하기는 잠이 올 수밖에 없었다. 지난밤에도 어김없이 외계에서 내려온 괴물에게 원산폭격 벌을 받느라 잠을 설쳤으니까. 요한은 깜박 잠이 들었다. 한참을 잔 것도 같고, 잠깐 토막잠을 잔 것 같기도 했다. 요한을 잠 속에서 불러낸 건 뜻밖에도 카랑카랑한 엄마 목소리였다.

"요한아, 일어나. 왜 여기서 잠을 자고 있는 거야, 응?"

요한은 잠에서 깨어났다. 엄마가 요람을 흔들듯 요한의 몸뚱이를 흔들어대고 있다는 걸 느낄 수 있었다. 요한은 벌떡 일어나 앉았다. 엄마가 나무의자 끝에 궁둥이를 걸치며 팔을 뻗어 요한의 어깨를 감쌌다.

"학교에 안 갔어?"

"아니, 갔었어."

"그런데 왜 여기서 잠을 자고 있는 거야?"

"집에서 잠을 자면 아빠가 야구 빠따를 휘두를 게 빤하잖아. 원산폭격을 시키거나. 그러니까 아빠가 있을 때 집에 들어가면 나만 손해잖아. 아빠가 날 때릴 게 분명한데, 나보고 집에 들어가서 자라고? 엄마, 지금 제정신 갖고 하는 말이야?"

"그 얘기가 아니라 학교에서 공부하고 있을 우리 아들이, 왜 마을회관 놀이터에서 잠을 자고 있느냐고, 응?"

"아, 그 말이었어?"

요한은 헛바닥을 빼내어 입술 언저리에 침을 한 차례 바른 뒤 사실대로 말했다.

"조금 전에 학교에서 싸웠거든. 아니, 내가 고대현이 대장 팽이를 빼앗고 그 애를 막 패줬거든. 그랬더니 선생님이 나보고 엎드려뻗쳐 벌을 받으래. 집에서도 만날 벌 받거나 야구 빠따로 얻어터지는데, 학교에서도 그러면 기분 나쁘잖아. 그래서 싫다고, 나 벌 안 받겠다고 대들었더니, 그럼 집에 가서 엄마랑 공부하래. 김밥 싸가지고 소풍을 가든지. 그런데 집에 가면 아빠가 쿨쿨 낮잠을 자고 있을 게 빤하잖아. 아이고, 끔찍해. 오싹오싹 소름이 돋으려고 하네. 그래서 어쩔 수 없이 마을회관 놀이터로 온 거야. 막상 여기로 오니까 혼자 아무것도 할 게 없잖아. 심심해서, 너무 심심해서 벌렁 누워 있다가 깜박 잠이 든 거야."

엄마가 발끈 성깔을 돋우었다.

"내 원 참, 너희 선생님도 참 이상한 분이구나. 어린것을 어떡하든 달래서 공부를 시켜야지. 집에 가서 엄마랑 공부하라고 교실에서 내쫓으면 대체 어쩌라는 거야. 이게 말이 되는 짓이냐고. 왜 남의 집 귀한 자식을 힘들게 하는 거냐고!"

요한이 궁금해서 물었다.

"엄마, 내가 귀한 자식이야?"

"두말하면 잔소리지. 너는 이 세상 어떤 아이보다 귀한 자식이야, 엄마한테는 말이야. 오, 주여……!"

"그렇구나. 그런데 엄마, 지금 어디 가는 거야?"

엄마 얼굴에 환하게 웃음꽃이 피어났다. 엄마가 신바람이 나서 주절거렸다.

"엄마가 갈 곳이 어디겠니? 하나님이 기다리는 집으로 일하러 가는 거지. 그곳에 잠깐 들러 눈도장 찍고, 잃어버린 양 한 마리를 찾아 험악한 세상으로 나가 볼 거야. 그것이 하나님이 엄마에게 내려준 사명이란다. 이 세상에는 길을 잃고 헤매는 어린 양들이 얼마나 많은지 몰라. 잃어버린 양을 구해야 해, 잃어버린 양을."

요한은 고개를 끄덕끄덕했다.

"엄마는 좋겠다, 잃어버린 양도 구하고."

"당연하지. 잃어버린 양을 구하는 게 얼마나 보람 있는 일인지 너는 어려서 아직 모를 거야. 옳지, 이러면 되겠구나. 방금 전에 엄마가 집에서 무슨 일을 하고 있었는지 아니? 하나님의 말씀을 봉독하고 있었어. 그러다가 아주 기막힌 대목을 발견했단다. 너무도 감동스러워 분홍색 형광펜으로 밑줄까지 그어 놓았어. 그러니까 금방 찾을 수 있을 거야. 엄마가 읽어 볼 테니 너도 한번 들어 봐."

엄마는 옆구리에 끼고 있던 두툼한 성경책을 펼쳤다. 엄마는 신주단지 모시듯 한사코 옆구리에 성경책을 끼고 다닌다. 엄마는 손가락에 침을 묻혀 가며 빠른 속도로 성경책 갈피를 넘겼다. 마을회관 놀이터 나무의자에, 다정스런 모자 상처럼 앉아 있는 요한과 엄마의 머리 위로 해맑은 햇살이 은혜의 단비처럼 쏟아져 내려오고 있었다. 드디어 엄마의 입술이 열렸다.

"너희 생각에는 어떻겠느뇨. 만일 어떤 사람이 양 일백 마리가 있는데 그 중에 하나가 길을 잃었으면 그 아흔아홉 마리를 산에 두고 가서 길 잃은 양을 찾지 않겠느냐. 진실로 너희에게 이르노니 만일 찾으면 길을 잃지 아니한 아흔아홉 마리보다 이것을 더 기뻐하리라. 이와 같이 여러 마리 양 중에 하나라도 잃어지는 것은 하늘에 계신 너희 아버지의 뜻이 아니니라."

엄마가 빛처럼 빠른 속도로 덧붙였다.

"마태오복음 제 십팔 장 십이 절부터 십사 절에 기록된 말씀이란다. 아멘."

갑자기 생각났다는 듯 요한이 물었다.

"엄마, 나 이제 어떡하지?"

엄마가 무릎을 탁 치며 말했다.

"아 참, 우리가 지금 여기서 이러고 있을 때가 아니지. 맞아, 너는 학교로 돌아가고 엄마는 하나님의 집으로 달려가야 해. 그리고 잃어버린 양 한 마리를 구하러 험한 세상으로 나가 봐야 한다고. 오, 주여!"

요한이 물었다.

"나, 집으로 가면 안 되지?"

"그건 절대로 안 돼. 빨리 학교로 돌아가. 네가 학교에 갔다가 쫓겨온 사실을 아빠가 알게 되면, 널 가만 놔둘 것 같니?"

"알았어. 나 학교로 갈게. 엄마는 잃어버린 양 한 마리 잘 구해 가지고 와. 이따가 집에서 봐, 알았지?"

"그럼, 오늘 엄마는 하나님의 사명을 다하고 말 거야."

엄마는 전철역이 있는 쪽으로 떡시루 같은 궁둥이를 씰룩이며 종종 걸음을 쳤다. 요한은 터덜터덜 걸어서 학교로 갔다. 학교 운동장은 체육활동 하는 아이들로 시끌벅적했다. 요한은 운동장 가장자리에 있는 놀이기구를 타고 놀까 생각했다. 그러자니 왠지 뒤가 꿉꿉했다. 교실 안 분위기가 궁금했다.

요한은 살금살금 교실로 갔다. 공부 시간이라 복도는 숨을 멈춘 듯 고요했다. 요한은 교실 뒷문에 잠시 등을 기댔다. 그리고 이내 용기를 내어 살그머니 문짝을 미끄러뜨렸다. 교실 벽면에 붙어 있는 둥그런 벽시계가 먼저 눈에 들어왔다. 벽시계를 보니 2교시 수업이 끝나기 바로 직전이었다. 요한은 고개를 꼿꼿이 들고 뚜벅뚜벅 자리로 가서 앉았다. 책가방을 벗어 책상 옆구리에 걸었다. 그때 선생님 목소리가 내달리는 마차처럼 다가와 요한의 귓바퀴에 철벅 휘감겼다.

"요한아, 또 죄 없는 아이들을 때릴 생각이면 지금 다시 집으로 돌아가거라. 또한 공부하는 걸 방해할 작정이거든 차라리 운동장에 나가 혼자 실컷 놀아라. 그것이 모두가 살 길이지 싶구나."

요한은 움찔했으나, 대답하지는 않았다. 고개를 끄덕이지도 않았다. 그 대신 고개를 한껏 뒤로 젖히고 멀뚱멀뚱 교실 천장을 노려보았다. 천장에서 한 무더기의 별이 쏟아져 내리는 것 같았다. 요한은 두 눈을 질끈 감았다.

잠시 뒤, 2교시 수업이 끝나는 종소리가 낭랑하게 울려 퍼졌다. 죽은 듯이 엎드려 있던 교실 안의 시간이 벌떡 일어나 펄떡거리기 시작했다. 요한은 이런 시간이 싫지 않았다. 장난꾸러기 장 배불뚝이가 교실 앞으로 튀어나갔다. 장 배불뚝이는 교탁 위에 놓여 있는 작은 종을 예배당 종 치듯 땡땡 쳐대면서 소리쳤다.

"아침 먹고, 땡! 점심 먹고, 땡! 창문을 열어 보니 비가 오더래, 땡땡! 오늘 수업은 여기서 끝. 땡땡땡!"

장 배불뚝이는 한 마디 끝날 때마다 작은 종을 쳐대며 킬킬거렸다. 요한은 꿈틀꿈틀 피가 끓어올랐다. 그래서 장 배불뚝이 앞으로 다가가 소리쳤다.

"야, 누가 수업 끝이래!"

장 배불뚝이가 함께 장난칠 상대를 만났다는 듯 해죽 웃음을 날렸다. 요한은 장 배불뚝이의 장난이 마음에 들었다. 장 배불뚝이가 다시 장난을 쳤다.

"야, 진짜 수업 끝났어. 방금 전에 내가 종 치는 소리 못 들었어? 나 말이야, 수업이 끝나서 지금 집에 갈 거야."

장 배불뚝이는 잽싸게 자기 자리로 가 책가방을 둘러매고 튀어나왔다. 그러고는 교실 안에 있는 아이들을 향해 소리쳤다.

"얘들아, 안녕! 오늘 수업 끝이야. 나 집에 간다."

그러고는 의자에 앉아 있는 선생님을 향해 "선생님, 안녕히 계세요. 삐뽀 삐뽀" 비상벨을 울리며 쏜살같이 교실 밖으로 튀어나갔다. 선생님이 튀어나가는 장 배불뚝이 등 뒤에 대고 한 마디 던졌다.

"하이고, 저놈의 자식. 또 난리벙거지를 쳐대는구먼."

요한은 급히 장 배불뚝이를 뒤쫓았다. 장 배불뚝이는 뒤쫓아 오는 요한을 보더니 씩 웃음으로 화답했다. 그러고는 장날 약장수처럼 나불 나불 나팔을 불어 댔다.

"나는 지금 책가방 메고 집으로 갑니다. 우리 반에 요한이 아까 선생님한테 쫓겨 집으로 갔습니다. 나는 내 발로 걸어서 집으로 갑니다. 삐뽀 삐뽀. 길을 비키세요. 비상벨을 울리며 집으로 갑니다. 책가방을 메고 집으로 갑니다. 우리 반에 요한이 아까 선생님한테 쫓겨……."

순간 요한은 기분이 상했다. 손을 뻗어 장 배불뚝이 어깨를 툭 쳤다.

"배불뚝이, 지금 날 놀리는 거야?"

"응, 사실이잖아. 너 아까 선생님한테 쫓겨……."

"그만 해!"

"왜? 난 재미있는데, 넌 재미없어?"

"시팔 좆도, 난 재미없다고!"

요한은 불끈 주먹을 날렸다. 장 배불뚝이는 그 자리에서 휘청했으나, 쓰러지진 않았다. 워낙 덩치가 있어 그런 것 같았다. 요한은 곧장 발차기를 날렸다. 발차기에 옆구리를 맞고는 장 배불뚝이가 풀썩 쓰러졌다. 그러나 오뚝이처럼 벌떡 일어나 요한에게 덤벼들었다. 그러기를 기다렸다는 듯 요한은 또 불끈 주먹을 날렸다.

"나한테 덤비면 더 맞지. 이 바보 멍청이 새끼야!"

장 배불뚝이는 바로 작전을 바꾸었다. 큰 소리로 "엉엉" 울면서 교실로 뛰어들어갔다. 장 배불뚝이는 선생님 앞으로 가서는 더 큰 소리로 통곡했다. 선생님이 왜 우느냐고 묻자, 장 배불뚝이 대신 일러바치기 대장 유동준이 대신 일러바쳤다.

"복도에서요, 싸움대장 요한이가 장 배불뚝이를 주먹으로 때리고 발차기로 까고 그랬어요. 그래서 아파서 우는 거예요."

선생님은 즉시 요한을 불렀다. 요한은 그럴 줄 알고 교실 앞문 쪽에 대기하고 있다가 쪼르르 선생님 앞으로 다가갔다. 선생님이 침착하게 물었다.

"장 배불뚝이가 뭘 잘못했니? 왜 장 배불뚝이를 때렸어? 도대체 이유가 뭐야? 너는 아이들 때리는 맛에 학교 다니는 놈이냐?"

요한이 따졌다.

"장 배불뚝이가 먼저 놀렸다고요. 놀리지 않아도 주먹이 근질근질한데, 놀리는데 그럼 가만 놔둬요?"

"그냥 한 번 넘어가면 어디가 덧나니? 고얀 녀석 같으니라고."

그때 선생님 뒤에 숨어 있던 장 배불뚝이가 요한을 향해 "메롱!" 하면서 세 치 혓바닥을 빼내어 휘둘렀다. 그걸 보고 그냥 넘어갈 요한이 아니었다.

"저것 보세요, 지금도 날 놀리잖아요. 너 이 새끼!"

요한은 총알같이 달려들어 장 배불뚝이 귀퉁배기를 한 방에 날려 버렸다. 장 배불뚝이는 귀퉁배기를 감싸 쥐며 "으앙!" 큰 소리로 울음을 터뜨렸다. 이어 장 배불뚝이는 몹시도 서럽게 앙앙댔다. 선생님이 역성을 들어줄 것이라고 믿는 모양이었다. 요한은 장 배불뚝이 옆에 씩씩거리며 서 있었다. 당연히 선생님이 나설 차례였다.

"선생님이 보고 있는데도 개 패듯이 아이를 때리니 도대체 너는 어떻게 되어먹은 종자냐! 선생님이 때리면 네 기분은 어떻겠어!"

그러고는 요한의 귀때기를 잡고 거칠게 위로 치켜올렸다. 요한은 아품을 참기 위해 발뒤꿈치를 최대한 들어올렸다. 발레 하는 소년처럼. 요한이 발뒤꿈치를 든 만큼 선생님의 손도 덩달아 위로 치켜올라갔다.

"아, 시팔! 아프다니까요!"

요한은 성난 사자처럼 흥분했다. 선생님 손을 탁 뿌리치고 교실 뒤쪽으로 내달렸다. 선생님은 멀뚱멀뚱 요한을 바라보았다. 그때 공부 시작을 알리는 종소리가 울렸다. 교실 곳곳에서 선생님과 요한의 신경전을 관람하던 1학년 꼬마들은 우르르 자리에 가 앉았다. 요한은 뒷문을 벌컥 열어젖히고 교실 밖으로 튀어나갈까 생각했다. 순간적으로 갈 곳이 마땅찮다는 생각이 스쳤다. 요한은 쿵쾅거리며 자기 자리로 가 철퍼덕 주저앉았다. 선생님이 뚜벅뚜벅 다가가서 손바닥을 높이 치켜들었다. 싸대기라도 한 대 올려붙이려는 듯 험악한 기세였다. 그때 요한의 절규가 어수선한 교실 공기를 갈가리 찢어 댔다.

"때리지 마요! 왜 사람을 때리려고 그래. 아 시팔, 내가 못 살아! 날마다 얻어터지면서 어떻게 살아! 날 가만히 놔두란 말이에요. 나도 사람인데 왜 자꾸 때리려고 그러냐고. 이씨, 나 학교 안 다닐 거야!"

이어 요한의 입에서 거침없는 방언이 봇물 터지듯 쏟아져 나왔다. 선생님은 물론 같은 반 꼬마 아이들도 그 말을 귀에 담느라 정신을 못 차릴 지경이었다.

선생님이면 다야. 왜 제자를 때리느냐고, 왜. 나는 장 배불뚝이가 놀려서 때린 거지만, 내가 직접 때린 것도 아닌데 선생님이 왜 날 때리느냐고. 선생님이면 다야, 왜 남의 집 귀한 자식을 때리느냐고. 내가 얼마나 귀한 자식인지 알아. 우리 엄마가 분명히 나보고 귀한 자식이라고 말했단 말이야. 무슨 선생님이 남의 집 귀한 자식을 막 때리고 그래. 엉엉. 요한의 방언 끝에 울음이 매달렸다.

그쯤에서 선생님이 따졌다. 아직 때리지도 않았는데 왜 고래고래 소리를 지르느냐고. 그러자 요한이 맞받아쳤다. 자기가 가만히 있었으면 선생님은 분명히 손바닥으로 자기를 때렸을 거라고. 그러니까 때린 것이나 마찬가지라고. 선생님은 휴우 한숨을 내쉬었다. 1학년 꼬마들은 이 해괴망측한 광경을 계속 구경했고, 그러거나 말거나 요한의 방언은 연속 방송극처럼 계속되었다.

날 때리는 선생님은 이 세상에 없었으면 좋겠어. 아니, 지금 당장 날 때리는 선생님은 죽어 이 세상에서 없어졌으면 좋겠어. 아니, 날 괴롭히는 사람은 다 죽여 버리고 싶어. 남의 귀한 자식을 왜 때리느냐고, 왜. 그동안 내가 얼마나 얻어터지고 살았는지 알아! 내가 괴로워서 살수가 없다니까. 정말이야, 나는 세상 살기 정말 힘들어 죽겠어. 외계에서 내려온 괴물 아빠가 얼마나 무서운지 너희들은 모르지. 우리 괴물 아빠는 날마다 야구 빠따로 나랑 요셉이 형이랑 퍽퍽 때린다고. 그러면 엉덩이에서 불덩어리가 꽉꽉 솟아오르는 것 같다고. 어떤 날은 원산폭격 벌을 세우는데, 그럼 머리통이 터져 버리는 것 같다고. 원산폭격도 똑바로 못한다고 발끝으로 옆구리를 퍽퍽 걷어차고, 그러면 얼마나 아픈지 너희들이 알아! 우리 엄마는 말리지도 않고 방구석에 쭈그리고 앉아 날마다 "주여, 주여!"만 찾는다고. "주여, 주여!"만 찾는다고 내 몸뚱이가 안 아프냐고. 날 괴롭히는 사람은 총으로 다 쏴죽이고 싶다고. 그리고 말이야, 우리 엄마도 되게 무서울 때가 있어. 우리 엄마도 몽둥이로 날 때린 적이 되게 많아. 요셉이 형도 툭 하면 주먹으로 내 머리통을 까고, 이모도 가끔 우리 집에 놀러왔다가 주먹으로 내 등짝을 후려치고 그런다고. 그러는데 내가 어떻게 살아. 내가 얼마나 힘들게 사는지 너희들이 아느냐고. 그런데 학교에 오니까 또 선생님이 날 때리잖아. 내가 스트레스가 쌓여서 살 수가 없다고. 나보다 스트레스를 많이 받는 아이가 있으면 나와 보라고 그래. 어떤 날은 정말 죽고 싶어. 아니, 이 세상 사람을 다 죽여 버리고 싶어. 내 앞에 있는 사람들을 다 죽여 버리고 싶다고. 내 생각을 좀 해보라고. 괴물 아빠한테 언어터지고, "주여, 주여!"만 찾는 엄마한테 또 언어터지고, 요셉이 형한테 또 언어터지고, 이모한테도 언어터지고, 그것도 모자라 학교에 오면 선생님한테 또 언어터지니까 내가 죽고 싶은 거라고. 그런데 나만 죽으면 억울하잖아. 나만 언어터지면 속상하잖아. 그러니까 내가 아이들을 패주는 거라고. 어떻게 나만 맞고 사느냐고. 그건 정말 억울한 거잖아. 안 그래, 얘들아? 나도 때리고 살아야지 공평한 거잖아. 그게 맞잖아, 안 그래? 그럼 내가 누구를 때려야 하니? 나보다 힘이 센 괴물 아빠를 때려? "주여, 주여!"만 찾는 우리 엄마를 때려? 나보다 힘이 센 요셉이 형을 때려? 엄마보다 성질이 더 더러운 우리 이모를 때려? 학교에 와서 선생님을 때려? 못 때리지. 내가 때리면 더 맞을 게 빤한데 어떻게 때려. 그러니까 나보다 힘이 약한 너희들을 패주는 거라고. 내 입장이 돼서 날마다 언어터져 보라고. 누구를 안 패주고 그냥 살 수가 있나. 그래서 내가 우리 반 아이들을 패주는 거라고. 아까처럼 날 놀리는 장 배불뚝이 같은 애는 더 패주고 싶다고. 엉엉. 내가 힘들어서 못

살겠어. 엉엉. 나 정말 죽고 싶다고. 그런데 무서워서 못 죽는 거라고. 그래서 다 죽여 버리고 싶은 거라고. 엉엉.

요한은 10여 분 동안 쉬지 않고 울음을 토해냈다. 선생님은 아무 대꾸도 못한 채 요한의 책상 옆에 장승처럼 버티고 서 있었다. 반 아이들도 누구 하나 말을 못했다. 요한은 주먹으로 자기 책상을 탕탕 쳐대며 계속 울음을 토해냈다. 아니, 뜨거운 여름날의 매미처럼 하늘로 그악스레 울음을 쏘아 올리고 있었다. 선생님과 아이들은 요한의 마음이 가라앉을 때까지 말없이 기다리고 또 기다렸다. 옆 반 선생님이 무슨 일이 벌어졌는가 싶어 살금살금 다가와 복도 쪽 창문으로 교실 안을 기웃기웃하다가 소리 없이 돌아갔다. 공부를 중단한 채 20분쯤 흘러갔을까. 이윽고 요한은 울음을 멈추었다. 그러고는 다짜고짜 시비를 걸었다.

"무슨 선생님이 이래. 공부 시간인데 왜 공부를 안 시키고 가만히 있느냐고. 공부 시간이면 아이들 공부를 시켜야지, 가만히 서 있기만 하면 다야? 그게 무슨 선생님이야. 그리고 너희들도 이상해. 공부 시간이면 공부를 해야지 왜 나만 구경하고 있는 거냐고. 너희들 공부 안할 거야?"

선생님이 조용히 나무랐다.

"네가 조용히 해야 공부를 할 텐데, 지금은 시끄러워서, 그리고 선생님 마음이 수세미처럼 헝클어져서 공부를 못하고 기다리고 있는 거야."

"거봐, 이상한 선생님 맞잖아. 아이들 공부도 안 시키고 그냥 놀고 있잖아. 괜히 나만 때리려 하고, 공부는 안 가르치잖아. 지금 내가 이러는 건 날마다 너무 많이 얻어터져서, 괴로워서 그러는 거라고. 내 안에 스트레스가 너무 많이 쌓여서, 그 스트레스를 날려 버리려고 이러는 거라고. 스트레스가 많이 쌓이면 머리가 아프고, 팔다리도 아프고, 내 몸뚱이가 얼마나 아프고 괴로운지, 너희들은 모르지?”

아무도 대답하지 않았다. 장 배불뚝이가 참 이상하다는 듯이 생뚱맞은 표정으로 요한을 바라보았다. 요한과 장 배불뚝이의 눈동자가 허공에서 마주쳤다. 요한이 장 배불뚝이에게 물었다.

“야, 장 배불뚝이! 너도 말이야, 선생님한테 얻어터지면 스트레스 받지? 우리 선생님 되게 나쁘지? 정말 나쁜 선생님 맞지?”

장 배불뚝이가 대답했다.

“아니, 난 스트레스 안 받아. 선생님한테 맞아도 금방 잊어버려. 내가 잘못해서 맞는 거니까 당연히 스트레스도 안 받지. 그런데 지금처럼 너 혼자서 계속 떠들어대면 그때는 나도 스트레스 받아. 너 정말 이상하다. 이제 그만 해라, 응?”

“저 새끼가 날 또 놀리네. 너 이 새끼, 나한테 죽었어.”

가슴속에서 불덩이가 불끈 치밀어 요한은 자리에서 벌떡 일어났다. 장 배불뚝이도 겁먹지 않고 대들었다.

“아까 네가 주먹으로 날 때리고 발로 내 옆구리를 까고 그랬잖아. 그럴 때는 되게 기분이 나쁘거든. 기분이 나쁘면 당연히 스트레스를 받지. 난 네가 우리 반 아이들을 안 때렸으면 좋겠어. 나도 스트레스 받기 싫으니까.”

"너 이 새끼, 정말 나한테 죽고 싶어?"

요한은 장 배불뚝이를 공격하려고 달려갈 자세를 취했다. 그때까지 요한의 책상 옆에서 장승처럼 버티고 서 있던 선생님이 급히 요한을 붙잡았다. 선생님은 요한을 끌어안고 팔뚝에 지긋이 힘을 불어넣었다. 그리고 기도하듯 말했다.

"요한아, 선생님이 잘못했다. 이제 너를 절대로 혼내지 않으마. 벌 세우지도 않으마. 절대로, 절대로 널 때리지도 않으마. 그러니까 요한이도 우리 반 아이들을 때리지 마라. 너한테 얻어터지는 아이들이 불쌍하지도 않니? 그러니까 이렇게 선생님이 부탁하는 거야. 요한아, 응?"

선생님은 서서히 팔뚝에서 힘을 뺐다. 그러자 요한은 맥 빠진 아이처럼 주저앉았다. 3교시 바른생활 시간은 그렇듯 허망하게 흘러가 버렸다. 아니, 3교시가 끝나려면 10분쯤 남아 있었지만, 선생님과 요한과 아이들은 시간이 어떻게 흘러가는지도 모른 채, 넋이 나간 듯 종소리가 울릴 때까지 기다렸다.

4교시는 재량활동 시간이었다. 재량활동 시간에 선생님은 동화책을 읽어 주었다. 선생님이 읽어 준 동화책 제목은「왕 재수 없는 날」. 동화책 읽기를 마쳤을 때, 마치 기다렸다는 듯 장 배불뚝이가 한 마디 툭 내던졌다.

"오늘 진짜 '왕 재수 없는 날'이야. 나 아까 요한이한테 맞았거든."

요한은 모른 척했다. 그럴 수밖에 없었다. 몸뚱이는 피곤했고, 정신머리는 흐느적흐느적했다. 이제 점심만 먹으면 집으로 갈 시간. 요한은 복도로 나가 급식을 받아 가지고 왔다. 점심 메뉴는 비빔밥이었다. 가방에서 수저 주머니를 꺼냈다. 거칠게 숟가락과 젓가락을 잡아 뽑았다. 숟가락으로 나물과 밥과 고추장을 비비는데 잘 안 비벼졌다. 몸뚱이가 너무 피곤해서 그런 것 같았다. 요한은 울컥 짜증이 일어나서 숟가락을 집어던질까 했다.

그런데 안 집어던졌다. 몸뚱이가 너무 피곤해서 그런지 겁나게 배가 고팠다. 그러니까 밥을 먹긴 먹어야 했다. 요한은 두 손으로 급식 판을 떠받치고 선생님 자리로 갔다. 비빔밥을 먹다가 말고 선생님이 물었다.

"왜 나왔니?"

"밥 좀 비벼 주세요. 잘 안 비벼져요."

"알았다. 선생님이 비벼 주마."

선생님은 요한의 숟가락을 받아 쥐고는 쓱싹쓱싹 밥을 비벼 주었다. 요한은 자기 자리로 가서 우걱우걱 비빔밥을 목구멍 너머로 넘겼다. 그런 다음 집으로 갔다. 다행히 외계에서 내려온 괴물은 집에 없었다. 책가방을 벗어던지고 마을회관 놀이터로 달려갔다. 동네 아이들과 정신없이 놀았다. 싸우지는 않았다. 해가 뉘엿뉘엿 넘어갈 무렵 요한은 지친 그림자를 끌며 집으로 갔다. 요셉은 컴퓨터 앞에 앉아 신나게 게임에 빠져 있었다. 배가 고팠다. 라면을 끓여먹을까 하다가 참았다. 30분쯤 뒤 집에 도착할 거라고 엄마가 전화했던 것이다.

저녁을 먹다가 말고 요한이 물었다.

"엄마, 잃어버린 양 한 마리 구해 줬어?"

"아니. 얘는 그게 뭐 쉬운 일인 줄 아니? 되게 어려운 일이야. 설마

하나님이 엄마한테 쉬운 사명을 내려주시겠니. 그래서 엄마는 잃어버린 양 한 마리를 찾아 내일도 모레도 험악한 세상으로 나가 온종일 헤매고 돌아와야 한단다."

"그런데 있잖아, 엄마. 아빠가 오늘도 형이랑 나 자는데 깨우면 어떡해?"

"엄마가 있으니까 걱정하지 말고 자. 너희 아빠가 술만 취하면 햇또가 돌아서 그렇지, 원래 나쁜 사람은 아니야. 직장에서 쫓겨나고 풀리는 일은 없고 그러니까 답답해서 그러는 거야. 힘들더라도 너희들이 참아. 곧 좋은 날이 오겠지. 오, 주여!"

"난 아빠가 무서워. 꼭 외계인 같아. 자다가 가시덤불 같은 곳에 처박혀 혼자 헤매는 꿈을 꾸고 그래."

"되도록 아빠 나쁘다는 소리는 하지 마라."

그때 요셉이 한 마디 툭 내던졌다.

"그 새낀, 외계인보다 더 지독한 괴물이야. 이 세상에서 가장 질이 더러운 놈이라고. 그런 새끼가 무슨 아빠야. 시팔 좆도, 내가 이 집구석을 안 나가는가 봐라."

"아빠를 저주하는 말도 하지 마라. 그럼 엄마한테 맞는다. 오, 주여……!"

"시팔, 둘이 똑같아. 그러니까 같이 살겠지."

요셉은 밥숟가락을 내던졌다. 요한도 살그머니 숟가락을 내려놓았다. 엄마만 혼자 잠자코 밥을 떠서 입 안으로 가져가고 있었다. 요한과 요셉은 텔레비전에 빠져들었다. 밤 9시가 넘자 설거지를 끝낸 엄마가

9시 뉴스로 채널을 돌렸다. 요한은 형 요셉의 명령을 받고 이부자리를 깔았다. 요한과 요셉은 나란히 이불 속으로 들어갔다. 자리에 누워 건성으로 텔레비전을 보다가 까무룩 잠이 들었다.

요한은 비몽사몽 잠 속에서 길을 잃고 허우적거리다가, 저승사자 목구멍을 넘어온 듯한 "일어나지 못해, 이 새끼들!" 하는 소리를 들었고, 곧이어 몸뚱이에 익숙한 둔탁한 발길질이 허벅지를 찌르는 자극을 받자마자, 수면 위로 솟구치는 돌고래처럼 화닥닥 잠에서 깨어났다. 방금 외계에서 낙하산을 타고 내려온 것 같은 괴물이 두 눈을 게슴츠레하게 뜨고 요한의 얼굴을 쪼아보고 있었다. 그때 간이역을 지나쳐가는 기차 바퀴 소리처럼 엄마 목소리가 요한의 귓바퀴를 휘감았다.

"왜 자고 있는 애들은 깨우고 그래요. 오, 주여……!"

뻐꾸기 뿔

박명호

내 차례가 왔다. 오히려 잘 됐다 싶었다. 그 순간 나는 정말 회피하고 싶은 마음이 없었다. 어쩌면 엄청 두들겨맞고 싶었던 것이 솔직한 심정인지 몰랐다. 사나운 개 앞에서 한없이 오그라드는 것보다 차라리 물리는 쪽이 편할 것 같았다. 내가 앞으로 나가자 양철이가 떡사이에게 뭔가를 이야기하더니 반장은 반장이니까 그냥 건너뛴다고 했다. "아니, 맞겠어." 그들은 나의 뜻밖의 태도에 적이 당황하는 것 같았다.

1

태초에 뿔이 있었다. 뿔은 질서를 낳고 질서는 폭력을 낳는다. 뿔은 조물주의 특별한 은총이다. 생명 가운데는 조물주의 소명을 잘 받들어 은총의 관리자가 되는 동물이 있는가 하면, 그 관리자의 지배를 받는 동물도 있다. 그것을 자연의 질서라고 한다. 진정한 뿔은 싸움을 하지 않아도 질서를 만드는 것이다. 뿔은 가시일 수도, 독毒일 수도, 주먹일 수도 있다. 그래서 뿔 가운데는 뿔이 아니면서 뿔인 척하는 사이비가 많다.

뻐꾸기에게는 진정한 뿔이 있다. 숲 속에서 뻐꾸기에 대적할 새는 없다. 뻐꾸기의 뿔은 울음소리다. 높은 나무에 앉아서 한 번씩 목청을 가다듬으면 숲 속의 모든 새들은 그 울음소리에 길들여진다. 무엇보다 그 소리에는 힘이 있고, 감동이 있다. 그래서 뻐꾸기는 굳이 둥지를 틀 필요가 없다. 자신이 새끼를 키우는 수고를 하지도 않는다. 적당한 둥지와 대상을 찾아 알을 낳기만 하면 되는 것이다.

2

내게도 뻐꾸기 울음과 같은 뿔이 있다는 사실을 요즘에 와서야 알게 되었다. 수컷의 세상에서는 언제나 질서를 요구하고, 그 질서가 자리 잡는 과정에서 내게는 이해할 수 없는 일들이 많이 일어났다.

질서를 의식하기 시작한 것은 초등학교 시절의 시작과 같다. 그 시절 내내 나는 이른바 맞장 한 번 붙지 않고 주먹일 수 있었다. 달랑 두 반뿐인 작은 시골 학교 탓인지 나에게 대적하는 다른 주먹은 없었다. 위로 형들이 여럿이고 장터 골목대장 출신에다 무엇보다 나는 공부도 잘해 인기도 있었다. 설사 나보다 주먹이 큰 아이들이 있었다 해도 그런 내 이미지를 뒤엎을 만한 뭔가가 없었기 때문이다. 입학을 하면 남자 아이들에게 가장 중요한 것은 주먹을 정리하는 것이다. 그런 서열 정하기는 굳이 하나하나 맞장을 뜨지 않더라도 대체로 비교우위에 의해서 자연스럽게 결정된다.

강아지도 제 집 앞에선 으르렁댄다는 말처럼 나는 그 텃세 센 장터 골목대장 출신이었다. 당시 시골에서는 몇 년 늦게 입학하는 덩치 큰 아이들도 더러 있었다. 그런 아이들은 대부분 시골에서도 소외 지역인 재 너머 산골 출신이기 때문에 장터 아이들에게 기가 죽게 마련이었다. 그 가운데 덩치가 큰 한두 녀석이 투수가 던지는 견제구처럼 내게 주먹을 내밀기도 했다.

"니 정말 함 붙어 볼래?"

나는 속으로 움찔했지만 눈을 부릅뜨고 주먹을 쥐었다. 나보다 몇 살 위였으니 덩치나 힘으로 충분히 나를 제압할 수 있었겠지만 녀석들은 이상하게도 너무 쉽게 얼굴을 풀고 꼬리를 내려 버렸다. 녀석들은 어차피 소문을 확인한 데 지나지 않았기에 제 집 앞에서 기를 쓰는 강아지에게 대들 수는 없는 것이었다. 나는 정말 주먹 한 방 쓰지 않고 같은 학년의 주먹이 된 것이었다. 싸움을 하지도 않았고, 아니 싸움하는 것을 근본적으로 싫어했다. 무엇보다 나는 1학년부터 줄곧 반장을 하며 공부 잘하는 모범생이었기에 싸움을 말리거나 중재하는 입장이었다. 주먹이 주먹을 쓰지 않았고, 아니 쓸 필요가 없었으므로 우리는 비교적 평화로웠다. 곧 질서가 있었다. 그러니까 진정한 주먹이었다고 할 수 있다.

그런데 거기에도 위기는 있었다. 5학년 땐가 새로운 주먹이 나타났다. 뻐꾸기가 몹시 울던 날, 서울내기 하나가 전학 왔다. 하필이면 서울내기가 출현한 날과 뻐꾸기 울음이 연상되는 것은 내 기억의 조작일 수도 있지만 내 기억 속에서 둘의 관계는 언제나 동시에 떠오르는 그림이었다. 지금 내가 기억할 수 있는 그날은 분명 뻐꾸기 천지였다. 그 소리는 지서 망대에서 울리는 소방 사이렌처럼 요란했다. 그것도 한 마리가 아니고 온 산의 뻐꾸기가 다 모여서 노래자랑이라도 하듯이 요란스럽게도 울어댔다.

서울내기가 달랑 두 반뿐인 우리의 시골 학교 옆 반으로 전학 와서는 갑자기 울어대는 뻐꾸기처럼 주먹을 자처하고 있었다. 녀석의 하얀 얼굴과 그 얼굴보다 더 하얀 칼라가 유난히 눈에 띈 교복 같은 세련된 옷차림, 그리고 말끝이 팍팍 올라가는 경사(서울 말씨)는 시골 촌놈들로 하여금 절로 주눅이 들기에 충분했다. 서울내기를 싸고도는 것은 기철이었다. 사실 서울내기 하면 기철이 얼굴이 먼저 떠올랐다. 장터 쌀가게 집 막내인 기철이는 사실상 주먹인 장터 깡패였다. 재를 넘어서 학교에 오는 아이들의 돈을 빼앗기도 하면서 힘없는 아이들을 많이 괴롭혔다. 그동안 내 기세에 눌려 제대로 기를 펴지 못하고 있다가 때마침 기회를 잡은 것이었다.

기철이가 서울내기를 등에 업고 설치기 시작했다. 눈치를 살피던 아이들이 하나 둘 그쪽으로 몰려갔다. 나는 아이들로부터 따돌림당하기 시작했다. 마음고생을 많이 했었다. 그때따라 그놈의 처량한 뻐꾸기는 왜 그렇게 울어댔는지. 기철이만 살판났다. 그런데 조금씩 녀석에 대한 좋지 못한 소문이 퍼지기 시작했다. 일단 어머니가 장터에서 술을 판다는 것, 공부는 지독히 못한다는 것, 더 결정적인 것은 주먹은커녕 계집애보다 더한 울보라는 것이다.

그 소문이 점차 확산되자 아이들은 내게 소문의 진위를 가려 달라는 무언의 압력을 넣기 시작했다. 내 주먹은 주먹질해서 얻은 타이틀이 아니었다. 그냥 1학년 때부터 지내오면서 그네들이 만들어 준 일인자

일 따름이었다. 그래서 그때까지 한 번도 또래들과 싸운 적이 없었다. 도전자도 없었다. 그런 내 사정을 아이들은 아는지 모르는지 그들의 기대감이 점차 나를 압박해 왔다. 나는 정말 싸움이 싫었다. 그리고 솔직히 서울내기에 대해 약간의 두려움도 있었다.

그런데 어느 날 서울내기는 아이들에게 떠밀려 내 앞에 억지로 나타났다. 그 뒤에는 의기양양한 기철이가 있었다. 기철이는 자꾸 서울내기의 옆구리를 쿡쿡 찔러 댔다. 한번 대들어 보라는 것이었다. 그런데 녀석은 내가 뭐라 말하기도 전에 내 눈치를 슬쩍 보더니 그만 울음을 터트리고 말았다. 물론 나는 속으로 안도의 한숨을 내쉬었지만 서울내기 주먹은 너무 싱겁게 끝이 나고 말았다.

따지고 보면 기철이가 너무 성급하게 견제구를 던진 것이었다. 나중에 안 사실이지만 서울내기는 서울의 학교에서도 적응을 못해 시골 학교로 전학을 온 것이었다. 녀석은 시골 학교에 오면서 필요 이상으로 허풍을 떨었던 것이다. 또한 그것을 이용하려 한 기철이의 얄팍한 수작과 맞물려 억지 소문을 만들어낸 것이었다.

그런데 이해할 수 없는 것은 어떻게 해서 그 기세등등하던 서울내기가 내게 주먹 한 방 내밀지 못하고 울음을 터트렸을까. 촌놈이라 깔보고 허세를 조금 부려 봤는데 기철이가 필요 이상으로 일을 키워서 부담을 느끼고 있었는지 모른다. 그렇다 해도 주먹 한번 내밀지 않고 바로 울음을 터트린 것은 이해할 수 없었다.

그 해답은 뒷날 서울내기의 고백에 있었다. 녀석은 내 눈빛을 보는 순간 너무 무서웠다고 말했다. 저학년 시절 멋모르고 내게 대들었다가 싱겁게 꼬리를 내린 덩치들도 따지고 보면 내 눈빛 때문이었는지 모른다. 그러니까 내게도 뿔이 있었다. 하지만 당시에 나는 그의 말을 제대로 이해하지 못했다.

3

그 뒤 나는 대구에 있는 중학교로 진학했다. 갑자기 큰 도시 학교로 진학한 나는 도시 아이들에게 스스로 주눅이 들어 있었다. 아무도 내 주먹을 인정해 주지 않았고, 내 스스로 주먹을 내세울 처지도 못 되었고, 또한 애초 나는 그런 위인도 아니었다. 그냥 공부에만 열중할 수밖에 없었다.

2학년이 되었다. 우리 반에 주먹이 있었다. 별명이 '니뽄도'였는데 본명은 너무 오래되어서 가물거린다. 키는 컸지만 마른 체격에 다소 병약해 보이던 그는 아버지가 일본 야쿠자와 관련이 있었다 하고, 삼촌은 유명한 조직폭력단 오성파의 두목이라 하며, 삼촌의 후광으로 시내에서 다른 주먹들과 어울린다는 소문이 있었다. 그러나 그 소문을 확인한 사람은 아무도 없었다. 그의 주먹을 시험하려는 아이들도 없었다. 그저 그 소문들은 1학년에서 2학년으로 올라오면서 자연스레 따라온 것이었고, 그것이 우리 반에서는 별탈 없이 정착된 질서처럼 굳어져 있었을 뿐이었다. 왜냐하면 그는 최소한 반에서는 주먹을 쓰지 않았고, 쓸 것 같지도 않았고, 설사 쓴다 해도 반 아이들을 위해서 쓸 것 같았기 때문이다. 그 주먹을 반원들에게 휘두르지 않는다면 오히려 반의 안전과 다른 반과의 크고 작은 다툼에서 든든한 울타리가 될 수 있었기에 우리는 오로지 니뽄도가 소문보다 더 잘 쓰는 주먹이기를 바라고 있었을 뿐이다.

사실 그 주먹을 생각하노라면 내게는 찝찝한 뒷맛이 다소 남아 있다. 그것은 나도 그가 반의 주먹이 되는 데 일정 부분 부역한 사실을 부인할 수 없기 때문이다. 아니, 나는 반장의 위치에서 그 주먹을 부추기고 거기에 무임승차한 셈이었다. 이를테면 나는 반원들에게 싫은 짓을 하지 않고서도 반원들을 통제할 수 있었다. 그렇다고 내가 영악해서 주먹을 일부러 이용하려 한 것은 아니었다. 그가 반의 주먹이고자 하는 과정에서 나는 그저 편승한 것뿐이었다. 그 당시 중학교의 반장들은 군대의 내무반장처럼 반 아이들에게 기합도 주고 하면서 반원을 통솔하는 풍토였다. 그래서 반장을 선출할 때도 그런 점이 고려되었다.

하지만 내가 반장이 된 것은 내 스스로 생각해도 조금은 뜻밖이었다. 나는 성적은 상위권이었지만 반 아이들을 휘어잡을 수 있는 것이 아무것도 없었다. 시골 출신에다 덩치도 작았고, 힘도 별로였다. 선생님은 내가 반장으로 선출되는 순간 다소 난감한 표정을 지었다. 반장에게 카리스마가 없으면 반 내 크고 작은 다툼들이 일어날 것이고, 그것에 선생님이 개입하는 데는 한계가 있었기 때문이었다. 아무튼 내가 반장이 된 것은 덩치들에게 휘둘림을 많이 당했던, 힘없는 작은 아이들이나 여학생 쪽의 지지를 받았다 해도 너무 뜻밖이었다. 그러나 결과적으로 나는 무사히 반장 역할을 할 수 있었다.

반장이 된 지 한 달쯤 되었을까. 하교 길에 니쁜도가 나를 불렀다. 자신의 집에 같이 가자고 했다. 아니래도 그와 관련된 소문이 궁금해서 확인해 보고 싶던 터였다. 그의 집은 낡고 자그마한 적산가옥이었다. 오래된 책들이라든지 일찍 돌아가신 아버지의 유품들이 많았다. 집안 분위기가 조금은 묘했다. 곧 쓰러질 것 같은 낡은 집이었지만 그런 책이나 잘 가꾸어진 화초에서 풍겨 나오는 그윽한 분위기가 서로 충돌하고 있었기 때문이었다. 그것은 주먹이라고 하지만 어딘가 모르게 허술함이 보이는 그의 용모와 무척 닮아 있다는 생각이 들었다. 마침 그의 집에는 아무도 없었는데 그는 안방에 있던 칼을 보여줬다. 그 칼은 화분 진열대 위에 자리잡고 있었다. 박물관 같은 데서 보던, 옛날 장군들이 쓰던 칼이었다. 첫눈에도 아주 귀중한 보물 같았다.

"어느 장군이 쓰던 기고?"

"니쁜도."

그는 짧게 말했지만 '짜식, 이것도 몰라' 하며 자신의 별명을 새삼 들추듯 힘이 잔뜩 들어가 있었다. 야쿠자와 관련된 소문들이 떠올랐다.

그는 예의 그 칼을 칼집에서 뽑아 두 손으로 쳐들었다. 칼은 마침 창으로 넘어오는 저녁 햇살에 반사되어 눈이 부셨다. 그는 사무라이처럼 두 손으로 자신의 머리 정면에 칼을 쳐들고 내 쪽을 겨누었다. '난 이런 놈이야. 알았지?' 내가 그런 놈이란 것을 인정해 주지 않으면 바로 내리칠 자세였다. 순간 그 칼이 내 목을 자를 수도 있다는 생각에 몸이 바싹 오그라들었다. 슬쩍 몸을 피해 딴청을 부릴 수도 있었지만 나는 눈을 부릅뜨고 그 칼을 정면으로 응시했다. 물론 그가 그 칼로 나를 내리칠 리 만무했지만 겁쟁이는 되기가 싫었다. 아니, 그것은 녀석과의 기 싸움이었는지도 모른다. 왜냐하면 니뽄도를 과시하려는 행위라 보기에는 너무 위협적이었기 때문이다.

"날이 그렇게 무뎌서 사람 모가지 벨 수 있을랑가?"

나는 녀석에게 아무렇지도 않다는 듯 그렇게 응수했다. 그는 내 말에 약간 움찔하면서 표정을 풀었다.

"무시 똥가리(무 몸통)나 자르는 부엌칼과 다르지……한순간 힘을 모아 내리치면 사람 모가지가 아니라 말 모가지도 뎅그렁한다고!"

이렇게, 이렇게 말이야……녀석은 다시 나를 칠 듯이 인상을 찡그리며 말했다. 그래도 나는 녀석이 칼을 내려놓을 때까지 꼼짝하지 않고 바로 보고 있었다.

그날 내가 그의 집에서 확인한 것은 니뽄도뿐이었다. 그의 삼촌이 정말 오성파 두목인지, 그의 아버지가 일본의 야쿠자와 관련이 있었는지, 그가 시내 주먹들과 어울리는지 아무것도 물어 볼 수 없었고, 그도 그런 소문에 대해선 아무런 말이 없었다. 어떻게 보면 그의 집은 조폭이나 야쿠자와 관련이 있다기보다는 퇴락한 선비네 집 같았다. 그의 아버지는 일본 군관 출신이 아닐까도 생각해 봤다. 하지만 나는 그를 믿었다. 아니 믿고 싶었는지도 모른다. 하지만,

이름 좋아 불로초…….

그의 집을 나오면서 니뽄도에 대해서 그런 말이 몇 차례 떠올랐지만 금방 사라져버렸다. 물론 그 뒤 녀석이 반에서 나를 이용했을 것이라는 추측은 그리 어렵지 않았다. 나 역시 가시방석 같은 반장 자리에서

주먹에 기댄 측면이 없지 않았으니 말이다. 그래서 그는 우리 반의 주먹이 되었다. 내 입장에서도 그 주먹 때문이었는지 큰 어려움 없이 반장 일을 할 수 있었고, 우리 반은 비교적 질서가 있었으며 평화로웠다.

하지만 니뽄도는 그리 오래가지 못했다. 2학기 시작 무렵 새로운 주먹이 나타난 것이었다.

새로운 주먹, 곧 유도 특기자로 어느 시골에서 전학 온 '떡사이'가 그 주인공이었다. 그가 맨 처음 담임선생님에 의해 우리 앞에 소개되었을 때 아이들은 모두 배꼽을 팍팍 긁지 않을 수 없었다. 본명이 '공덕산'인데 경상도 발음으로 '덕산'을 '떡사이'로 부르기도 하는데, 성씨와 연결하면 '콩떡사이'가 되어 버린다. 그런데 담임선생님의 컬컬한 목소리가 보태지니 한 마디로 자갈치 시장판 '콩떡 사이소' 그대로였다.

"잘 부탁하게씨임더……."

겸연쩍은 웃음과 함께 흘러나오는 거친 사투리에다 '콩떡사이'라는 별난 이름에 어울리는 그 용모, 그 촌스러움의 극치가 우리로 하여금 웃음을 참을 수 없도록 했다. 하지만 아이들이 곧 박수를 쳤으므로 그는 처음부터 닥친 낭패를 모면할 수 있었다. 아무리 이름과 용모가 모두에게 배꼽을 까발리는 웃음을 몰고 왔다지만, 그래도 명문 중학의 긍지가 대단했던 우리는 금방 올라온 시골 소년에게 너무한다는 동정심 정도는 가지고 있었다. 아무튼 우리는 그 우직한 시골 소년을 그의 말대로 잘 봐주겠노라고 손뼉에 담아 격려까지 했었다.

그로부터 떡사이는 반에서 이름 없는 여느 아이들처럼 별로 관심거리가 되지 못했다. 맨 뒤에 자리한 그의 자리는 비어 있는 횟수가 더 많았고, 수업 시간에도 슬그머니 들어왔다가는 낙서만 하다가 언제 나가 버렸는지 모를 지경이었다. 때때로 그를 잘 모르는 선생님들이 출석부 맨 끝에 적혀 있는 그의 이름을 부를 때도 아이들은 더 이상 웃지를 않았다.

그런데 변화가 일어나기 시작했다. 떡사이가 무엇 때문인지 유도를 그만두면서부터였다. 꼭 굵직한 바위를 연상케 하는 그의 모습은 언제나 교실 뒤쪽에 버티고 있었다.

어느 틈엔가 분위기 변화에 약삭빠른 아이들이 떡사이 근처에 어른거리기 시작했다. 몇몇은 이미 그의 똘마니가 되어 있었다. 그들은 아침에 떡사이가 등교하면 재빨리 달려가 가방을 받아 들기도 하고, 모자를 벗어 먼지를 털기도 했다. 심지어는 아니꼬워하는 아이들에게 보란 듯이 운동장을 가로질러 교실에 들어와서는 '형님 나가신다. 길 비켜라' 는 식으로 으스댔다. 나는 별나게 파벌이 많던 우리 반에 새로운 파벌이 하나 더 늘어났다는 정도로 여길 뿐 다른 염려는 하지 않았다.

하지만 그들의 노는 꼬락서니가 날이 갈수록 도를 넘기 시작했다. 그들이 단순한 꼴불견에서 점차 반의 질서를 흔드는 두려움의 대상으로 바뀌어 가고 있었던 것이다. 아이들은 그즈음 해서 니뽄도가 반의 주먹으로서 뭔가를 보여주길 기대하는 눈치였다. 떡사이가 한 번씩 거동하면 아예 너댓 명이 따라다닐 때까지도 니뽄도의 반응은 너무 잠잠했다. 멀리는 바다 건너 야쿠자와 연결되어 있고, 가까이는 시내 주먹과 어울린다는 니뽄도의 침묵은 가소로움이나 아량으로밖에 생각할 수 없었다. 아무리 그렇다 해도 떡사이네들의 행동은 반의 주먹에 대한 정면 도전에 가까웠다. 그 무렵 반 한쪽에서는 니뽄도의 주먹이 소문과 다르다는 소문이 나돌기 시작했고, 또 한쪽에서는 모일 모시에 두 주먹이 한 판 붙는다는 소문까지 나돌았다.

그런데 어이없는 일이 벌어졌다.

니뽄도네 핵심 멤버인 명수가 공부 시간 여학생에게 장난 쪽지를 보낸 것이 떡사이네 똘마니 양철에게 건네졌다. 명수가 떡사이네들에 의해 교실 앞으로 불려 나갔다.

"수업 분위기를 흐리게 해서 죄송합니다."

끝내 명수는 그렇게 공개 사과를 해야 했다. 얼마 전까지만 해도 니뽄도 앞에서 알랑거리던 그들이 니뽄도의 최측근인 명수를 그렇게 치욕스럽게 만들었다. 그들의 치욕은 거기서 끝난 것이 아니었다.

"명수가 사과를 했는데…… 할 말 있는 사람, 말해 봐."

그 칼 끝은 명백히 니뽄도를 향하고 있었다. 드디어 니뽄도가 칼을 뽑을 차례였다. 그에 관한 소문을 확인할 수 있는 기회가 왔다. 우리는 그가 정말 사무라이처럼 칼을 뽑아 떡사이네들을 한 방에 잠재워 주기를 바랐다. 그러나 니뽄도는 처음부터 고개를 수그린 채 아무런 반응을 보이지 않았다. 떡사이네 행위를 그저 가소롭게 봐주는 것인지, 칼집에 든 녹슨 니뽄도처럼 이름만 주먹인지 알 수 없었다.

"아무도 없어? 정말 없어?"

떡사이네 양철이는 마치 이빨 빠진 사자를 희롱하는 하이에나처럼 니뽄도를 자극했다. 우리는 그 일촉즉발의 상황에서 드디어 두 주먹의 충돌을 기대하고(?) 있었는데 니뿐도는 끝까지 고개를 들지 않았다. 결국 우리는 소문과 다른 반 내 주먹의 초라한 모습만 확인한 셈이었다. 그들의 모욕에도 줄곧 고개를 꺾은 채 꼼짝 않고 있던 니뿐도가 슬그머니 일어나 교실을 나가 버렸기 때문이었다. 그러곤 학교에 나타나지 않았다.

사실 니뿐도는 처음부터 주먹이 아니었다. 그의 삼촌은 조직폭력단의 두목은커녕 졸개도 아닌, 교도소에 복역 중인 죄수에 불과했고, 일찍부터 편모슬하에서 어렵게 살고 있었다. 그가 가지고 있는 것은 오로지 '니뿐도' 뿐이었다. 그는 아버지의 유품인 니뿐도로 자신의 나약함을 숨기려 과장된 소문을 퍼뜨린 것이었다. 또 다른 소문에 의하면 니뿐도는 어린 시절 그런 환경 때문에 아이들로부터 집단 따돌림을 많이 당했다고 했다. 그 소문만은 진짜일 것 같았다. 중학생이 되면서 살아남기 위한 허세를 부렸던 것이다. 그 뒤 니뿐도는 학교에 나오지 않았다. 공장에 취직했다는 말도 있고, 정말 조폭에 들어갔다는 말도 있었지만 그것조차 믿는 아이들은 아무도 없었다.

생각하면 니뿐도는 떡사이네가 던진 대수롭지 않은 견제구에 걸려 아웃되고 만 것이었다. 니뿐도는 너무 쉽게 정체를 드러내고 말았다. 그래도 자신이 힘 있는 아이들로부터 괴롭힘을 당하니 역으로 이용하는 그의 생존전략이 눈물겹기도 했다. 떡사이네는 그러한 니뿐도의 실체를 진작에 간파하고 있었는지 모른다. 그러기에 슬슬 견제구를 던져보았던 것이리라.

아무튼 2학년 2반에 주먹이 없어졌다.

그때까지도 떡사이는 첫날 그 인사말 빼고는 한마디도 내뱉지 않았다. 다만 무슨 일이 일어날 때마다 교실 뒤쪽에서 팔짱을 낀 채 묵묵히 지켜보고 있을 따름이었다. 오히려 아이들 쪽에서 그의 눈치를 살폈다. 그로부터 그 엄청난 사건은 그리 머지않아 터지고 말았다.

자습 시간이었다. 아이들이 때를 만난 것처럼 떠들었다. 떡사이 일당에 대한 아니꼬움이 배제되었다고는 볼 수 없었지만 급기야는 5층 실습실 옆에 동떨어진 우리 교실은 시장 바닥 '저리 가라'였다. 나는 반장으로서 그저 건성적으로 조용히 하자고 했지만 이상하게도 같이 떠들고 싶었다.

그때였다. 어디선가 교실이 무너져 내릴 것 같은 소리가 터져 나왔다. 그때 그 장면은 언제 터질지 모르는 시한폭탄 같은 두려움이었고 그 두려움이 현실화된 것뿐이었다. 생각하면 그 두려움은 그가 교실에 남고부터 감돌기 시작했던 막연하고도 찝찝했던 분위기였다. 아무리 예견된 것이라고는 하지만 그것은 정말 맑은 하늘에 떨어지는 날벼락처럼 너무 엉뚱한 것이었다.

떡사이였다. 떡사이가 교단으로 올라감과 동시에 그의 패거리들이 교실 이곳저곳을 사냥개처럼 어슬렁거리기 시작했다. 교실은 한순간에 폭풍 전야의 두려움 속으로 빠져들고 있었다. 나는 발목에 쇠구슬을 달고 물에 빠진 것처럼 답답함을 느꼈다. 그때 음악실에서 들려오던 1학년들의 합창 소리가 없었다면 교실 문을 박차고 뛰쳐나갔을지 몰랐다.

"너희들이 뭔데 그러냐고!"

누군가가 그 숨막히는 상황에 제동을 걸었다. 앞줄에 앉아 있던 여학생이었다. 몸이 작고 가늘었으며 유독 흰 살결로 '백설공주'란 별명이 있었다. 떡사이의 얼굴이 조금 일그러졌다. 그의 패거리인 양철이가 그녀에게 다가가 어깨를 누르며 자리에 앉혔다. 교실은 떡사이가 흘리는 그 천박스런 웃음과 그녀의 가는 흐느적거림만 있을 뿐 아무런 일이 없었던 것처럼 조용해졌다.

그때 비로소 애초 아무런 힘도 없는 내가 반장이 된 것을 후회하기 시작했다. 후회 정도가 아니라 용기 없는 자신이 얼마나 부끄러웠는지 몰랐다. 내게 정말 용기가 있었다면 반장으로서 떳떳이 그들 행동의 부당성을 지적하고 맞서야 했을 것이다.

그날따라 바람이 몹시도 불었다. 바로 창가에 앉아 있었던 나는 쉴 사이 없이 창을 흔드는 바람 소리를 듣고 있었지만, 창 쪽에 관심을 두는 아이는 아무도 없었다. 아니, 아예 내 쪽으로는 그 어떤 기대도 않는다는 듯 눈길 한번 오지 않았다. 애초 나에게 그런 힘도 용기도 바라지 않았는지, 아니면 그 상황이 너무 공포스러웠기에 반장이라도 어쩔 수 없다고 판단했는지는 알 수 없었다.

마침내 떡사이가 입을 열었다. 그의 말은 간단했다. 학급에 기강이 없으니 자신이 그 기강을 좀 세우겠다, 불만이 있는 놈이 있으면 '나와 봐'라는 거였다. 우리는 그 말이 무엇인가 했지만 곧이어 그 어마어마한 일이 닥칠 것이라곤 아무도 예상을 못했다. 그들의 기강 세우기란 몽둥이질이었다. 반질반질한 야구 방망이가 뒤에서부터 떡사이에게 건네질 때까지 우리의 한숨은 차례로 얼어붙었다. 으으으, 여학생 쪽에서 비명이 터졌다. 그러나 그들에게도 아량은 있었는지 여학생은 건너뛰고 남학생만 출석 번호 순으로 앞으로 불려 나갔다.

나는 무서운 개의 꿈을 생각했다. 그 개가 으르렁대며 달려들었다. 도망을 치든지 막대기를 들고 싸우든지 해야겠는데 도무지 발이 떨어지지 않았다.

떡사이는 몽둥이 세례식에 앞서 자신도 그 책임을 통감한다며 스스로 다섯 대를 먼저 맞겠다고 했다. 뜻밖이라 우리도 놀랐지만 무엇보다 놀라는 것은 그의 패거리들이었다. 떡사이는 아니래도 옆에서 잔뜩 긴장하고 서 있던 양철이에게 방망이를 건넸다. 그러고는 교단에 딱 하니 엎드렸다. 양철이는 어쩔 줄 몰랐다.

─사아나이 굳은 마음/ 처언 년 두고 흐른다─

음악실에서 곧장 달려오는 합창 소리가 그의 등 위로 쏠려갔다.

"뭐 하노, 임마!"

어쩔 줄 모르던 양철이가 알았다는 듯 떡사이의 그 넓적한 엉덩이를 내리쳤다. 그러나 그것은 형식적인 것이었다.

"새끼, 간질이는 기가 뭐꼬? 시게 치란 말이다!"

그제서야 결심한 듯 양철이의 방망이는 정말 힘차게 내려갔다. 순간 제아무리 덩치 큰 떡사이였지만 욱하는 소리와 함께 무릎이 약간 내려갔다. 양철이는 다시 멈칫했다.

"계속하라 카이!"

떡사이의 목소리는 자부심에 차 있었고, 양철이는 그러한 자부심에 부채질하듯 내리쳤다. 그는 정말 덩치만큼이나 대단했다. 정확하게 다섯 차례나 방망이가 내려갈 때까지 그의 자세는 조금도 흐트러지지 않았다.

이윽고 첫 번째로 불려 간 시욱이는 위로 누나들만 여럿 있는, 여자같이 허약한 아이였다. 시욱이는 보기에도 안타깝게 덫에 걸린 생쥐처럼 바들바들 떨고 있었다. 양철이가 방망이를 내리치려다가 멈칫했다.

"짜아석……."

딱하게 바라보던 떡사이가 양철이로부터 방망이를 뺏어 들더니 이내 내리쳤다. 우욱! 하지만 시욱이는 방망이가 그의 엉덩이에 닿기도 전에 비명을 지르며 몸을 뒤틀었다.

"차라리 치마를 둘러, 임마!"

패거리 가운데 누군가가 소리쳤다. 마침내 떡사이의 방망이가 시욱이의 가냘픈 엉덩이를 향해 내리칠 때 그의 비명은 일부 여학생들과 같이 터져 나왔다. 다음은 '땅치'라는 별명을 가지고 있는 헌덕이 차례였다. 헌덕이는 과연 땅치라는 별명답게 당당하게 나와 교단에 딱하니 엎디어서 셋을 내리치는 동안에도 빳빳하게 버티었다. 비록 몸집은 작지만 한낱 시골뜨기에게 굴복할 수 없다는 자세가 역력했다.

방망이 세례는 계속됐다. 떡사이는 덩치와 이름답게 지치지도 않았다. 그는 스윙 연습하는 야구선수처럼 방망이를 휘둘렀다. 여학생들은 아예 책상에 머리를 박고 있었고, 교실은 어느 그림 속의 도살장처럼 온통 숨을 죽인 채 외진 비명마저도 한 겹 한 겹으로 어두운 분위기에 쌓여 갔다. 그것은 일종의 적막이었다. 탁, 탁, 탁— 적막은 간혹 방망이 소리와 함께 기우뚱거렸다. 나는 여전히 무서운 꿈속에 있었다.

"쌌어, 민길이가 쌌다고!"

여태 숨을 죽이며 쌓이던 적막이 와르르 무너졌다. 모두의 멍한 눈길이 민길이 쪽으로 쏠려갔다. 오줌을 싼 민길이는 책상에 머리를 박은 채 흐느끼고 있었다. 들썩이는 그의 어깨가 너무 초라해 보였다.

"아야 받고!"

그때 밖에서 망을 보던 패거리 하나가 교실로 뛰어들면서 선생님이 온다는 신호를 보냈다. 아이들이 일순간 놀란 닭처럼 목을 길게 빼고는 살았구나 한숨을 내쉬었다.

"책을 봐, 자식들…… 군소리하는 놈 알지!"

떡사이의 굵은 소리가 소금을 뿌리듯 아이들의 뺀 목들 위로 흩어졌다. 아이들의 뺀 목들은 금세 겁먹은 자라 모가지처럼 기어들어갔다. 하지만 나는 못마땅했다. 선생님이 조용해진 교실 창을 들여다보고 있었다. 옆에 짝지가 침을 꼴깍 삼키며 일어서려 했다. 나는 그의 소매를 잡아당겼다. 그것은 떡사이가 무서워서 그랬던 것이 아니었다. 자신의 비겁함을 들추기 싫었고, 그 비겁은 한 번으로 족했기 때문이었다. 짝지가 내 쪽을 향해 못마땅한 눈짓을 흘겼다.

선생님은 금방 내려가 버렸고, 그 공포의 시간은 다시금 칼날을 세우고 있었다. 나는 더 이상 견딜 수 없었다.

사나운 개가 달려듭니다. 소년은 맨주먹을 내밀었습니다.─

언젠가 읽은 동화의 내용이 스쳐갔다.

내게도 남을 제압할 수 있는 뿔이 있어. 떡사이 역시 니뽄도나 서울내기 같은 존재일지도 모른다.

내 차례가 왔다. 오히려 잘 됐다 싶었다. 그 순간 나는 정말 회피하고 싶은 마음이 없었다. 어쩌면 엄청 두들겨맞고 싶었던 것이 솔직한 심정인지 몰랐다. 사나운 개 앞에서 한없이 오그라드는 것보다 차라리 물리는 쪽이 편할 것 같았다. 내가 앞으로 나가자 양철이가 떡사이에게 뭔가를 이야기하더니 반장은 반장이니까 그냥 건너뛴다고 했다.

"아니, 맞겠어."

그들은 나의 뜻밖의 태도에 적이 당황하는 것 같았다.

"아니, 반장은 봐준다고 하잖아?"

"이 판국에 반장이 무슨 소용이 있어! 때릴 것이 있다면 내게 모두 다 때리라고!"

나는 처음으로 소리를 질렀다. 어디서 그런 용기가 나왔는지 나도 모를 일이었다. 그러면서 처음으로 떡사이와 눈이 마주쳤다. 떡사이가 눈길을 돌려 버렸다.

"들어가라 카이!"

내게서 눈길을 돌린 떡사이가 벼락 같은 소리를 내질렀다. 그 소리는 다시금 교실에 쩌렁쩌렁 울렸다.

"못 들어가!"

내 소리도 만만치 않았다.

"나도 때려 줘!"

그때였다. 여학생 부반장인 명숙이가 앞으로 나왔다.

"나도, 나도……."

긴장스런 분위기가 폭발하고 있었다.

이곳저곳에서 아이들이 쏟아져 나왔다. 그것은 거의 순간의 일이었다. 갑자기 아이들이 떡사이 쪽으로 몰렸기 때문에 나는 떡사이의 그 마지막 모습을 볼 수 없었다.

니뿐도가 학교를 떠나고 얼마 있지 않아서 나는 선생님의 부탁도 있고 해서 그의 집을 찾아갔다. 소문과 달리 그는 그냥 집에 있었다. 학교는 가정형편상 더 다닐 수 없다고 했다.

"너 그때 니뿐도로 날 정말 칠 생각이었냐?"

나는 그것을 꼭 물어 보고 싶었다.

"너의 눈빛 때문이었어. 네 눈빛에는 불이 흐르는 것 같애. 쳐다보면 기가 죽지…… 사실 너를 우리 집에 데리고 간 것도 기가 죽기 싫어서 그냥 그렇게 한 것뿐이야……."

나는 그때서야 내 눈빛이 무섭다는 서울내기 고백을 이해할 수 있었다. 아니, 그때 내게도 숲을 제압하는 뻐꾸기 울음 같은 뿔이 있다는 것을 비로소 알았다. 그러고 보면 내게도 카리스마가 있었다. 뻐꾸기 뿔과 같은.

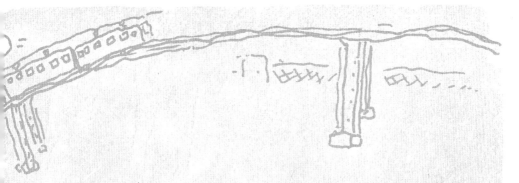

용감한 형제

정환

거실로 나오자 분이 안 풀린 엄마가 또 퍼붓기 시작했다. 화는 나지만 엄마를 탓할 생각은 없다.
내가 생겨먹길 그렇게 생겨먹었는데 누굴 탓하겠는가? 동생 철호가 뛰어난 것은 사실인데, 그
렇지만 나는 녀석이 불쌍하다. 녀석이 중학교에 들어온 뒤로 웃는 모습을 못 봤다. 시험 때만 되
면 예민해져서 잠도 못 자고 밥도 잘 먹지 못했다. 조금만 먹으면 복통으로 화장실에서 살았다.
"왜 그렇게 사는데?" 내가 물으면 녀석은 들은 척도 안 하다가 억지로 대답했다. "해야 하니까."

아무래도 우리는 사람이 아닌 것 같다. 학생부 샘들 말처럼 짐승 같은 짓을 했기 때문이다. 그것도 여러 번!

우리가 걸린 것은 형수 때문이었다. 자식이 그게 터져 나오는 순간에 참지 못하고 짐승 소리를 냈기 때문이었다. 병신 같은 새끼! 우리는 제대로 하지도 못했는데.

우리는 학생부로 끌려갔다. 여자애들이 신기한 동물들을 보듯 키득거리며 우리를 쳐다봤다. 나는 제발이지 그 안에 희지가 없기를 바랐다.

"학년, 반, 번호, 이름 쓰고, 누가, 언제, 어디서, 무엇을, 어떻게, 왜, 육하원칙에 따라 쓴다. 이게 몇 번째인지, 과거에 한 짓들도 빠짐없이 쓴다. 원칙에 맞지 않게 쓰거나 사실과 다르게 쓰는 놈은 가중처벌을 받는다. 실시!"

불독이 진술서와 검정색 모나미 볼펜을 한 자루씩 주고, 낮은 목소리로 빠르게 말했다. 불독의 굵게 주름이 팬 이마가 씰룩거리고 밑으로 늘어진 볼살이 경련하듯 출렁거렸다. 우리는 서로 얼굴을 마주 보지 못하도록 학생부 바닥에 각기 다른 방향으로 엎드려 진술서를 쓰기 시작했다.

'나, 신지식, 상형수, 이문호, 박범진 다섯 사람은 6교시 국어 시간에 도서실에서 딸딸이를 쳤습니다. 꺼내놓고 손으로 쳤습니다. 참지 못해서 그랬습니다. 잘못했습니다. 다시는 안 그러겠습니다.'

더 쓸 말이 없었다. 고개를 드니, 지식이는 아직도 잔뜩 쓰고 있고, 형수는 코딱지만 후비고 있었다. 문호는 몇 줄 써놓고 명상하듯 눈을 감고 있고, 범진이는 쓰다 말고 그 밑 공간에 그림을 그리고 있었다. 그림이 취미인 녀석은 펜만 손에 쥐면 책이건 공책이건 벽이건 아무 데나 그림을 그린다. 그때마다 두들겨맞고도 버릇을 고치지 못한다.

불독이 진술서를 걷어 갔다.

"또 3학년 18반이야?"

다 알면서도 그는 눈을 가늘게 뜨고 코를 찡그리며 물었다. 우리는 담임만 또 욕먹게 만든 것이다.

"놔 멕이는 건 좋은데, 책임은 져야 할 것 아냐? 어떻게 사고 쳤다 하면 3학년 18반이냐고?"

담임은 교사는 통제하는 사람이 아니라 학생들의 삶을 도와주는 사람이라고 했다. 우리에게 스스로 판단하고 결정하고 행동하되, 그에 따른 책임을 지라고 했다. 상담은 자주 했지만, 조례 종례는 잘 들어오지 않았다. 우리가 아무리 난리를 쳐도 매를 들지 않았다.

진술서를 읽던 불독이 범진을 불러 엎드려뻗쳐를 시켰다. 당구채 윗부분을 잘라 만든 매로 엉덩이 세 대를 맞은 범진은 비명을 지르며 데굴데굴 굴렀다. 진술서에 그림을 그린 죄였다. 아무것도 쓰지 않은 형수는 다섯 대를 맞았다. 형수의 입에서 또다시 신음 소리가 흘러나왔다. 녀석의 신음 소리는 도서실에서 그 짓을 할 때 내는 소리와 구별이 안 됐다. 호랑이가 울부짖는 소리 같기도 하고, 말이 콧바람을 내는 소리 같기도 하고. 녀석은 무릎으로 기어 우리 쪽으로 왔다. 나와 문호는 자세히 쓰지 않았다고 두 대씩 맞았다. 엉덩이가 떨어져 나가는 것 같았다. 손바닥에서 발바닥까지 저릿거렸다.

"대딸? 대딸이 뭐야?"

지식이가 불독에게 불려 갔다. 지식이는 우물쭈물했다.

"그냥 말할래, 맞고 말할래?"

"그, 그냥 말하겠습니다! 대딸은 대신 쳐주는 것입니다."

지식이가 재빨리 말했다. 미친 놈! 녀석은 쓰지 않아도 될 얘기를 써서 화를 자초한 것이다. 대딸은 지난주 국어 시간 얘기였다. 국어샘이 너무 예쁜 처녀샘이었기 때문이다.

"너는 누구 걸 대신 쳐줬는데?"

지식이가 범진의 눈치를 봤다. 범진은 고개를 숙였다.

"시험 끝나면 학생들은 쉬고, 교사들만 학교에 나와 성적 처리하면 되는데 너희들을 왜 붙들어 놓아야 하는지 모르겠다!"

기말고사도 끝나고 진도도 다 끝나, 수업 시간에 뭘 할까 난감해하던 국어샘은 도서실에서 수업했다. 교실에서 비디오를 보거나 떠들고 노느니 도서실에서 읽고 싶은 책을 읽으라고 그런 것이다.

다른 애들이 읽을 책을 빼간 뒤, 우리는 책을 고르는 척 맨 안쪽 서가에 들어가 딸딸이를 쳤다. 그날 나는 형수 것을 붙들고 쳐줬다. 녀석의 것이 항상 제일 빨리 나와 치기가 좋았다. 천천히 하다가 속도를 높이자 갑자기 녀석의 몸에서 우윳빛 물줄기가 뿜어져 나와 포물선을 그리며 책등에 떨어졌다. 그것들은 딱딱하게 등을 지고 서 있는 책들을 부드럽게 쓰다듬으며 흘러내렸다. 형수는 그 순간, 주먹을 제 입 안에 처넣고 다른 한 팔로 나를 꼭 끌어안았다. 힘이 얼마나 센지 숨이 막혀 왔다. 나는 그런 얘기까지 쓸 수는 없었다. 그렇지만 지식이 놈이 먼저 불은 터라 피해 갈 수가 없었다. 덕분에 지식이 놈만 맞지 않았다.

"이 녀석들, 도서실이 자위실이냐? 그것도 수업 시간에! 누가 먼저 하자고 했어?"

아무도 대답하지 않았다. 불독이 의자에서 일어났다. 아무래도 다 맞을 것 같았다.

"제가 하자고 했습니다."

내가 손을 들었다. 피해를 줄이려면 사실대로 말할 수밖에 없었다.

"또 너야? 김갈치, 또 너냐구?"

"제 이름은 김철상입니다."

소용없다는 것을 알면서도 나는 뻗대고 싶었다.

"김철상? 너 언제 개명했어? 내 허락도 없이!"

나는 대답하지 않았다. 불독이 내게 바짝 다가왔다.

"담배와 술은 여전히 하겠고, 지금은 코흘리개 돈은 갈취하지 않는다? 이제 그건 물려서 업종을 바꾼 거야?"

물론 나는 아직도 하급생들에게 돈을 빌려 쓴다. 한 번도 갚지는 않았지만 어쩔 수 없다. 게임머니가 늘 부족하기 때문이다. 그걸 갈취라 하고, 내 이름을 김갈치라 한다면 그 또한 어쩔 수 없다. 지들은 부르기 편한 대로 부르고, 나는 이름값을 하면 되는 것이다.

"야 이 녀석아, 네 동생 반만 닮아라, 반만!"

불행하게도 불독은 내 동생 철호의 담임이다. 그래서 우리 집 사정을 알 수밖에 없다. 철호는 한 살 아래지만 덩치도 나보다 크고 잘생겼다. 중학교에 들어와서 전교 1등을 놓친 적이 없다. 녀석은 한 마디로 괴물이다. 스타크래프트에 목숨을 거는 나와 달리 한번 책상에 앉으면 일어날 줄을 모른다.

그러나 동생 얘기를 듣는 순간, 나는 숨이 거칠어졌다. 숨이 거칠어지면 나는 이내 눈이 뒤집힌다. 봄에 1학년 애들 돈 갈취 사건으로 걸렸을 때도 불독한테 맞다가 눈이 뒤집혀 학생부 탁자를 뒤엎은 적이 있다. 등교정지를 당하고, 전학을 권유받았지만 버텼다. 전학 권유가 부당하다고 생각한 엄마가 교육청에 민원을 넣으러 갔다가 중학교는 의무교육이라 학교에서 강제로 전학 보내거나 자를 수 없다는 걸 알았기 때문이다.

내 상태를 눈치 챈 것일까? 불독의 목소리가 은근해졌다.

"니네 집 이불 속이나 화장실에서 치는 것은 자유지만 수업 시간에 치는 것은 아니잖아? 왜 그랬는데?"

"심심해서요."

지식이가 얼른 말했다. 내가 숨이 거칠어지고 있다는 걸 눈치로 깐 것이다.

"심심해서? 수업 시간에? 뭐가 그렇게 심심한데?"

불독도 나를 흘낏 훔쳐보다 내 옆을 지나쳐 지식이와 상대했다.

"책도 안 잡히고, 뭐 할 게 없다는 생각이 들어서⋯⋯."

반 대항 축구대회도 끝나고 정말 할 게 없었다. 날마다 비디오테이프를 보거나 인터넷으로 영화를 다운받아 보지만 갈수록 재미가 없었다. 보는 애들도 없었다. 특목고 준비를 하는 애들은 아예 학교에 안 오고 학원에 가거나 학교에 와도 기술실에 따로 모여 공부했다. 나는 외고나 과고 갈 주제도 못 되지만 실업고 갈 정도는 아니어서 인문고 배정만 기다리면 된다. 학원에서 고등학교 과정을 미리 배우지만 재미도 없고, 학교까지 와서 그걸 붙들고 싶지도 않다.

"또?"

"⋯⋯재밌을 거 같아서요."

"수업 시간에 치는 것이 재밌을 거 같아서?"

"⋯⋯네⋯⋯."

"재밌을 거 같으면 언제 어디서나 니들 맘대로 하면 되는 거네?"

"아, 아뇨!"

"근데, 교과 담당 선생은 뭐 했지?"

이제 불똥이 국어샘에게 튀고 있었다. 우리야 몇 대 맞고 처벌받으면 되지만 국어샘⋯⋯. 형수 녀석은 국어샘 목소리만 들어도 화장실로 달려가곤 했다.

"야, 너!"

우리가 곤혹스러워하자 불독이 갑자기 나를 지목했다. 갈치라고 부르지 않는 게 이상했다. 내 숨결은 이미 가라앉았는데.

"너는 무슨 생각 하며 했어?"

불독이 뭔가를 아는 듯이 물었다.

"아무 생각 안 했는데요."

사실 나는 처음에 국어샘의 예쁜 모습에 촉발되긴 했지만, 내 여자 친구 희지를 생각했다. 생글생글 웃는 희지의 몸을 벗기고 걔 몸을 뚫어져라 쳐다보고 쳤지만 잘 안 됐다. 더 솔직히 말하면 걔 몸 안으로 들어가고 싶었다. 그러나 그럴수록 죄를 짓는 것 같아 더 안 됐다. 그래서 크리스틴으로 바꿨다. 크리스틴은 미국에서 온 원어민 강사다. 백인 피가 섞인 흑인인데 훌쩍 큰 키에 가슴과 엉덩이가 혀를 갖다 대고 싶을 정도로 볼록 솟아 남자애들이 군침을 삼키고 있었다. 아마 다른 애들도 제일 많이 떠올리는 게 크리스틴일 거였다. 범진이는 여자 생식기가 그려진 책을 꺼내놓고 쳤다. 녀석은 서가 어딘가에 숨겨놓았다가 꺼내오곤 했다.

"니들이 무슨 자위대냐? 도서실 자위대? 이런 짐승 같은 놈들!"

학생부장이 교무실로 들어오며 한 마디 툭 던졌다.

내 고민이 그거다. 내가 점점 짐승이 되어 간다는 것! 희지도 내 옆에 있으면 짐승 숨소리가 난다고 했다. 아, 나는 언제 사람이 될까? 내가 사람이 될 수 있을까?

"하면 뭐가 좋은데?"

불독이 내 귀에 대고 은밀하게 물었다.

"쫌 후련해요."

불독이 고개를 끄덕였다.

"그래도 도서실은 안 돼! 교실도 안 되고. 정 하고 싶으면 니네 집에서 해!"

"네, 알겠습니다!"

우리는 합창을 했다. 어떻게든 빨리 벗어나고 싶었다.

"이것들 빨리 졸업시켜야지……맨날 사고나 치고!"

학생부장이 교무실을 나가며 또 한 마디 했다. 그거야말로 우리가 바라는 바다. 진도도 시험도 다 끝난 중3을 왜 붙들고 있냔 말이다. 탁아소도 아니고, 교도소도 아니라면.

우리는 담임에게 넘겨졌다. 키가 작고 까무잡잡해서 우리는 담임을 '깜상'이라 불렀다. 그는 운동을 좋아하고 특히 농구를 잘했다. 점심시간에는 으레 우리와 농구를 했다. 여학생들과는 발야구를 했다. 가끔씩 성에 대한 얘기도 했는데, 충동이 일어날 때 자위를 하는 것도 한 방법이라고 했다. 그 말에 나는 죄책감을 많이 덜었다. 여학생들은 그런 그를 변태라고 했다. 어떤 애들은 '민주깜상'이라고도 불렀다. 생긴 것도 제멋대로고 반 운영도 다른 샘과 달리 제멋대로라고.

"하고 싶은 마음이 자주 드니?"

"네."

"얼마나 자주?"

"하루에 한 번 이상요."

"그럼 날마다 하겠네?"

"네."

"언제 가장 하고 싶어?"

"야동 볼 때 특히 그렇고, 예쁜 여자 지나가도 생각나고요. 수업 시간에도 하고 싶을 때가 있어요. 교회에서 기도할 때도 그렇고."

"기도할 때도?"

"네. 기도하려고 눈 감으면 자꾸 벌거벗은 여자의 몸이 눈앞에서 어른거려요."

"왜 그럴까? 그게 누군데?"

"잘 모르겠어요. 그냥 벗은 여자예요."

눈앞에서 어른거리는 여자들은 자주 바뀌었다. 야동에서 본 여자들도, 소녀시대 멤버들도, 국어샘도, 크리스틴도, 희지도 떠올랐다. 희지가 나타나면 나는 그렇게 원하면서도 오래 쳐다보지 못했다. 희지를 더럽히는 것만 같았다. 고개를 흔들고 기도했지만 희지가 사라지는 것은 아니었다.

"그래서 어떻게 하고 싶어?"

"솔직히 말해도 돼요?"

"그럼!"

"실제로 하고 싶어요!"

사실인지 모르지만 많은 애들이 실제로 한 경험담을 얘기했다. 그러면서 '백 딸보다 한 떡'이라고 했다. 상대는 여자 친구도 있고, 친구 누나도 있고, 동네 아줌마도 있었다. 나도 그러고 싶었다. 더 솔직히 말하면 희지와 하고 싶었다. 내가 세상에서 가장 좋아하는 여자이기 때문이다. 그런데 나는 희지의 손도 잡아 보지 못했다. 나 때문에 희지가 망가질 것 같았기 때문이었다.

"기도하다가?"

"네. 솔직히 말하면 기도할 때뿐만 아니라 시도 때도 없이 자꾸 생각이 나요. 그러면 안 되는 거죠?"

"예수님한테 물어 보지 그랬어?"

담임의 입꼬리가 올라갔다.

"우물쭈물 대답 안 하시던데요."

나도 입에서 나오는 대로 둘러댔다.

"억지로 쫓아내지 말고 실컷 떠올려!"

"네? 그래도 돼요?"

"내 생각엔 그래도 될 것 같은데."

"그러다가 더 심해지면요?"

"생물학적으로 너는 다 큰 수컷이야. 그러니 부끄러워할 것도 죄책감을 가질 일도 아니지. 자연스러운 일이니까. 그러니까, 죄책감 갖지 말고 떠오르면 떠오르는 대로 놔두는 게 좋을 것 같아. 자연스럽게 받아들이는 게 맞는 것 같고."

나는 담임을 빤히 쳐다봤다. 이해할 수 없었다.

"문제가 생겼을 때 감추거나 피하려고만 하면 그 문제가 점점 커지는 수가 있어. 잠복해 있다 살아가는 데 이리저리 발목을 잡기도 하고. 네가 지금 나를 쳐다보듯 그렇게 그 문제를 깊이 들여다보면, 문제가 해소돼 버리기도 하지. 문제가 더 이상 문제가 아니고 저절로 소멸해 버리는 거야. 억지로 뿌리치지 말고 빤히 본질을 들여다보면."

이상한 논리였지만 나는 마음을 편하게 먹기로 했다. 억제하지 말고 내버려둬라! 그러면 문제가 사라진다? 방학 때마다 인도에 가서 명상을 하고 온다는 담임은 역시 뭔가 다른 면이 있다.

징계위원회가 열려 우리는 교내봉사 2주일 처분을 받았다. 죄목은 풍기문란이었다. 덕분에 우리는 유명 인사가 되었다. '도서실 자위대'라고.

희지는 아예 나를 보려고도 하지 않았다. 아무리 전화해도 받지 않고 문자를 넣어도 씹었다. 다른 건 다 괜찮아도 희지를 보지 못하고, 희지와의 연락이 끊기는 것은 견딜 수 없었다.

학교로부터 징계 내용을 통보받은 엄마는 나를 무슨 별난 짐승을 보듯 어이없어했다.

"여보, 애 병원에 가봐야 하는 것 아녜요?"

아빠는 두 볼에 바람을 넣은 채 입을 꼭 다물고 있었다.

"우리 담임샘은 자연스런 일이랬어요. 내가 다 큰 수컷이라서 그렇다고."

"이런 뻔뻔스런 놈! 하여튼 담임복이 지지리도 없는 놈이야, 너는!"

엄마가 담임에게 보낸 봉투를 돌려받은 뒤부터 엄마와 담임 사이는 껄끄럽다. 엄마 말대로 소통이 안 되는 것이다. 사실은 엄마가 엄마 맘대로 못해서 껄끄러운 것이다.

아빠의 표정이 복잡해졌다. 울지도 웃지도 못하는 표정이랄까? 평소 웬만한 말썽은 크느라고 그런다고 그냥 웃고 넘어가던 것과는 달랐다. 아빠도 내 정신에 문제가 있다고 생각하는 걸까?

"이제 책을 붙들 때가 되지 않았니? 몇 달 있으면 고등학생인데!"

아빠가 나를 조용히 침실로 불러서 말했다.

"네. 알았습니다."

"놀 만큼 놀아 봤고, 말썽 피울 만큼 피워봤으니까 이제 방향을 바꿔봐라. 아빠 생각엔 그럴 때가 된 것 같다."

"네. 알았습니다."

아빠 말이 까마득하게 들렸다. 내가 공부란 걸 할 수 있을까? 책만 붙잡으면 졸린데.

"하여튼 하라는 공부는 안 하고…… 니 동생 반만 닮아 봐라, 이놈아!"

거실로 나오자 분이 안 풀린 엄마가 또 퍼붓기 시작했다. 화는 나지만 엄마를 탓할 생각은 없다. 내가 생겨먹길 그렇게 생겨먹었는데 누굴 탓하겠는가? 동생 철호가 뛰어난 것은 사실인데. 그렇지만 나는 녀석이 불쌍하다. 녀석이 중학교에 들어온 뒤로 웃는 모습을 못 봤다. 시험 때만 되면 예민해져서 잠도 못 자고 밥도 잘 먹지 못했다. 조금만 먹으면 복통으로 화장실에서 살았다.

"왜 그렇게 사는데?"

내가 물으면 녀석은 들은 척도 안 하다가 억지로 대답했다.

"해야 하니까."

"왜 해야 하는데?"

"엄마 아빠가 바라잖아?"

"너는 뭘 바라는데?"

"나는 바라는 거 없어. 내가 공부 잘하면 우리 집이 평안하잖아. 형은 왜 그렇게 살아?"

"나?"

철호가 눈을 책에 박은 채 물었다.

"나도 잘 모르겠어. 내가 왜 이렇게 사는지. 사실 나도 뭘 특별하게 하고 싶은 게 없어. 게임이 좋긴 하지만 게임해서 밥 먹고 살 순 없잖아. 시키니까 그냥 하고, 시키는 거 하기 싫으니까 뻗대는 거지."

"형이나 나나 큰 차이 없네. 나는 남 싫은 일 못할 뿐이지."

불쌍한 건 녀석이나 나나 마찬가지다. 나는 녀석의 등을 툭 치고 밖으로 나갔다. 담배 생각이 간절했기 때문이다.

우리는 교실에 들어가지 못하고 청소도우미 아줌마와 함께 학교 곳곳을 청소했다. 청소가 끝나면 학생부 앞 복도에 갖다 놓은 책상에 앉아 깜지를 채웠다. 영어 단어를 쓰는 것인데 하루 열 장씩이었다. 글씨를 크게 써서도 안 되고, 여백이 있어도 안 됐다. 열 장을 채우지 못하면 집에 갈 수 없었다. 복도는 춥고 졸렸다. 학생복 위에 패딩점퍼를 입었지만 덜덜 떨렸다. 나는 같은 단어를 반복해서 쓰다가 볼펜을 든 채

스르르 잠들기 일쑤였다. 잠은 딸딸이 욕구만큼이나 강렬했다.

눈을 뜨면 누군가가 나를 엿보는 것이 느껴졌다. 희지였다. 위층 난간에서 나를 내려다보고 있는 것은 희지였다. 나는 고개를 더 수그렸다. 그렇게 보고 싶었지만 희지를 마주 볼 용기가 없었다. 그러다 견디지 못하고 고개를 들면 거기 희지는 없었다. 잘못 본 것일까? 희지는 내 전화도 안 받고 문자도 씹고 있는데. 이러다가 영영 희지를 잃어버리는 건 아닐까? 입이 타고 손가락 사이가 미끈거렸다. 다 그만두고 희지를 찾아나서고 싶었지만, 그러면 처벌이 더 가중되고 희지가 더 멀리 달아날 것만 같아 입술을 깨물었다. 으깨진 입술에서 피가 뚝뚝 떨어졌다.

담임은 가끔씩 나타나서 우리를 물끄러미 바라보다 등을 툭툭 쳐주고 갔다. 뒤돌아 가는 그의 등이 좀 쓸쓸해 보였다.

징계 3일째, 아침부터 교장샘 목소리가 메아리처럼 학교를 울렸다.

"오늘 치르는 학력고사는 전국의 모든 학생들이 보는 것입니다. 단 한 사람도 빠짐없이 봐야 합니다. 시험을 거부하거나 백지 답안지를 내는 학생은 교칙에 따라 처벌할 것입니다. 특히 1, 2학년은 다음 주에 치를 기말고사 성적에 삼십 프로 반영할 것입니다. 불미스런 행동을 해서 불이익을 받는 일이 없기를 바랍니다. 여러분의 성적은 학교평가 자료로 활용되어 내년도 학교별 예산 배정에도 영향을 줍니다. 좋은 성적을 거둬 여러분의 교육 활동과 복지, 학교 시설 개선에 많은 예산을 받을 수 있도록 실력을 발휘해 주기 바랍니다."

아침에 교문 앞에서 어떤 학부모단체가 일제고사 반대 운동을 벌이며 시험 거부를 요구하는 피켓팅을 하다가 교장샘과 실랑이를 벌인 적이 있어 학교는 긴장감이 돌았다. 몇몇 아이들이 1교시에 백지 답안지를 냈다가 학생부에 불려 왔다. 같은 번호에만 마킹을 하거나 하트나 다이아몬드 모양으로 마킹한 애들도 걸렸다. 2교시엔 브이자를 그리거나 지그재그로 마킹한 애들이 붙들려 왔으나 1교시의 10분의 1 수준이었다.

무슨 일이 일어날 것만 같은 기대감도 사라지고, 긴장감도 풀어져 나는 책상에 엎드렸다. 어젯밤 리니지를 하다 새벽에 잠들어 잠이 파도처럼 밀려오고 있었다. 금세 내 코고는 소리가 내 귀로 들려왔다. 그리고 희지가 잠 속으로 들어왔다.

"너 거기 안 서?"

잠결에 무슨 소리가 들렸다. 형수 녀석이 나를 흔들어 깨웠다.

"야, 쟤 니 동생 아냐?"

나는 머리가 무거워 천천히 고개를 들었다. 복도가 시끄러웠다. 우리 반 수업에 들어오는 키가 작달막한 수학샘이 누군가를 쫓아가고 있었다. 키가 크고 덩치가 큰 학생이었다. 눈을 비비고 보니 철호 녀석이었다. 교무실에서 여샘 둘이 그들을 따라 나왔다. 수학샘이 철호의 뒷덜미를 잡았다. 잠이 확 달아났다. 곧바로 수학샘의 손이 철호의 따귀를 올려붙였다. 나는 나도 모르게 자리에서 벌떡 일어났다. 내 손이 부르르 떨리고 있었다. 철호가 수학샘을 밀쳤다. 수학샘이 휘청했다. 자세를 수습한 수학샘이 또 한 번 손을 치켜들었다. 그때, 철호가 주먹으로 수학샘의 배를 치고 이어서 머리통을 쳤다. 수학샘이 저만큼 나동 그라졌다. 교실에서 시험 보던 아이들이 창문을 열고 죄 내다보고 있었다. 나는 달려가 주먹을 쥐고 수학샘에게 덤벼드는 철호를 껴안았다. 녀석의 눈이 뒤집혀 있었다. 수학샘이 일어나 내 등에 발길질을 했다. 여샘들이 수학샘을 붙들었다. 돌아보니, 수학샘의 눈도 뒤집혀 있었다. 나는 길길이 날뛰는 철호를 등으로 진 채 뒤로 팔을 벌려 껴안고 수학샘을 막아섰다.

"가! 가라고!"

여샘들이 소리쳤다. 나는 정신을 수습해 철호의 손을 잡고 계단을 달려내려갔다. 강당 뒤로 철호를 데리고 가 숨을 가라앉히고 나서야 녀석의 눈이 돌아왔다. 화가 나면 눈이 뒤집히는 것도 집안 내력인 모양이다.

"왜 그랬는데?"

"몰라. 나를 치길래 같이 쳤을 뿐이야."

"상대는 선생이잖아?"

"이판사판이야."

"그게 무슨 말이야?"

"컨닝하다 걸렸어."

"니가?"

"그래."

"기말고사도 아니고 그까짓 일제고사 잘 보겠다고 컨닝해?"

"기말고사에 반영한대잖아. 공부도 안 했는데."

웬일인지 녀석은 어제 일찍 잤다. 내가 전등을 끄지 않고 새벽까지 중세와 미래의 우주를 왕래하는데도 옆에서 쿨쿨 잤다.

"기말고사에 반영한다는 소리를 안 해서 신경도 안 썼는데, 왜 갑자기 그러는 거야, 씨팔!"

철호에게서 처음 들어 보는 욕이었다. 녀석은 혼이 빠져나간 사람 같았다.

"그래서?"

"페이퍼를 만들었는데 보지도 못하고 걸렸어."

"니가 페이퍼를 만들어?"

"그럼 어떡해. 전혀 준비가 안 됐는걸."

녀석은 안타까운 눈으로 나를 쳐다봤다. 정작 안타까운 것은 이놈의 학교인데.

"그렇다고 수학샘과 부딪쳐?"

"컨닝 행위를 인정하라고 다그치잖아. 하지도 못했는데."

"페이퍼가 걸렸잖아."

"그래도 못한 거는 못한 거야."

"이제 어떻게 할 거야?"

"씨팔, 다 때려칠 거야!"

나는 엄마에게 전화해 철호를 데려가라고 했다. 철호가 학교 쪽과 곧바로 부딪치는 것보다 그게 나을 것 같았다. 엄마는 넋이 나가 있었다. 충격을 받으면 넋이 나가는 것도 집안 내력인 모양이다.

철호의 징계위원회가 열리는 날, 철호는 또 한 번 사고를 쳤다. 음악 시간에 또 걸린 것이다. 수업 중에 맨 뒤에 혼자 앉아 자신을 빤히 쳐다보며 몸을 떠는 것이 이상해서 음악샘이 다가가자 철호 녀석은 벌떡 일어나 음악샘을 껴안아 버렸다. 열린 바지 지퍼 사이로 삐죽 솟은 물건이 뿌우연 물줄기를 뿜어내다 음악샘의 재킷에 닿아 쿨럭이고 있었다. 음악샘이 소리를 질렀지만 철호는 껴안은 팔을 풀지 않았다. 음악샘은 길길이 뛰며 더 크게 소리질렀다. 애들은 어쩔 줄 모르며 그냥 지켜만 보고 있었다. 철호의 팔이 풀리자 음악샘은 철호의 따귀를 마구 때렸다. 녀석은 아무런 반항도 하지 않고 그냥 맞기만 했다. 불쌍한 녀석! 그러고 보니 교실에서 딸딸이 치는 것도 집안 내력인 모양이다.

"아휴~~ 불결해! 아휴~~ 더러워! 아휴~~~ 불결해! 더러워!"

복도를 지날 때마다 음악샘은 소리쳤다. 내가 철호의 형이라는 걸 아는 까닭이다. 마흔다섯 노처녀 샘은 수업 중에도 못마땅한 게 있으면 갑자기 소리를 질러 별명이 '고성방가'였다. 그렇지만 노래는 정말 잘 불렀다. 고음을 부를 때는 소름이 끼칠 정도였다.

"아휴~~ 불결해! 아휴~~ 더러워! 아휴~~~ 불결해! 더러워!"

어떨 땐 노골적으로 나를 째려보며 말했다. 어떻게 들으면 그 소리는 다른 성을 가진 짐승의 신음 소리 같기도 했다. 문호가 같잖다는 듯이 한 마디 했다.

"저러니까 남잘 못 만나지!"

"왜 만났잖아! 철호가 찐하게 껴안아 줬잖아?"

형수 녀석이 거들었다.

"하여튼 형제는 용감했다니까!"

형수 녀석은 한번 이죽대기 시작하면 쉽게 멈추지 않는다. 내 주먹이 부르르 떠는 것을 보지 못한 것이다. 지식이가 내 어깨를 툭 치고는 눈을 찡긋했다.

"참는 자에게 복이 있나니! 우리는 징계 중이야!"

'용감한 형제!'

내 별명은 그렇게 하나 더 늘었다.

"형제의 우애가 그 정도는 돼야지!"

지나가는 샘들도 지시봉으로 머리를 툭툭 건드리며 한 마디씩 했다.

1, 2학년 기말고사도 끝나고 학교는 다시 심심해졌다. 거의 모든 교실에서 빔프로젝트용 대형 화면을 아래로 펼쳐 놓고 비디오를 보거나 영화를 봤다. 몇몇 샘들이 수업을 시도했지만 불가능했다. 시험이 끝난 수업을 누가 듣겠는가? 한 시간 내내 혼내거나 벌을 세우지 않는 한 누구도 듣지 않았다. 샘들도 교실 뒤에 서서 흘끔흘끔 화면을 보거나 아예 의자를 갖다 놓고 같이 영화를 보기도 했다. 방학을 하려면 아직 열흘이나 있어야 했다.

샘들이 교실에 들어가면, 우리는 몰래 학생부 복도를 빠져나와 담을 넘어 라면을 먹으러 가거나 3학년 아무 교실에나 들어가 같이 화면을 쳐다보곤 했다. 교실 뒤편에서는 여전히 짐승들의 숨소리가 들렸다.

그렇지만 철호는 이런 심심함마저 즐길 수 없었다. 등교정지 처분이 내려져 학교 대신 병원에 가서 정신과 치료를 받고 있었다.

"지겨워! 지겨워!"

하루 몇 시간씩 상담에 시달리다 오면 녀석은 전에 없이 투덜댔다.

"내가 무슨 죄를 지었는지 모르겠다! 내가 무슨 죄를 지었는지……."

엄마는 눈물 바람을 하다가 그런 녀석을 물끄러미 바라봤다. 엄마의 눈에 좌절과 슬픔이 가득 어려 있었다.

요즘 엄마는 살이 쑥 빠졌다. 그렇게도 여러 번 다이어트를 하다가 실패했는데, 살이 저절로 빠져나간 것이다. 철호가 하면 말썽도 효도가 되는 것이다.

상담으로 별 효과가 없자 철호에게 약이 처방됐다. 철호는 이제 공부 대신 약에 취해 있다. 녀석이 불쌍했지만 내가 할 수 있는 일은 없었다. 나는 다만 희지가 보고 싶을 뿐이었다.

"너 혹시 짐승 아냐?"

나를 피해 다니다가 복도에서 마주친 희지의 첫마디 말이었다.

"그렇긴 한데, 어떻게 그렇게 노골적으로 묻니?"

언짢았지만 당연한 말이기도 해서, 나는 웃을 수밖에 없었다.

"아직도 너한테서 짐승 숨소리가 들려! 밤꽃 냄새도 나고."

"나도 그게 걱정이야. 어떨 땐 내가 짐승인지 사람인지 잘 모르겠어. 그 둘인 것 같기도 하고."

"나는 짐승 곁에 있기 싫어! 이제 나 볼 생각 하지 마!"

희지는 고개를 획 돌려 가버렸다. 심장이 덜컥 내려앉는 소리가 무슨 폭발음처럼 들렸다. 사는 게 무슨 의미가 있을 것 같지 않았다.

"다 같이 한 잔 빨자!"

형수가 바람을 잡았다. 징계가 풀리는 날이었다. 녀석들은 소리를 지르며 날뛰었지만, 나는 아무런 흥이 나지 않았다. 흥은커녕, 내가 살아 있다는 걸 견딜 수가 없었다.

"그래, 술이나 먹자!"

나는 술이 눈썹까지 잠기도록 취하고 싶었다. 가방도 놔두고 밖으로 나갔다. 가방 안에 엠피쓰리가 있었지만 상관없었다.

교문을 막 나설 때 누군가가 달려들어 무언가를 내 입에 처넣었다. 희지였다. 그리고 두부였다. 가슴이 뭉클했다. 희지가 내 손을 끌었다. 처음으로 잡아 보는 손이었다. 나는 녀석들을 놔두고 희지를 따라갔다.

앞서가던 희지가 뒤를 돌아보며 나를 쳐다봤다. 걱정과 사랑이 가득 담긴 눈이었다. 그 순간, 내 안의 짐승이 요동치기 시작했다. 나는 희지의 입술에 두부 냄새가 나는 내 입술을 포갰다. 희지는 가만히 있다가 갑자기 입술을 떼며 소리쳤다.

"이 짐승!"

그러고는 내 가슴을 주먹으로 마구 쳤다. 희지의 눈에서 짐승 한 마리가 이글이글 타는 눈으로 희지를 들여다보고 있었다. 나는 희지를 꼬옥 안아 주었다. 희지가 눈을 감았다. 희지의 눈에서 활활 타오르던 짐승도 사라져 버렸다.

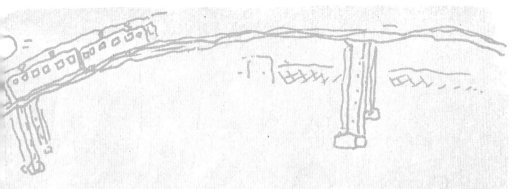

앞이 안 보여, 그만

한상순

그애가 던진 외마디, 그 절규가 귓구멍을 연신 후벼댔다. 꼼짝 못하고 이명에 시달렸다. 그애는 계속해서 내게 절규했다. "죽을 수는 없잖아요?" 나는 고개를 휘휘 내저었다. 그애의 절규는, 내 젓는 내 고갯짓만큼의 강도로 나를 질곡 속으로 몰아넣었다. 그애가 일하는 곳에 왜 갔는지조차 막급의 후회가 밀려왔다. 정작 내가 찾아간 이유마저 불분명했다. 차라리 퇴화 처분했다면 편두통과 이명에 시달리지 않아도 되었을까, 하는 회한이 침떠올랐다.

한데 바람이 불어 댔다. 전선줄을 퉁기듯 팽팽한 바람이 교무실 창문을 다시 할퀴고 지나갔다. 천장에 설치된 냉난방기에서는 푸석푸석한 온풍을 연신 쏟아내고 있었다. 바깥의 맹추위에 덩달아 달아올라 탁하고 건조한 바람이었다. 숨이 터억 막혀 왔다. 창밖으로 눈을 돌렸다. 눈발이, 성근 눈발이 내리꽂히고 있었다. 나는 인터넷 동호인 카페에서 빠져나왔다. 목이 컬컬했다. 눈발이라도 받아 안고 싶어 자리를 차고 일어섰다.

골프 동호인 카페였다. 닉네임이 러브샷인 회장이 문자메시지를 보내왔다. 카페에 들어가 보라는 내용이었다. 몇 주째 필드에 나갈 수 없어서 아쉬웠던 차에 기분전환도 할 겸 둘러볼 요량이었다. 물론 하루도 거르지 않고 출석 인사를 하는 카페였다. 같은 연습장 출신으로 필드에 한두 번 나간 적 있는 초보자들을 위한 카페였다. 회장의 직업이 같은 직종이어서 덜 서먹했다. 필드에 처음 나섰을 때, 러프에서 그의 조언대로 해 빠져나올 수 있었다. 땡볕이 기승을 부리던 여름방학 초입에 이를테면 머리를 올렸다. 그 뒤 기를 써서 부킹을 했고, 라운딩에 빠져들었다.

23년차 교사인 나는 교감 승진을 포기한 교·포로, 중학교에 근무하던 때에는 전교조 지회 조직의 핵심 부서를 맡아 활동한 열혈 조합원이기도 했다. 중학 생활 8년째를 맞으면서 교직에 대해 혼란을 겪기도 하고 그렇게 매너리즘에 빠져 있는 자신을 발견하고는 고등학교로 내신을 냈다. 옮긴 지 이제 15년째였다. 고등학교로 옮기고 대여섯 해가 지난 뒤부터는 조합비만 내는, 무늬만 조합원인 상태로 변모했다.

인문계 고교로 옮긴 뒤, 입시에 매몰되어 가는 자신을 되돌아보면서 때때로 경계선을 걷고 있다는 자책에 빠져든 경우 또한 없진 않았다. 하지만 그때마다 나는 승진을 포기했고 교과수업을 열렬히 하고 있으며, 대학입시에서도 진학 성적을 인정받고 있으니, 어느 정도 경제적 뒷받침이 따르는 건 당연하다고 여겼다. 마찬가지로 그에 따라 여가를 즐기는 것 역시 마땅한 보상이라는 인식적 단계에 천연덕스럽지는 않았으나 별 다른 내부 저항 없이 도달해 있었다.

테니스, 배드민턴, 논술모임과 오토캠핑 동호회 등등을 거쳐 9개월 전에 나는 골프에 입문했다. 자전거 처음 탈 때처럼, 바둑돌 처음 놓을 때처럼 그렇게 몰입했다. 골프는 이제 마지막으로 찾은 내 생활에 있어 최고의 활력소라는 생각에 자신을 밀어넣고 있던 터였다.

그런데 최근 편두통에 이어 이명에까지 시달리면서 그동안 필드에도 나갈 수 없었다. 약물로도 치유가 잘 되지 않았다.

3층 어느 교실에선가 우와! 눈이다, 하는 합창 소리가 들려왔다. 함성은 옆 반으로 파도타기처럼 번져 갔다. 눈알갱이 구경하기가 여간 쉽지 않은 지역이었다. 더욱이나 첫눈이었다. 한참 시끌벅적하겠다, 싶다. 애들은 무슨 건수라도 찾아서 수업 방향을 틀어놓고자 안달이곤 하였다. 교감샘 책상 앞으로 기다랗게 놓인 회의용 탁상에 둘러서서 주전부리하던 몇몇 샘들 또한 눈이네, 하면서 창밖으로 눈길을 돌렸다. 금요일 오후 6교시째였다. 일주일 중 가장 느긋한 시간이었다. 수업이 빈 샘이 유독 많아 교무실에선 간식거리를 나눠먹곤 했다. 오피스 룸처럼 꾸민 교무실에서 첫눈을 보고 내뱉는 샘들의 짧은 탄성치곤 메말라 있다는 생각이 퍼뜩 엄습했다.

이중 창문을 후려패고 내닫는 바람의 기세가 갈수록 억세졌다. 산중턱을 깎아 지은 건물로 바람받이였다. 남녘이라고는 하지만 예전 같지 않은 추위가 계속되었다. 학교 건물에서 내려다보이는 깊숙한 저기 저 만灣 쪽에서 내처 달려온 한겨울의 바닷바람은 드센 기세로 휘몰아쳤다 어딘가로 휘몰려가곤 했다. 겨울 초입부터 추위가 기승을 부리더니, 바닷바람에서 매운 겨자맛이 났다.

첫눈을 보고 내뱉은 샘들의 어투가 밭아 있듯 교무실 풍경 또한 마르고 칙칙했다. 바뀐 풍속도였다. 오래전, 그러니까 내가 초임 시절만 해도 학교 분위기는 겉으로는 무술아 보였으나, 한편으론 들뜨고 용솟는 갈망이 내재해 있었다. 젊은 샘들은 둔탁하지 않은 몸짓을 내보이곤 했다. 엄혹한 군정이었고 전교조 결성이 폭력으로 진압된 이후, 학교 담벼락 안에도 분노와 절망이 덮씌워져 있었다. 하지만 젊은 샘들 사이엔 교육다운 교육 행위를 하고픈 바람이 절절했다. 끈끈한 동지애 가 더불어 전류하고 있었다.

그때는 갈탄이나 화목 또는 석유난로로 난방을 했는데, 난로 연통에 댄 손끝을 살짝 건드리며 연정 품은 어느 샘에게 넌지시 눈길 건네던 시절, 첫눈 오는 오늘 같은 날이면 퇴근 후 총각 샘들은 술집 탐방을 1차로 시작해서 처녀 샘(들)이 사는 자취방을 훑고 다니는 걸 결코 빠 뜨리지 않았다. 다음날이면 난롯가에서 훈훈한 후일담이 오가곤 했다. 그 시절에는 미시적 담론을 나누면서도 교사로서의 아름다운 위의를 찾는 눈빛이 형형했다. 그러나 그런 풍광은 학교에서 사라진 지 오래 였다, 언제인지도 모르게.

학교 내에서조차 샘들끼리도 만나기 어려운 게 요즈음이었다. 학년 실이나 연구실로 쪼개져 옮겨간 교과 샘들은 그곳을 중심으로 움직였 다. 교무실 출입마저 뜸했다. 가끔 학부모로부터 간식이 들어오거나 교직원 가운데 새 차를 뽑았다 해서 혹은 새 옷을 입었다 해서 과일과 떡 등속을 내놓게 되면, 나처럼 학급 담임을 맡고 있으면서 업무부장 을 꿰차고 있는 경우 외엔 대부분 업무담당 샘들만 상주하는 편인 교 무실에서 교감샘 책상 앞에 놓인 회의용 긴 탁상에 둘러서서 음식 먹 으며, 구입한 새 차에 대해 또는 백화점 어느 코너의 옷값이 그런대로 적정하더라는 시시콜콜한 몇 마디 나누는 게 고작이었다. 거시적 담론 아닌 학교 내의 민주적 절차성을 꼬집는 미시적 담소마저 이제는 화제 에 오르지 않는 분위기였다. mb 정부 들어 더 확연해진 모습이었다.

물론 주전부리 챙겨와 저잣거리에 회자되는 풍문이나 인기사극의 주인공과 얽힌, 결코 무겁지 않은 토막 소식 등을 탁상 위에 올려놓고 샘들을 끌어모으려 안절부절못하는, 부전공이 친목과인 동료 또한 없진 않았다. 쉬는 시간이면 아예 인터넷 서핑을 하거나 두통 일으키지 않을 만큼 가벼운 읽을거리로 가벼이 빈 시간을 때우던 샘들 역시 당최 내키지 않는 듯한 자세로 슬그머니 탁상 주위에 몰려들곤 하는 목하, 금요일 오후 6교시째였다. 나는 일주일에 두 차례만 학년실에서 교무실로 내려오는 탓이기도 했지만, 소식 한다는 핑계로 그 주위에 접근하지 않는 축에 속했다.

─동거한다던데.

─나이 많은 놈팽이래.

─서른도 넘었다더라.

─뭐야, 미쳤다.

─나리, 그앤 작년에도 그런 적이 있었다고 했지 않나?

빠르고 거침없이 넘나드는 이야기 흐름을 나 또한 추월해 듣고 흘리려다가 터억, 숨이 막혀 오는 것이었다. 침을 삼킬 때마다 목젖을 따끔따끔 건드리는 푸석한 실내 공기가 싫어 인터넷에서 빠져나와 눈발이라도 맞을까 해서 바깥으로 나가려고 일어서는데, 그만 털썩 주저앉게 만든 이름, 나리였다.

─낮엔 알바도 한대. 놈팽이에게 딱 걸렸나 봐.

─시내 '압구정김밥집'에서 일한다던대.

─학교 개망신 아냐?

―다른 애들 물들기 전에 짤라야지 않나?

―안 보이던대.

―3학년 5반 애던가?

편두통이 밀려왔고 알아들을 수 없는 소리까지 귓바퀴에서 윙윙거려 나는 그만 아주 빠르고, 그러나 짧게 고개를 내저었다.

―으-으.

누군가 그러는 나를 발견하고는 움찔하는 듯했으나 대수라 싶은 듯 이내 덧붙였다.

―술집에서 알바 하는 애들, 벌써 여럿이라네.

―단속은 한다고 하지만, 어떻게 잡아.

―지들끼리는 다 알아. 잡으려고 하면 못 잡을 것도 없지.

―수능 보고 나면 고3 생활지도는 끝이지, 뭐.

나는 다시 자리에서 일어났다.

―그만 합시다. 나린, 우리 학교 학생 아니잖아요, 이젠.

교감샘의 어투가 그나마 삭막하지 않게 닿았다.

현관으로 나섰다. 혹한의 바람이 혹 밀려왔다. 옷깃을 한껏 추켜올린 두툼한 겉옷 속으로 칼바람이 파고들었다. 추위의 기세가 더욱 드세졌다. 나리는 교감·교장 샘과 학생과 샘들만 아는 가운데 소리소문 없이 담임인 내가 자퇴 처리한 애였다. 한 달 전이었다. 동거 소식을 뒤늦게 접한 비담임이면서 업무 기획을 맡고 있는 1, 2학년 교과담당 샘 몇몇이 주전부리하며 빈 시간을 무료하지 않게 보낼 요량으로 끄집어낸 주전부리용 메뉴였다.

북풍한설이 연방 몰아쳤다. 부르르 몸이 떨려 왔다. 나는 지근지근 아파 오는 뒷덜미를 쓰윽 문질렀다. 이명을 떨치려 머리를 감싸 안았다. 귓바퀴를 연신 문질렀다. 이명은 가시지 않고 계속 윙윙거렸다.

편두통에 내내 시달렸다. 정나리를 자퇴 처리한 이후부터였다. 자퇴 처리는 통상적인 절차를 거치지 않았다. 부모 동의도 본인 사인도 받지 못했다. 결석일수가 3분의 1을 넘었고, 해서는 아니 되는 행위를 현재 하고 있다는 이유였다. 이혼한 부모 중 누구와도 연락되지 않아 임의 처리한 것이었다. 나리 역시, 한 친구와만 통화가 이뤄질 뿐 담임인 내 전화도 받지 않았다. 30대 중반쯤으로 보이는 어느 사내와 동거 중이라는 사실만 확인할 수 있었다. 통화 가능한 유일한 친구에게서 전해 들었다. 사실이라는 것 또한 나리의 유일한 친구에게서 확인한 사항이었다. 11월 말이었다. 수능 이후 교실 수업이 제대로 이뤄지지 않고 있는 때였다. 곧 방학이었고, 딴은 졸업을 시켜도 무방한 시점이긴 했다.

동거하고 있다면 간과할 수 없는 문제였다. 내가 먼저 알게 되었다. 다음으로 촉수를 켜놓고 문제성 지닌 아이들 일거수일투족을 투망하고 있는 학생부장의 귀에 흘러들어간 뒤, 곧바로 교감·교장 샘에게 전달된 모양이었다. 학생부장이 징계위원회에 회부한다는 걸, 담임인 내가 자퇴 처리하겠다고 먼저 나섰다.

퇴학 처분할 수 있도록 규정되어 있었다. 형식상 자퇴 처리하는 게 혹여 다음에 복학하고자 한다면 기회가 주어지기 때문에 나는 그게 낫겠다, 싶었다.

—애들이라는 게 열두 번도 더 변하잖아요.

—허허, 자네는 암튼 애들에게는 잘 해.

—……커가는 여자앤데, 그런 사유로 징계해서 기록으로 남겨둘 일도 아니잖아요.

다른 아이들에게 미칠 파장을 고려해 일벌백계의 필요성을 강조하는 교장샘의 주장을 꺾는 데 애를 먹었다. 어쨌거나 그와는 동향이었다. 통사정해 처리한 자퇴였다. 나리는 그렇게 학교에서 쫓겨났다.

나리 같은 성향의 애를 만난 건 처음이었다. 교직 생활 23여 년 동안 우여곡절이 참 많았지만, 고3을 맡기 이전엔 아이들과는 그나마 싱그럽고 훈훈했다. 내 손으로 학교를 포기하도록 만든 경우가 이번이 처음은 물론 아니었다. 그럼에도 나리 같은 경우의 애는 맞닥뜨린 적이 없었다. 아무튼 3학년 말이었던 까닭에 씁쓸함이 밀려왔고, 여지껏 편두통에 시달리고 있지 않은가 말이다.

딴은 동거하고 있다는 소식, 아니 거처하고 있는 곳을 알게 된 뒤, 또래 상담 업무를 자청해 맡고 있는 샘과 상의하여 나리를 만나 보도록 요망했었다. 나리가 품고 있을 어떤 분노나 갈증 또는 내면의 벽을 혹은 그로부터 기인했을 그애의 몸의 부림을 남성인 내가 듣고 함께 고민하기가 쉽지 않을 듯했다. 상담 과목을 애써 공부하여 실력을 인정받고 있는, 대학에도 강의를 나가는 여성인 어느 샘께 상담을 부탁했던 것이었다. 고3 막바지에 이른 터에 자른다는 부담 또한 적지 않았으나, 유별났기 때문이기도 했다. 그 샘 또한 만나 보고 싶다며 깊은 관심을 드러냈다.

어렵게, 두 번 만났다고 했다.

—그애, 상처가 아주 깊더라구요.

—그럴 거라 봅니다.

—작년에 교실에서 자다가 세콤에 감지되어 출동 나오고 그랬다고, 자기 입으로 그러더라구요.

2학년 때부터 잠자리마저 유동적인 아이였다.

그때의 기억이 되살아났다. 고3 담임샘들에게 야·자 끝나고도 퇴근하지 못하고 학교에서 기거해야 할 경우를 대비해 확보해 두었던 기숙사에서 자게 된 9월 어느 날이었다. 새벽 4시쯤이었을까, 바깥이 시끄러워서 깼다. 비가 오고 있었다. 세콤에 뭔가가 감지되어 작동되는 바람에 경비 직원이 출동해 본관 건물을 뒤지고 다니다 원인 제공의 물체를 찾아낸 것이었다. 나리였다. 얇은 모포 한 장 뒤집어쓰고 나온 그애를 숙직 담당과 경비 직원이 다그치고 있고, 그애는 떨고 있었다. 나는 기숙사 3층에서 내려다보았을 뿐이었다.

—식사는 어떻게 하느냐니깐 얼버무리더라구요.

—학교 다닐 적엔 그나마 학교에서 밥은 먹었었는데…….

굶기야 할 것이겠건만, 끼니는 학교에서 두 끼 정도 때울 수 있었을 것이라는 생각이 생뚱맞게 떠올랐다. 세 끼를 해결할 수 있는 교내 식당에서 기숙사생이 아니었으므로 아침은 먹지 못했겠지만, 두 끼의 밥은 먹었겠지, 하는 생각에 닿은 것이었다.

급식비 때문이었다. 학교는 급식비 미납생을 가려 밥을 못 먹게 하진 않았다. 그럼에도 나리가 먹는 그 밥이 달면서도 한편으론 두렵고 창피하고 소화가 제대로 이뤄지지 않았을 울분의 밥 덩어리였으리라는 상념에 젖도록 했다.

나리가 장기 결석에 들어가기 전인 1학기 중반이었다. 아침 조회를 하고 있는데, 행정실 직원이 급식비 미납자 명단을 들고 와선 나리를 비롯한 몇몇 아이를 행정실로 보내 달라고 요구했다. 나는 버럭 화를 냈다. 그 따위 이유로 학생들 불러 가지 말아라, 누가 시키더냐? 가만 있지 않겠다, 하면서 좀 어처구니없게 받아들일 수 있을 정도로 불끈 역정을 냈던 것이다. 평소답지 않은 나의 태도에 놀란 건, 정작 미납 아이들이었다. 자신들에게 별반 신경을 써주지도 않던 담임이 저렇게 역성을 드는 게 도대체 무엇 때문인가, 하는 의심을 품기에 충분할 만큼 휘둥그레진 눈빛을 나리 또한 내게 보였다. 끼니 때우기에 급급했던 어린 날이 퍼뜩 떠오른 까닭이었다. 그러니까 보충수업비, 마지막 수업료, 졸업앨범대 등등 각종 납입금을 합해 이십여만 원 정도의 액수마저 낼 수 없는 처지에 대학은 언감생심 꿈꿀 수 없는 가정형편상, 고등학교 졸업장이 내게 무슨 소용이냐며 졸업마저 포기하려 학교에 보름 넘게 나가지 않았던 나의 고3 시절이 그 순간 오버랩되면서 그만 울컥, 하고 치밀어올랐던 것이다.

고3의 나이였으니, 더할 나위 없는 자존감의 문제였다. 해서, 나리 또한 급식비 문제로 호출하려는 행정실 직원에게 느닷없고 터무니없을 만큼 화를 내던 담임의 또 다른 일면을 보고 색다른 관점을 지니게 되었을지 모르지만, 나 역시 나리가 그때, 그 순간 휘둥그레진 눈빛을 드러내며 품었을 아주 조금의 공통된 감성만을 기억하고 있는 게 거의 전부일 만큼 담임인 나 또한 나리에 대해 아는 바가 그리 많지 않았다.

2학년 말에 어느 사내아이와 모텔에서 나오는 걸 봤다는 소문은 이미 학교에 알려진 사실이었다. 그럼에도 작년엔 그 일로 징계 운운한 적은 없었다. 쉬쉬 하고 넘어갔던 사안이었다. 그 일로 해서 아버지로부터 더 내몰렸고, 여동생은 현재 전문계고 1학년에 다니고 있다고 했다. 엄마와 아빠는 3년 전에 이혼했는데 부모 다 재혼을 했고, 재혼한 부모 둘 다 자식들을 거들떠보지 않는다고 했다. 자취방을 겨우 얻어 주고 자매끼리 살도록 해줬는데, 그마저도 3학년 올라오자마자 아버지라는 자가 전세금을 빼가 버렸다고 했다. 동생은 학교 기숙사에 들어갔고, 나리는 친구 집을 배회하거나 교실에 숨어들어 몰래 잠자리를 해결하고 있다는 정도였다. 3학년 1학기 상황이었다.

그렇게 몇 가지 아는 바를 되새김해 보니, 나리가 처해 있던 상황은 그게 다였다. 작년 담임쌤에게서도 들었지만 거의 풍문으로 듣고 알게 된 내용들이었다. 내 손으로 자퇴 처리하기까지 좀 더 세심하고 구체적으로 파악해 보려는 의지마저 기실 내보이지 않았고, 사실 그럴 필요성마저 느끼지 못했다. 보충수업과 야·자 감독, 수시생을 위한 정보 수집과 분석, 정시생을 위한 멘토 수업 등 대학 입시에 매몰되어 아이들 낱낱의 근태 문제에 대해서는 시간을 쪼갤 수 있는 상황이 아니라는 엄연한 핑계가 내재해 있었다. 퇴학 대신에 자퇴 처리한 것만으로도 감지덕지해야 할 판이라고 학생부장이 말했었다. 나는 그애를 위해 어떤 조치도 취하지 못했으나, 사실 내가 맡고 있는 반의 다른 어느 아이에 대해서도 그 이상 알 수 있는 정보 혹은 소통의 장 또한 마련하지 못하고 있었다.

과밀학급이고 고3이었다. 고3이면 소통의 부재를 탓할 단계가 아니라고 나는 단정하고 있었다. 대학 입시에 한정해 대화해도 늘 부족했다. 방학을 앞두고 20일 정도 출석을 잡아 주면 졸업이 가능했지만, 동거하고 있다는 사유는 애당초 그럴 엄두를 내도록 허락하지 않았다. 자퇴 처리한 것만으로도 담임인 내가 할 수 있는 최대치의 배려라고 여겼다. 나는 그렇게 나리와 관련한 문제를 넘어가고 있었다. 그런데 편두통에 시달리게 된 것이었다.

─어떻게 해볼 도리가 없으니 그렇게밖에 할 수 없는, 아이 스스로 생존하기 위한 극단적 수단으로 몸을 그렇듯 부리고 있는 거라고는 여겨졌지만…… 이런 경우, 무기력한 제 자신이 너무 아프네요. 그애가 '학교가 나한테 무슨 의미여야 하냐'고 반문하는데 정말이지 난감했어요.

─그랬겠습니다, 흠흠.

나 또한 헛기침을 해댔다.

─ '학교가 내게 해준 게 뭐냐'며 '학교에 미련 없다'는 그애에게 아무런 말도 더 덧붙일 수가 없더라구요. '한 달만 다니면 졸업'이라는 말은 아예 삼키고 말았어요.

─그러게요.

무슨 말인들 덧붙일 수 있었겠는가.

'……샘에게 만나봐 달라고 부탁을 하고, 어떻게 건져 볼까 하는 고민, 그 자체만으로도 제가 아직까지는 그냥저냥, 어쨌거나 교사인 것

만은 분명해서 한편으론 부끄럽고 한편으론 생소하고…… 그렇습니다, 젠장.'

입 안에서만 맴돌았다.

그랬다. 지금의 내가 그렇다. 아침 8시 이전에 집을 나와 밤 10시 혹은 11시 이후에야 집에 드는 게 하루하루의 일과였다. 이렇듯 빈틈없이 연속되는 일과에 대해 언제부턴가 달콤해하고 있었다. 그에 따른 보상에 익숙해 있지 않은가, 말이다. 누군들 이런 보상 체제와 보상금에 대해 불편한 이견을 내세우면 슬그머니 자리를 떠버리곤 했다. 다음부턴 그를 대면하려고도 하지 않았다.

달포 전인가, 몇몇이 모여 술추렴하게 된 자리에 우연히 합석하게 된, 이웃 중학교에서 근무하는 지회의 참실부장 임 샘이 방과 후 수업의 수당과 관련한 화제가 안줏거리로 오가는 말미에 일장 내뱉은 언사.

"이른바 신자유주의 교육체제가 학교 내에 정책적으로 강요되던 10여 년 전부터 최근에 이르러 더욱더 학력경쟁의 무한체제로 돌입하게 되면서, 가자, 학력신장의 기치로, 하는 광풍에 고등학교에 있는 선배님들 누구랄 것도 없이 거기에 자신을 편승시키는 데에 별 주저함이 없었다고 봅니다. 방전되어 버린 교사적 양심이여, 그대로 발기하지 말아라, 라고 뇌까리면서 스스럼없이 동승해 갔다…… 안 그렇습니까? 금전적 보상에 의해 지배되어 가는 교육과정 운영체제 안으로 자신을 더욱 견고히 편입시킨 채 안주해 버렸다, 저는 이렇게 보는 것입니다."

같은 교과 후배이기도 한 그에게,

"술맛 떨어지는 소리, 그만 작작해라, 짜샤."

'졸라 피곤한데, 골 때리는 소리까지 퍼질러 놓고 있네, 으이그' 하는 소리는 입 안에 담아 둔 채 빈 술잔을 만지작거리고 있는 내게 술을 따르며 그가 덧붙였다.

"자치단체에서 지원하는 액수가 딴은 만만치 않은 게 사실이지요. 대도시는 대도시 자체가 지니는 흡인력으로 정주 조건을 만족시키고 있기 때문에 자치단체의 지원이 상대적으로 적을 수밖에 없잖아요. 중소도시나 군 단위 지자체에서는 인구 감소를 내세워 인구유인책 혹은 지역 인재의 타지로의 유출을 막는다는 이유를 들어 지역의 고등학교 샘들을 자극하여 신입생의 입학 전 선수학습과 소수정예의 수월성 교육 그리고 유수한 대학 합격생에 대한 학비 지원 등을 통해 무한경쟁 체제로의 돌입을 기획하고 있는 것이고, 학교 교육은 이에 합류하여 예산 따내기에 혈안이 되어 가고 있는 게 현실 아닙니까? 거기에 덩달아 교육청에서는 학교 간 경쟁을 부추기면서 일제고사를 전국적으로 실시하고, 그 결과를 공개했습니다. 일제고사에 반대하는 샘들에겐 교직을 박탈하는 직업적 살인까지도 거침없이 자행하고 있어요. 서울대를 비롯한 유수한 학과 입학을 위한 무한경쟁이 학교 교육의 중심 가치로 자리잡은 건 어제오늘의 현실이 아님은 주지하는 바지만, 문제는 mb 정부 들어 이런 정책적 공고성을 더욱 가파르게 진행해 나가고 있다는 점입니다. 형님을 포함해서 선배님들 대부분이 그 전선에 아는지 모르는지 합류해 있지요."

기실, 나만이 아니었다. 내 주위의 여타 동료들, 특히 수능 과목을 담당하는 교과담임샘들은 그렇게 학력경쟁의 광풍으로 거머쥐게 된 떡고물에 목줄을 달고 있는 경우가 적지 않았다. 그런 처지로 변모해 가는 자신을 눈 딱 감고 용인하며 넘어갔다. 생활에 적잖이 보탬이 되는 수당은 교사 직분의 본질이 훼손되고 있음을 감각하지 못하게 했다. 계기교육·체험학습 등 다양한 교육 프로그램을 수행하려는 의지는 싹부터 꺾도록 스스로 종용하곤 했다. 나락 속으로 빠져드는 자신을 인식하게끔 자극하는 교사적 양심마저 갉아먹히고 있었다.

그렇게 서서히 나는 교사적 위의로부터 무장해제되어 갔다. 아이들에 대한 애틋한 고민마저 거세해 버린 것이었다. 제거되었다는 아픔도 느끼지 못했고 알려고도 하지 않는 풍조가 학교 울타리 안에 팽배했다. 인문계 고교로 옮긴 지 오륙 년여 만이었다. 조합비만 내는 비활동 그룹으로, 자유인 선언을 한 이후 한동안 자괴감에 시달리기도 했으나, 오늘에 와서 그런 속내마저 떨궈 버린 채 즐기는 인생으로 가치를 전이시키고 어물쩍 넘어가는 중이었다.

거기에 덧붙이자면 학교 분회에서도, 지역의 지회 단위나 광역의 지부 혹은 여느 분과 모임이나 조직의 상층 어디에서도 학교 교육의 변화에 대해 제대로 된 대응을 해내지 못했다. 또한 조합원의 변모에 대한 반성을 요망하지도 않았다. 어떤 문건적 질타도 내게 전달된 적이 없었다. 그렇게 탈바꿈해 가는 동안 바른 질타를 듣지도, 바른 견인을 보지도 못했다, 나는.

술집 문을 나서는 내게 그가 취한 어투로 등 뒤에다 비수를 꽂았다.

"구빨치 한○○! 껍데기여, 이젠. 껍데기뿐이라고, 씨팔."

─샘 부탁 받고 만나긴 했는데, 상담역이 갖는 한계를 느꼈어요. 나리의 경우처럼 쉽게 만날 수 없는 아이라고는 하지만, 아무렴, 그애와 유사한 유형의 아이들 또한 그동안 적잖이 만나 왔는데도 그애의 마음의 벽을 통과해서 그애를 다시 학교로 데려올 수 없었다는 게 아쉽고, 안타깝고, 그랬습니다.

─샘은 아직도 대단한 열정을 가지고 계시네요.

'데리고 온들…… 그애를 위해 학교가 무얼 해줄 수 있을까요?'

목구멍까지 치밀어올랐으나, 기실 나 또한 젊은 교사 시절의 옹골찼던 회억에 젖으며, 한편으로 옆구리를 쿡 찌르는 부끄러움 때문에 고개를 내젓고 말았다.

─모텔 지하방이었어요, 그애가 기거하는 곳이.

─그래요?

나는 새삼 놀라는 눈빛을 내보였다. 모텔 지하방이라는 게 어떤 방이고 무얼 하는 방인지 알 수 없었다. 임의 처리하고자 하는 사안에 대한 확인과 안도감 같은 것이었다.

─……나오려는데 그애가 그러더라구요.

잠시 바깥을 응시하더니, 이내 고개를 돌리고는 상담샘이 애써 덧붙였다.

─저, 동거하지 않아요. 살아야 하니까, 여기 있을 뿐이에요.

상담 샘이 다시 고개를 창밖으로 돌렸다.

─그애 말이, 되씹혀요, 자꾸.

내가 그애를 찾아갔을 때, 그애는 앞치마를 두르고 머리엔 '압구정 김밥'이라 적힌 조리용 모자를 쓴 채 김 위에 얹은 밥을 평평히 누르고 있었다. 얇은 비닐장갑을 끼고 김밥을 말고 있는 손놀림이 제법 빠르다고 느낀 순간, 그애가 김밥을 말고 있는 손놀림을 계속하면서 고개를 내 쪽으로 약간 돌려 말을 걸어 왔다.

—손님, 몇 줄 드릴…….

그애가 나를 보자, 내뱉던 말을 다 끝내지 못하고 고개를 휘익 돌렸다. 순간, 나는 그애가 어디로 후다닥 내뺄 거라는 생각에,

—어, 아냐, 아냐, 김밥 사러 왔다.

나 또한 터무니없이 너를 보았네, 하는 놀라움을 드러냈다. 나는 그애를 안심시키려 재빨리 주문했다. 우연히 들르게 되었는데 너를 만나게 된 거라는 표정으로, 손가락 두 개를 펴보였다. 나의 주문에 짐짓 그렇겠지, 하는 체념의 눈빛 혹은 흥, 그런들 어떻고 저런들 어떠랴, 싶은 무시의 낯빛을 이내 머금는 게 역력했다.

—싸갈렵니까?

때때로 아이들은 도무지 그럴 수 없는 상황이라 여겨지는데도, 너무 빠르게 냉정을 되찾는 경우가 있다. 나리가 그랬다. 그애는 나를 보자마자, 짧은 순간 경계심의 끝에 가 있는 노여움의 눈빛을 띠었다. 그러다, 곧바로 평상심을 찾은 듯했다. 나를 여느 손님처럼 대했다.

—고생하는구나.

—이쪽으로 좀 비켜서 줄랍니까?

나는 얼른 출입문 안쪽으로 두어 걸음 옮겼다. 등산복 차림의 남녀

중 여자가 값을 치르려는 듯 지폐를 들고 서 있었다. 그애는 막 만 김밥을 썰어, 내 뒤에 서 있는 등산복 차림의 여자에게 건넸다.

—전화 주문, 받아 뒀었거든요.

그애는 옆으로 비켜서 있는 나에게 굳이 덧붙이지 않아도 될 상황을 설명했다. 하지만 냉기가 깊게 서린, 매우 떨떠름한 어투였다.

나는 그애의 말투에 개의치 않았다. 그럴 법하다고 치면 얼마든지 그럴 수 있을 거라 여기고 있는 심사 탓이었다. 내가 이 아이에게 저지른 행위로 해서, 내가 지금 품고 있는 무겁고 안타까운 마음만큼이나, 그렇게 편두통에 시달리고 있는 기간만큼이나, 이 아이는 자신이 겪은, 겪고 있는 상처에 대해 언제고 되갚아 주리라, 벼르고 있을 것이라 충분히 예감할 수 있었다. 김밥을 말고 있는 그애에게 다시 말을 걸 수 있는 기회가 주어진 걸 그나마 다행으로 여겼다.

—여기서 오랫동안 일한 것 같구나.

듣기에 따라선 몹시 언짢을 수 있는 말이었으나, 엎질러진 물이었다. 허둥대고 있는 자신이 훤히 보였다.

—…….

나리는 대답하지 않았다. 그러고는 검은 비닐봉지에 담은 김밥을 내게 내밀었다. 나는 이천 원을 건넸다. 나는 그애에게 지폐를 건네며 눈길을 마주치려 했으나, 그애는 돈을 받아 슬라이딩 금고에 넣고는 다시 김밥을 말기 위해 채반 위에 네모진 김밥용 김을 꺼내 올렸다. 그 위에 밥을 퍼 쫘악 편 다음 계란부침, 게맛살, 당근, 우엉줄기 등속을 채곡채곡 얹는 손놀림을 멈추지 않았다.

―여기서 먹고 갈란다. 두 줄 더 말아 줘라.

조금은 어색했지만, 그렇게 말하고는 홀 안으로 발걸음을 옮겼다. 그애는 자신의 등 뒤에서 벌어지는, 얼마 전까지만 해도 담임이었던 자의 어색한 몸놀림을 훤히 그려보고 있을 것이었다. 나는 잠시 휘청하는 몸짓을 내보였지만 짐짓 태연하게 정수기에서 물을 따라 휘적휘적 빈자리를 찾아갔다. 젊은 애들 둘이 다 먹은 그릇들을 쟁반에 챙기더니 개수대가 있는 주방에 내려놓고는 나갔다. 셀프점이었다.

손님은 제법 많은 편이었다. 젊은 애들이 방금 일어난 빈자리로 갔다. 그애가 바라다보이는 쪽으로 앉았다. 김밥 하나를 입 안에 넣었다. 밥알이 입 안에서 푸슬푸슬 놀았다. 혼자 먹는 밥이어서 더욱 서걱거리는 듯했다. 그렇게 서걱거리는 밥알을 오물거리는 동안, 그애는 부지런히 김밥을 말았다. 네 번째 손님에게서 돈을 건네받고 있는 중이었다. 바쁘게 일하다 보면 가슴을 쥐어뜯고 싶은 상념들도 그만큼 상쇄되겠지, 하며 나는 그애에게서 시선을 떼지 못했다.

실내가 후텁지근했다. 그애가 반바지차림을 하고 있는데 장딴지가 통통해 보였다. 저애가 학교에 다닐 때도 저렇게 통통했었나, 하며 나는 잠시, 저애가 교복을 입고 학교에 나오던 여름방학 직전의 모습을 떠올렸다. 동거하고 있다는 사실이 아직 학교에 알려지기 전이었다. 거의 모든 애들이 그러하듯, 허리가 꽉 끼고 등허리가 훤히 드러나 보일 정도로 짧게 맞춘 흰색 교복 상의에다 체육복 하의를 입은 채, 학교에서 유일하게 단짝이던 애와 함께 점심 먹은 뒤 쓰레기 컨테이너 박스 옆을 지나 매점으로 향하던 때의 모습이 얼핏 떠올랐다. 작년 9월,

세콤에 감지되어 비 맞은 생쥐처럼 웅크리고 있던 모습은 기억 속에서
마저 지워져 버린 듯, 내 반 아이였음에도 다른 어떤 모습도 더는 떠오
르지 않았다.

나는 김밥을 우겨넣으면서, 나리를 다시 쳐다보았다. 나리는 전혀
흐트러짐 없이 일을 계속했다. 능숙했고, 자연스러운 몸짓이었다. "학
교가 내게 해준 게 뭐냐"고 반문했다는 저애의 울부짖음, 그래 울부짖
음이 퍼뜩 떠올랐다.

뒷덜미가 묵직했다. 편두통이 몰려왔다.

나리의 자연스럽고 능숙한 몸짓을 보면서 '지금 나는 왜, 여기에 있
지?' 하는 사념에 빠져들었다. 주방 가운 속에 걸쳐 입은 나리의 검정
색 바람막이 재킷 등판에 '왜, 거기서 그러고 있어, 가지 않고. 당신에
게 할 말이야 많지만 말해 봤자야. 그러니, 어서 가' 하는 문구가 하얀
분필로 또박또박 적혀 있는 것처럼 읽혀졌다. 그랬다. 저애에게 무슨
말을 할 수 있을까? 건넬 수 있는 말이란 정작 뭐지? 저애를 보자마자
내뱉은, '고생하는구나' 하는 안부 말고 더 덧붙일 수 있는 말이 있기
나 한가? '미안하다, 지금 어떻게 사느냐?' 하는 따위의 말이 저애에
게 무슨 위안이 되겠는가? 저애에게 어떤 말을 건넬 자격 혹은 위치에
있는지도 지금 이 순간, 나는 잘 모르겠다.

김밥을 다 먹어치운 뒤에도 나는 섣불리 자리에서 일어서지 못하고
뭉기적거렸다. 주문한 김밥 두 개는 벌써 말아져 검은 비닐봉지에 담
겨 있을 것이었다. 저 아이 또한 어서 가져가라고 할 수 있을 테지만 더
이상 나를 의식하고 있는 것 같지도 않았다. 두어 명의 손님이 기다리

고 있었다. 손님들이 계속 이어졌으면 하는 생각에 닿았다. 손님이 없으면 내게로 와 저 아이가 어떤 폭언도 할 수 있을 것이란 불안함 또한 밀려왔다. 저 아이를 만나러 올 때의 심경이 무엇이었나? 하고 되물었다. 그만 가야지, 하면서도 나는 일어서지 못했다. 자문과 자책에 골몰했다.

저 아이에게 어떤 다짐, 이를테면 내년에 꼭 복학하길 바란다는, 저 아이의 처지로 봐서 정말 어처구니없는 복학의 다짐이라도 받아 가야 한다는 강박증이 편두통과 함께 나를 결박하는 것이었다. 한 달 전 학교에서 내쫓고서 이제 와서 내년에 다시 학교로 돌아오라고 하는, 병을 준 뒤 독약까지 주는 듯한 이 처사가 교사적 양심인가? 하고 물으며 나는 가슴을 쓸어내렸다. 그럴수록 저 아이 앞에서 스스로 머쓱해지고 작아지는 걸 나는 느껍게 감지해야 했다.

저 아이는, 수능 끝나고 해이해진 풍경이 펼쳐져 있는 11월 말의 대한민국 인문계 고교 3학년이었다. 저 아이의 행위에 대한 자퇴 처리가 온당한 조처였는가, 하는 물음에 나는 줄곧 시달렸다. 그렇게 엄습해 온 물음과 함께 편두통은 시작되었고 한 달째 계속되고 있었다. 편두통이 몰려올 때마다 짜증이 났지만, 어떻게 해볼 도리가 없었다. 저 아이가 생존을 위해 몸을 던지고 있는 것 또한 저 아이의 입장에서는 달리 어찌 해볼 경우의 수마저 허용되지 않는 현실이지 않은가? 저 아이를 만나 사죄하고, 내년에 꼭 복학시키겠으니 복학하겠다는 다짐을 받아 두라며 독려하던 편두통이 나를 더욱 압박해 왔다. 나는 머리를 감싸 안았다.

그 사이, 김밥이 든 검은 비닐봉지를 들고 그애가 내게로 왔다. 손님이 뜸하기도 했다.

—김밥, 잘 싸세요?

그애가, 내게 건네는 김밥 봉지를 엉겁결에 받아 쥔 채 그애를 엉거주춤 맞는 내 앞에 와서 뜬금없이 툭 내뱉었다.

—……잘 못해. 언제 해봤어야지.

흠칫 놀랐으나, 속내를 드러내지는 않았다.

—당연하지요. 그런데, 나는 잘해요.

그애가 된바람 몰아치는 바깥으로 시선을 잠시 돌렸다가 거두며, 말을 이었다.

—살아야 하니까 손, 발, 온몸을 써요.

—…….

그애가 의도하는 바가 뭔지 몰라서 대꾸할 수 없는 게 아니라, 그애가 아무렇지도 않게 내게 건네는 그 말의 속내가 더욱 당혹스럽게 만들었기 때문에 나는 아무런 말도 건넬 수가 없었다.

—김밥 싸는 거, 파리 목숨 빼앗듯이, 쉽습니다. 내 앞에 앉아 있는 사람은 못하지요. 이제, 가세요. 김밥 싸는 거 보러 온 것 아니면 그만 가세요. 배울 필요가 있는 것도 아니잖아요. ……왜 왔는지 내가 말해볼까요?

나를 정면으로 응시하며 절규하듯 빠르게 내뱉는 그애의 말을 들으며, 그만 김밥 봉지를 바닥에 떨어뜨렸다. 작지만 단호한 어조로 그애가 내게 덧붙였다.

―김밥 가지고 가세요.

　나는 화들짝 놀라 일어섰다. 일어서는 내 귀에 대고, 그애가 또박또박 건넸다.

　―돈 주고 가세요.

　돈도 주지 않고 김밥 봉지만 든 채 김밥집에서 내쫓기듯 나는 서둘러 빠져나왔다.

　―죽을 수는 없잖아요?

　현관에 두텁게 쌓인 푸르디푸른 냉기에 나는 얼어붙었다. 시린 손끝으로 귓바퀴를 연방 문질렀다. 그애가 던진 외마디, 그 절규가 귓구멍을 연신 후벼댔다. 꼼짝 못하고 이명에 시달렸다. 그애는 계속해서 내게 절규했다.

　"죽을 수는 없잖아요?"

　나는 고개를 휘휘 내저었다. 그애의 절규는, 내젓는 내 고갯짓만큼의 강도로 나를 질곡 속으로 몰아넣었다. 그애가 일하는 곳에 왜 갔는지조차 막급의 후회가 밀려왔다. 정작 내가 찾아간 이유마저 불분명했다. 차라리 퇴학 처분했다면 편두통과 이명에 시달리지 않아도 되었을까, 하는 회한이 칩떠올랐다.

　다시 고개를 내저었다.

　'아냐, 정당했어. 출석일수 미달이면 학칙에 의해 유급이니, 고3은 당연히 졸업 보류에 해당하잖아. 동거하고 있다는 사실은 학생 신분으로는 어떠한 이유로도 그냥 넘어갈 수 있는 행위가 아니지 않은가?'

한기가 더욱 파고들었다. 그런데 나는 답답해 미칠 지경이었다. 편두통이 지근지근 밀려왔다. 그애의 절규가 귓바퀴를 맴돌았다. 속에서 후욱 열기가 솟구쳤다. 편두통이 더욱 심하게 뒷덜미를 물어뜯었다. 나는 웃옷의 지퍼를 열었다. 매서운 바람이 가슴속으로 밀려들었다. 얹혀 있는 속앓이가 잠시 식는 듯했다.

이명은 여전했다. 내가 그애를 처리한 건, 그애의 행실과 규정 때문이었다. 하지만 사실은 그애를 에워싸고 있는 환경, 그애의 '가정조사'에 드러난 상황을 혐오한 게 아닌가 하는 생각에 이르러, 이명이 들리기 시작했었다.

'무엇 때문에 날 찾아왔나요. 복학을 권유하려고 왔다고요. 웃기지 말아요. 정말, 순진하시네. 당신은, 당신네들은 학교 울타리 안에서 잘 먹고 잘 살고 있잖아. 내가 어떻게 산들 그게 무슨 상관이야. 나보고 그냥 죽으라고. 그럴 권리 당신들에게 없어. 진실을 말해 볼까. 당신들이 나를 짜른 건 내가 결석이 많아서가 아니잖아. 작년에 당신이 담임이었던 미숙 언니는 출석 미달인데도 졸업시켰잖아. 핑계일 뿐이야. 부모 이혼과 가난, 그리고 그로 인한 나의 막다른 처지를 문제 삼아 짜른 거잖아. 내가 살기 위해서, 어떻게 해볼 도리가 없어서, 어쩌는 수가 없어서, 이렇게 살고 있는 건데, 그걸 이유로 들어 나를 짤랐잖아, 진짜로는. 이렇게라도 살아야 하는 그게 문제라면, 당신들은 누군데? 당신들은 무엇인데?'

어린 날, 학기 초의 숙제였던 '가정조사서'에 연필로 적어 넣으며 손끝마저 저려 오던 항목들이 퍼뜩 떠올랐다. 나는 머리를 쥐어뜯었다. 혹독한 한풍이 거세게 밀려왔다. 온몸이 떨렸다. 다시 웃옷의 지퍼를 닫았다.

그때, 문자메시지가 떴다.

'이번 주엔 내가 부킹 잡았네. 시간 비워 둬.'

교장샘이었다. 그동안 몇 차례 내가 주선한 골프모임에 동행한 적이 있는 교장샘이 어느 유력한 학부모에게 선을 대 잡았을 것이다. 교장샘은 나보다 더 늦게 시작해 두어 달 전에야 필드에 처음 나갔었다. 교장샘 또한 매주 라운딩하는 듯했다. 잘 챙겨 주는 동향 후배에게 건네는 선심이었다. 혹은 내심 쌓여 있을지 모르는 부채감을 갚고자 하는 심중일 것이다.

나는 얼른 핸드폰 뚜껑을 닫았다.

피식, 아주 엷은 냉소를 머금었다. 부킹 소식에 내내 지근거리던 편두통이 가시는 듯한 느낌을 순간 받았기 때문이었다. 비웃음 같은 것이기도 했다. 골프는 그런 위력으로 내게 작용하고 있었다. 이명은 여전히 귓바퀴를 맴돌았다.

옷깃을 여미고, 교무실로 향했다.

'뭘 먹고 있었지?'

잠시, 허기를 느꼈다. 교무실 문을 열었다.

바깥 날씨에 덩달아 달아오른 교무실의 냉난방기에서 내뿜는 더운 바람이 메스껍게 후욱 밀려왔다. 안경에 훈김이 허옇게 서렸다. 나는 교무실 문턱에 걸려 넘어지고 말았다, 그만, 꽈당.

달집 태우기

박송환

"향우회장이라는 놈이 고생하는 애들 격려할 생각은 않고 나뭇가지를 넣었다고 고자질을 해! 난 고자질하는 놈이 제일 싫어. 한번 목표가 주어졌으면 똘똘 뭉쳐서 그걸 이뤄 놓고 봐야지. 무슨 놈의 이유가 그렇게 많아. 애들이 어디 자기들을 위해서 그런 짓을 했겠어? 다 마을을 생각하는 마음으로 그랬을 거 아녀. 그러면 너는 애들을 감싸줘야 옳지. 그래, 그걸 가지고 선생한테 일러바쳐! 임마, 너 같은 놈들 때문에 우리나라 안 되는 거여."

정월 대보름이다. 대동계가 열리는 공회당이 잔치 마당으로 변해 갔다. 마을의 대소사를 의논하던 회의가 끝나자, 어른들이 술을 마시기 시작했다. 젊은 축들은 풍물을 놀면서 집집을 찾아다녔다. 공회당으로 모여들어 시루떡으로 배를 불린 아이들도 들떠 갔다. 어른들은 또 싸웠다. 경우를 따진다면서 소리를 질러 대더니 삿대질까지 했다. 풍물 소리도 휘몰이 가락으로 거침없이 내달았다.

마을 안의 정경이 한눈에 들어오는 뒷동산 숲에서는 악동들이 어둠이 내리기만을 고대하고 있었다. 어른들이 곯아떨어지는 밤은 그들 세상이었다. 낮에는 엄두도 못 낼 일을 마음껏 즐길 수 있었다. 화투놀이도 벌이고 윷을 놀아 진 편으로 하여금 밥과 김치를 훔쳐오게 하여 밤참으로 먹을 수도 있었다. 이제 막 눈을 떠가는 성에 관한 이야기도 덤으로 들을 수 있었다. 아이들의 마음속에서 어둠의 정령을 불러내 주는 밤은 너무나 큰 유혹이었다. 귀신놀이를 한다는 핑계로 여자들이 노는 곳을 찾아가 마음에 둔 계집애의 손목을 은근슬쩍 잡아 보는 것도 이때였다.

그런데도 마을 조무래기들은 밤이 두려운 모양이었다. 해가 한 발도 더 남았는데 들로 나아가 쥐불놀이를 했다. 철사로 길게 손잡이를 한 깡통에다가 소나무 관솔에 불을 붙여 넣고 휘두르면 불길은 이내 푸르고 붉은 혀를 널름거리며 타올랐다.

논두렁을 넘어다니면서 불놀이를 하는 조무래기들은 어린 꼬마들이었다. 시퍼런 코를 달고 바지춤을 부여잡은 채 악착같이 따라다니는 상황이어서 구민은 자존심이 매우 상해 있었다. 구민의 시선이 고샅길을 거쳐 뒷동산으로 끌려갔다. 관솔을 자르러 다녔던 민홍이마저 보이지 않았다. 깡통 속의 불도 푸르스름한 연기만 뿜어냈다.

어렵게 불을 붙여 내온 관솔을 구멍 뚫린 깡통 한가운데 놓고 절편 조각만 하게 떨어져 나온 장작 부스러기들로 속을 채우다 보면 불씨는 맥없이 꺼져 버렸다. 어깨가 얼얼하도록 휘둘러도 불길은 일지 않고 송진 냄새가 물씬 밴 연기만 꾸역꾸역 솟아났다. 참으로 독한 연기였다.

구민이도 눈물을 질금거리지만 조무래기들의 꼴은 더 가관이었다. 눈물과 콧물로 엉망이 된 얼굴을 숯등걸 같은 손으로 훔쳐내면서 흘러내리는 바지춤을 부여잡는 꼴이라니. 에이 씨, 난 왜 만복이처럼 힘센 형이 없는가. 기철이마냥 예쁜 누나도 없고 민홍이보다 나이도 적고 승관이처럼 돈도 없고. 구민이 투덜거리며 다시 뒷동산을 올려다보았다.

며칠 전에는 국민교육헌장을 잘 외웠다고 빵을 두 개나 더 타고 청소당번까지 면제받았다. 콧노래를 흥얼거리며 내를 건너는데 민홍이가 다가와 소곤거렸다. 정월 대보름날 밤에 뒷동산 꼭대기에서 대대적인 달집태우기 행사를 할 것이라고.

구민은 자기에게도 당연히 참석하라는 연락이 올 줄 알았다. 그런데 지금까지 아무 연락이 없는 것이었다. 공회당에서 잠깐 본 민홍이마저 뭔가 숨기는 게 있는 듯 시선을 피하기만 하다가 감쪽같이 자취를 숨긴 뒤부터 마을 어디에서도 친구들의 모습을 볼 수가 없었다.

구민은 향우회장 홍식이네 집에도 가보고 민홍이네도 가보았다. 일부러 구장네 집까지 찾아가 음식 장만에 여념이 없는 해웅이 엄마에게 해웅이가 갈 만한 곳을 물어 보았으나 잡채를 버무리던 그녀는 아침 먹을 때 잠깐 보고는 여태껏 코빼기도 못 보았다면서 되레 아들을 찾아 달라는 부탁까지 하던 거였다.

"글쎄, 얘가 어딜 갔을까? 아침도 뜨는 둥 마는 둥 무슨 약속이 있다고 나갔는데. 혹시라도 보거든 이리로 꼭 왔다 가라고 전해 주렴."

"약속이요! 누구하고요?"

"원체 급하게 뛰어나가서 물어 보들 못했어. 근데, 왜 그러냐? 난 너랑 돌아다니는 줄 알았는데. 이놈의 자식이 그럼 누구하고 어딜 간 거야. 말도 없이."

해웅이 엄마는 다른 여자들의 시선을 의식하면서 대수로울 것이 없다는 표정을 짓고 있었으나 아들이 또 놀림감이 되고 있지나 않은지 걱정하는 눈치가 역력했다.

아침부터 약속이라니. 이것들이 그럼 나만 쏙 빼놓고. 배신감과 소외감으로 눈물까지 찔끔 나오려 했다. 홍식이, 바보 같은 자식. 공부만 잘하면 뭘 해. 싸움을 잘해야지. 공부 빼고는 뭐든 꼴찌니.

마을별로 향우회가 조직되자, 홍식이는 자연스럽게 회장이 되었다. 누구도 이의를 제기하지 않았다. 이때까지만 해도 아이들을 평가하는 기준은 학업성취도와 품행의 방정이었다.

그런데 향우회가 조직되고 본격적으로 활동을 시작하면서부터 많은 변화가 일어났다. 학교에서 가장 강조하는 것도 일사불란한 질서였다. 그건 학교 곳곳에 커다란 고딕체로 내걸린 조국의 근대화나 총력안보 태세 등과도 연관이 있는 듯했다. 어디를 가든 위압적인 활자와 확성기 소리가 사람을 압도했다. 공회당의 게시판과 문짝은 물론이고 신작로에 접한 집집의 외벽에도 유비무환이니, 멸공통일이니 하는 표어가 검은 페인트 활자로 무겁게 찍히기 시작했다.

아이들도 게으름을 피울 수가 없게 되었다. 누구나 일찍 일어나 마을 청소에 동참해야 했다. 토요일 오후나 일요일에도 마을별로 할당된 화단과 꽃길을 만들어야만 했다. 등하교시에도 대열을 지어야 했다. 학교에서도 수업은 뒷전이었다. 통일동산 가꾸기와 퇴비 증산과 실습장의 묘목 가꾸는 일로 아이들을 내몰았다.

시대가 바뀌었다고 했다. 나보다 우리가 더 중요하다고 했다. 모든 것이 마을 단위로 진행되었다. 개개인의 학습능력과 품행의 방정을 따지다가는 따돌림당하기 십상이었다.

홍식이는 차츰 힘을 잃어 갔다. 꼴찌 신세를 면치 못하던 향우회가 퇴비증산대회에서 3등을 했을 때 아이들은 경복이를 향해 열광적인 박수갈채를 보냈다.

그는 새 시대의 영웅이었다. 공부는 못했지만 싸움 실력은 학교 전체에서 공동 2위였다. 모든 운동에도 능해서 다른 마을 아이들도 두려워했다. 체육 시간이나 방과 후에 공을 찰 때도 늘 주전이었다. 경복이의 이름을 대면 때리던 다른 마을 아이들이 먼저 사과를 할 정도였다.

경복이는 마을 아이들을 철저히 보호해 주었다. 다른 마을 아이들에게 억울한 일을 당했다고 말하면 만사를 제쳐놓고 나서서 해결해 주었다. 모두 다 경복이에게 고마운 마음을 갖게 되었다. 모범생 홍식이가 싸움 잘하는 다른 마을 하급생들에게 꼼짝 못하고 당하는 걸 여러 번 보아온 아이들은 경복이의 출현에 환호했다.

향우회가 조직되기 전까지만 해도 경복이의 존재는 미미했다. 오히려 기피 대상이었다. 그런데 지금은 그에 대한 평가가 백팔십도로 달라졌다.

"이런 촌에서 공부 잘한다고 떠들어 봐야 기껏 면서기지 뭘."

"왜? 면서기가 어때서."

"이 사람이 면서기 덕을 언제 봤다구, 이래. 아, 자고이래로 글자깨나 익힌 놈들이 마을 위해서 제 몸 안 아끼는 거 본 적 있어? 모두가 다 닭 쫓던 개 지붕 쳐다보는 격이었잖어. 마을 사람들을 위해서 뭣인가를 좀 대변해 줄 것이라고 믿고 있으면 언제 봤느냐는 식으로 마을 뜨곤 했잖어. 게다가 남아 있던 놈들은 무슨 짓을 했어. 이웃사촌을 위한다는 핑계로 인감도장 모아들여서 무슨 짓을 했는지 벌써 잊어버렸단 말이여."

배운 사람들에 대한 어른들의 속마음은 이랬다. 그러나 자식들을 향해서는 다른 말을 했다.

"이 마을에선 더 이상 희망이 없으니 어쨌든 열심히 공불 해서 여길 떠나거라."

어른들은 자기 자신까지도 믿지 못하는 것 같았다. 구민은 이런 어른들이 싫었다. 그들을 고스란히 닮아 가는 자신이 미웠다. 우물가에서 정겨운 웃음을 나누고 돌아선 어머니도 식구들만 모인 밥상머리에서는 이웃의 흉을 속속들이 들춰냈다. 마을과 마을 사이의 관계도 이중적이었다. 개인적으로 만나면 더할 나위 없이 든든한 이웃이지만 집단을 이루면 한 치의 양보가 없었다.

작년 추석날 벌어진 면 체육대회에서 구민이네 마을은 거의 모든 종목에서 예선 탈락의 수모를 겪었다. 마을 사람들은 분노했다. 특히 400미터 릴레이 경주에서 3등으로 달리던 종만네 당숙의 팔을 악착같이 잡고 늘어진 하동 선수를 증오했다.

"팔만 잡지 않았어두 결선에 오르는 건데. 이놈들, 어디 내년 여름에 수로 근처에만 와봐라. 그냥 다리몽댕이를 분질러 놓을 테니."

어른들은 체육대회 이야기가 나올 때마다 큰소리를 쳤다. 아이들은 진짜 분노했다. 하동 애들과는 말도 하지 말자고 결의했다. 참으로 곤혹스러운 나날이었다. 누구보다도 친하게 지내던 재구가 말을 걸어 올 때마다 주위를 살펴야 했다. 자칫하면 배신자로 찍혀서 따돌림당할 판이었다. 다리를 어쩌겠다던 어른들은 그런 말조차 잊은 듯 친하게 지내는데 아이들은 말을 했니, 안 했니 하는 것으로 서로를 의심했다.

어른들이란 묘한 존재였다. 공무원과 국회의원 후보를 대하면서도 똑같이 처신했다. 이런저런 일로 찾아온 그들의 말에 수긍하고 지지를 보내는 듯해서 그런 줄 알고 있으면 그네들이 없는 자리를 빌려서 거의 반드시라고 할 만큼 부정하고 거부하는 언동을 일삼았다. 우리 아버지들은 저들이 요구하는 것들을 저렇게 부정하고 거부하는구나. 그러면서도 마지못해 지지하는 체한 것이로구나, 라고 생각을 정리해 놓고 있으면 그들은 어느 새 그네들이 지시하는 일과 바라는 바를 참으로 성실한 일꾼이 되어 이것 보라는 듯 시행하는 것이었다.

도대체 아버지들의 진짜 속마음은 무엇일까. 구민은 늘 혼란스러웠다. 왜 싫은 것을 싫다 하고 좋은 것을 좋다고 말하면서 당당하게 살아가지를 못하는가. 구민은 자주 실망과 회의 속으로 빠져들었다.

이런 면에서 본다면 경복이의 행동은 진흙 속에 박힌 바위처럼 믿음직스러웠다. 구민도 경복이의 도움을 몇 번 받았다. 샘말 사는 봉구하고 광태가 자기 형들의 위세를 빌려 고구마와 옥수수를 구워 오라고 매일같이 협박하는 걸 그의 이름을 팔아서 모면했다. 밤골 사는 말자를 엉겁결에 발로 걷어찬 후에 그애의 사촌오빠에게 작살날 뻔했는데, 경복이가 중재를 해서 무사한 적도 있었다.

말자는 키가 껑충하게 큰 계집애였다. 자습 시간이나 청소 시간만 되면 까놓고 되바라진 행동을 하면서 반장인 구민이의 체면을 구겨 댔다. 말자의 사촌오빠 승호는 경복이와 동급생이었으나 싸움으로는 1위였다. 경복이와 막상막하로 몇 번 결투를 벌인 후에 서열이 정해졌는데도 둘은 사이가 무척 좋았다.

"네가 구민이냐?"

"예."

"너, 이 새끼! 우리 말자를 왜 때렸어. 아무 잘못도 없는데 네가 먼저 발로 찼다며?"

"예."

"요걸 그냥. 어휴, 너 운 좋은 줄 알어. 경복이가 우리 동네 애니까 한 번만 봐주라고 사정사정해서 그냥 넘어가는 거여. 알았어?"

"예."

"이 담부터 말자를 건드렸다가는 어찌되는지 알지?"

"예."

구민은 말자가 보는 앞에서 코가 쑥 빠질 만큼 닦달을 당했다.

이제는 정말 새로운 시대였다. 국민교육헌장에 나오는 것처럼 새 역사를 창조할 때였다. 홍식이는 6학년에 올라가지만 별 볼일 없는 존재가 될 것이었다. 이제부터는 경복이의 시대였다. 그의 시대가 바야흐로 활짝 열린 것이었다. 그런데도 눈치 없는 행동으로 경복이의 미움을 사 구민은 지금 따돌림을 당하는 중이었다.

봄부터 마을 단위의 퇴비증산대회가 시작되었다. 아이들은 낫이나 새끼 타래를 들기도 하고 풀을 한 짐씩 묶어 등에 진 채 교문을 들어섰다. 어떤 마을에서는 아예 손수레를 두어 대 빌려서 꼴짐을 가득 싣고는 이영차, 영차 하는 구령까지 질러 대며 먼 신작로를 달려오기도 했다. 운동장을 빙 둘러선 아름드리 플라타너스 아래마다 퇴비 더미가 집채만 하게 쌓여 하루가 다르게 높아 가고 있었다. 매일같이 다른 마을의 퇴비 더미를 바라보며 경쟁을 하는 터여서 열기가 뜨거웠다. 그러다 보니 만만하게 뵈는 마을의 퇴비 더미를 몰래 헐어 가는 일도 다반사로 일어났다. 퇴비로는 쓸 수가 없는 나뭇가지를 속에 넣어 한껏 부풀리는 편법이 동원되기도 했다.

운동장에서는 아침부터 크고 작은 시비가 끊임없이 일어났다. 그러나 구민이네 마을은 자유로웠다. 경복이 덕이었다. 아이들은 홀가분하게 풀만 베면 되었다.

아이들의 낫질은 매우 서툴렀다. 그러나 경복이와 병수는 달랐다. 일찍부터 자기 지게를 가지고 꼴베기며 나무하기로 단련이 돼온 그들의 솜씨는 어른 뺨쳤다. 그들은 순식간에 꼴을 한 짐씩 베어 냈다. 그에 비해 홍식이와 아이들의 낫질은 풀을 마구잡이로 쥐어뜯어 놓는 수준이어서 풀밭만 버려 놓는다는 핀잔을 들었다.

실적이 올라가지 않았다. 힘없고 만만한 마을에서는 이리저리 빼앗길 것까지 염두에 두면서 혼신의 노력을 다하는 판이어서 날이 갈수록 차이가 크게 났다. 병수의 주도 아래 퇴비 더미 속에다 나뭇가지를 집어넣자는 꾀가 나왔다.

회장 홍식이가 반대 의사를 분명히 밝혔다.

"난 그런 짓 못한다. 선생님께서도 정직하게 최선을 다하라고 하셨다. 그렇게 비겁한 짓을 하면서까지 일등을 하면 뭐 하냐. 우린 그냥 정직하게 최선을 다하자."

왕구라로 소문난 병수는 낮을 팽개치면서 대들었다.

"하면 하고 말면 마는 것이지 무슨 핑계가 그리 많아. 물에 물 탄 듯 술에 술 탄 듯하니, 동네가 요 모양 요 꼴 아니냔 말여."

참새 떼처럼 조잘거리기 좋아하는 하급생들도 갖가지 의견을 내어 전체 의견을 묻기로 했다. 홍식이 편은 구민이와 꾀부리기 좋아하는 몇몇 하급생들뿐이었다. 경복이는 가타부타 말이 없었다. 풀 베는 일만 계속했다. 그의 침묵으로 나뭇가지를 넣어 부풀리기로 한 계획은 자연스럽게 없었던 일이 되고 말았다.

구민은 미안한 마음에 더 열심히 풀을 베었다. 그러나 서툰 낫질로는 한계가 금방 드러났다. 꼴 묶음을 들어올릴 때마다 얼굴이 붉어졌다. 홍식이도 굵은 땀방울을 쏟고 있었지만 그가 묶어 내는 전도 초라하기 짝이 없었다.

설상가상으로 전을 나르던 하급생들까지 꾀를 부렸다. 정직하게 최선을 다하자는 회장의 말을 대충 해도 되는 것으로 받아들이는 눈치였다. 꼴찌를 해도 이제는 우리 책임이 아니라는 식으로 몸을 사리며 요령을 피웠다. 경복이와 병수가 베어 놓은 꼴 묶음 대신 홍식이와 구민이가 만들어 놓은 것만을 나르려 했다.

"잘들 논다."

병수가 빈정거렸다.

"내 이럴 줄 알았다. 백제가 왜 망했는지 이제야 알겠다."

경복이의 심복 노릇을 하는 연상이도 역사적인 의미까지 부여하며 노려보았다. 애가 탔다. 퇴비증산대회고 뭐고 이리저리 끌려 다니는 것 자체를 싫어하던 하급생들은 구민이가 만들어 놓은 전을 가지고 낄낄거리며 장난을 쳤다.

백제가 왜 망했나? 의자왕이 무능해서 망했다. 왕이 나라의 안전을 생각하지 않고 주색을 너무 가까이해서 망했다.

구민은 국사 시간에 배운 지식을 떠올릴 때마다 서글펐다. 연상이는 홍식이와 구민이를 의자왕과 그의 못난 신하로 비난하고 있었다. 아이들도 동조하는 기색이었다. 교활한 놈들이었다. 정직하게 최선을 다하자는 회장의 말에 동조하면서도 수단방법을 가리지 않아야 일등 할 수 있다는 병수의 주장에도 다리를 걸쳐놓고 있었다. 작업 시간에는 정직함을 핑계로 꾀를 부리고, 일이 끝나면 경복이의 주위로 몰려가 물러터진 바보 병신이라며 회장을 비난했다.

정직과 최선도 경복이의 힘 앞에서는 무용지물이었다. 아이들이 두려워하는 건 따돌림이었다. 경복이의 보호막을 벗어난다는 건 생각만으로도 끔찍했다.

한번은 통일동산 잔디밭에서 땅빼앗기 놀이를 하다가 해웅이를 의자왕으로 몰아가 울게 한 적이 있었다. 땅빼앗기는 신라, 고구려, 백제로 패를 나누어 몸싸움을 하는 놀이였다. 아이들은 누구나 신라 편이 되고 싶어했다. 하급생일수록 고구려나 백제 군대 역을 하지 않으려 했다. 그런 역을 한다는 건 따돌림을 당한다는 증거였다.

그러나 원한다고 해서 누구나 신라 편이 되는 게 아니었다. 그건 연상이의 기분에 따라 결정되었다. 우여곡절 끝에 패가 나뉘면 아이들은 늘 밉보여 온 해웅이를 백제 왕에 앉히려 했다. 백제 군인이 된 아이들일수록 더 심하게 해웅이를 놀렸다. 해웅이는 울면서 집으로 돌아가 제 엄마에게 죄다 일러바쳤다.

해웅이 엄마가 아들을 데리고 동구를 지키고 있었다. 아들을 위하는 일이라면 부처님 가운데 다리라도 잘라 올 수 있다고 큰소리쳐 온 여자였다. 그녀는 화가 잔뜩 난 얼굴로 아이들을 불러모았다. 아이들은 일제히 연상이를 쳐다보았다.

해웅이 엄마도 이상했다. 그녀도 연상이만을 찍어서 우리 해웅이를 왜 자꾸 괴롭히느냐고 닦달을 해댔다.

연상이가 주동이 된 건 사실이었다. 그러나 다른 아이들은 모두 잘 대해 주는데 왜 너만 그러느냐는 식으로 허물을 뒤집어씌우는 언동은 누가 봐도 어른답지 못한 것이었다. 연상이도 가만있지 않았다. 홀아버지 아래서 막내로 자란 연상이는 영악한 놈으로 소문이 나 있었다. 연상이는 해웅이 엄마의 술수를 대번에 간파한 듯 마구 대들었다.

기이한 싸움이었다. 오히려 해웅이 엄마가 절절맸다. 홀쩍거리며 서 있던 해웅이까지 독이 잔뜩 올라 달려들자 연상이는 잽싸게 달아나면서 욕을 퍼부었다.

여자들은 연상이를 볼 때마다 어린것이 어미 없이 자라느라 얼마나 가슴앓이를 했겠느냐며 동정했다. 그러나 집안의 체면과 자녀의 앞날이 걸린 문제에서는 냉정하게 얼굴을 바꾸었다. 모든 허물을 연상이에게 떠넘겼다. 어미 없이 막 자란 놈 때문에 우리 애가 그렇게 됐다는 식이었다. 연상이는 독한 아이로 변해 갔다.

아이들은 언제나 강자 편이었다. 모두 다 신라를 정의와 용맹의 상징으로 생각했다. 왜냐하면 신라는 삼국을 통일한 승리자였기 때문이다. 반대로 고구려의 연개소문과 백제의 의자왕은 불의의 화신이었고 나라를 망친 패배자였다. 해웅이가 운것은 자신을 불의의 비겁자로 몰아가는 아이들에 대한 서운함 때문이었을 것이다.

그런데 연상이는 계백 장군을 좋아했다. 그에게는 오히려 김유신과 김춘추가 당나라 군대를 끌어들인 비겁자였다. 연상이에게 진짜 군인은 계백뿐이었다. 그는 늘 황산벌 전투를 지휘한 계백 장군을 예찬하며 동경했다. 놀이를 할 때마다 계백 역을 자처했다. 계백 장군이 간신들의 모함으로 곤욕을 치른 이야기며 신라와의 마지막 일전을 위해 처자식의 목을 베고 나아갔다는 장면을 자주 떠벌였다.

계백 장군 역도 아주 실감나게 연기했다. 아이들은 그 모습을 보기 위해 일부러 땅뺏앗기 놀이를 하기도 했다. 몸싸움을 할 때도 결사적으로 항거하여 덩치 큰 아이들을 깔아뭉갰다. 마음만 먹으면 김유신은 물론이고 김춘추 역도 차지할 수 있는 연상이가 패를 나눠 놓고 계백을 자임하면서 백제 편으로 분류되어 풀이 죽어 있는 아이들에게로 나아가면 환호성이 울려났다.

연상이는 형편이 나은 집 애들을 싫어했다. 특히 금실이 좋다고 소문난 어른들과 제 자식만 위하는 어머니들을 무척 미워했다. 함께 놀다가 집에서 부르러 와 돌아가면 이상한 소문을 지어내거나 상스러운 욕설로 보복을 했다. 그가 뱉어내는 욕과 교묘하게 퍼뜨리는 소문은 너무나 끔찍한 것이었다.

그러나 자기하고 형편이 비슷한 처지의 아이들에게는 유별나다고 할 만큼 애정을 쏟았다. 그래서 연상이가 있는 곳에서는 언제나 알게 모르게 패가 갈라졌다. 집을 따듯한 보금자리로 생각하는 아이들에게 그는 골치 아픈 존재였다.

구민은 깡통을 냅다 집어던지려다가 치솟는 화를 꾹꾹 눌러 담았다. 한숨이 절로 나왔다. 어머니는 어린 놈이 무슨 한숨이냐면서 꾸중을 내리지만 연상이의 집요한 따돌림은 너무나 심각한 것이었다. 구민이도 연상이의 마음을 사기 위해서 많은 노력을 했다. 그러나 요지부동이었다.

연상이는 놀이를 하면서도 아이들만 보는 게 아니었다. 그는 오히려 눈앞의 아이들을 통해서 음흉하게 숨겨진 어른들의 속마음을 읽는 것 같았다. 어미 없는 자식이라는 꼬리표를 달아 준 어른들에 대한 연상이의 증오심은 무서웠다.

구민은 꺼져 가는 불씨를 막막한 심정으로 바라보면서 민홍이라면 어떻게든 자기에게 연락을 취할 거라는 믿음을 저버리지 못하고 있었다. 민홍이는 바로 이웃해서 사는 동급생이었으나 나이가 한 살 많았다. 공부도 잘하고 착해서 가장 좋아하는 친구였다.

민홍이는 아버지가 없었다. 연상이는 민홍이를 자기편으로 끌어들이기 위해 별별 짓을 다했다. 나이가 한 살 어리다는 구실로 구민이를 배척하면서도 민홍이에게는 무척 따사롭게 대해 주었다. 민홍이도 연상이와 구민이 사이에서 애를 태우는 듯했으나 지나고 보면 언제나 연상이 편에 가 있었다.

중학교에 진학하지 못하는 설움과 결손가정이라는 열등감으로 똘똘 뭉친 그들의 응집력은 대단했다. 더구나 형들까지 동병상련의 아픔으로 무척 친하게 지내는 터여서 연상이는 더욱더 민홍이에게 집착하는 것 같았다.

구민이는 민홍이를 만나도 별다르게 할 이야기가 없었다. 그러나 연상이와 민홍이는 언제든 같은 아픔으로 자신들의 미래까지 논의할 수 있는 처지였다. 민홍이를 생각하면 구민은 언제든 분통이 터졌다. 연상이 나쁜 자식. 이 세상에서 제일 간사스러운 놈. 구민은 송진 냄새가 진득이 밴 연기에 눈물을 질금질금 흘리면서 원망의 욕을 뱉어냈다.

민홍이와 연상이도 이미 자기 지게를 가지고 있어서 꼴 베는 일은 식은 죽 먹기였다. 햇살이 하얗게 고인 신작로를 얼음장수가 자전거를 몰고 올라갔다.

"아이스으께끼, 사려어어."

아이들은 모두 일손을 멈춘 채 침을 삼켰다. 우윳빛 얼음과자가 눈에 삼삼했다. 경복이 동생, 만복이가 형을 믿고 하급생들을 몰아세웠다.

"요것들이 군기가 홀딱 빠져 가지고."

더위에 지친 아이들이 가벼운 젼만 나르는 걸 탓하는 소리였다. 많이 들어 본 말이었다. 구창모 선생의 얼굴이 떠올랐다.

"이노무 자석들, 군기가 홀딱 빠져 가지구. 너희들 정 이러면 내 가만 안 있을 거다. 뺑뺑이에다가, 원산폭격에다가, 오리걸음으로 저 운동장 한 바퀴씩 돌고 할래, 그냥 할래?"

그는 아침마다 퇴비 더미를 지키고 섰다가 풀 묶음을 메고 땀에 흠씬 젖어 등교하는 아이들을 향해 야구 방망이를 휘둘렀다.

퇴비증산대회를 감독하는 교사들은 리(里)별로 배정되었다. 서너 개의 마을을 한 단위로 묶어 감독하는 교사들도 치열한 실적 경쟁을 벌이는 눈치였다. 구민은 구창모 선생이 감독하게 되었다는 말을 듣고는 죽었다고 생각했다.

작년 여름에 느닷없이 겨울에 탈 썰매가 걱정되어 각목을 찾아 헤매던 구민은 마을 아이들과 화단가로 뚫린 환기 구멍을 통해 교실 바닥 아래로 기어들어갔다. 곰팡내가 가득 고인 어둠 속을 더듬어 부서진 의자 다리를 가지고 나오다가 들켜서 심하게 매를 맞았다. 아무도 들어가지 않는 어둠 속에는 훼손된 채 버려진 의자가 많았다. 부서진 채로 먼지와 거미줄에 덮여 있는 것들이었으나 썰매 날을 박을 수 있는 받침대로는 제격이었다.

아이들은 별 죄책감 없이 하나씩 끌고 나왔는데 당직 순찰을 돌던 그에게 들킨 것이었다. 아이들은 졸지에 도둑으로 몰려 사흘 동안이나 교무실로 불려가 엉덩이와 종아리를 맞았다. 맨살로 사정없이 떨어지는 매는 너무나 아팠다. 더 끔찍한 것은 의심과 멸시의 눈초리였다. 어떤 변명도 소용없었다.

그런데 구민이 일행을 구해 준 이도 선생이었다. 종례 시간에 옆 반의 아이가 또 찾아와 교무실에서 부른다고 했다. 담임인 김종환 선생이 지나가는 말로 까닭을 물었다. 구민은 울음을 터뜨리고 말았다. 너무나 자상하고 따듯한 음성이었다. 그래서 더욱더 아무 말도 할 수가 없었다. 콱 막힌 목울대를 치받는 기이한 울음만 자꾸 새나왔다.

담임선생은 구민이의 몸을 꼼꼼히 살폈다. 그리고 재차 까닭을 물었다. 아주 엄한 표정이었다.

구민은 흐느끼면서 그간에 겪은 일을 이야기했다.

"흐음, 그래. 구창모 선생이 그랬단 말이지. 넌 지금부터 누가 뭐래도 교무실에 가지 마. 내가 알아서 할 것이니."

담임선생은 이렇게 말하고 교실을 나갔다.

잠시 후에 그의 날선 고함과 책상을 치는 소리가 골마루를 쩡쩡 울리며 들려왔다. 그이의 얼굴을 떠올리자, 만복이에게 닦달을 당하는 아이들을 바로 볼 수가 없었다.

얼음장수가 지나간 신작로를 올려다보던 아이들은 볼멘소리 한마디 못하고 만복이의 눈치를 살피며 느릿느릿 움직이고 있었다.

사실 일을 제일 안 하는 애는 만복이였다. 그런데도 지금 형의 위세를 믿고 구창모 선생의 흉내를 내는 것이었다.

구민은 홍식이를 눈으로 찾았다. 향우회장인 그와 눈길이라도 마주치고 싶었다. 그러나 홍식이는 묵묵히 풀만 베고 있었다. 그의 얼굴로도 땀방울은 쉼 없이 흘러내렸다.

회장을 바라보는 아이들의 시선은 차가웠다. 정말 바보 같은 회장이었다. 목이 더 탔다. 저 모습이야말로 아버지와 어머니의 진면목일지도 모른다는 생각이 들었다.

수긍도, 반대도 아닌 모호함. 회장이면서도 아무것도 듣지 못한 듯 풀만 베는 소년. 저 서툰 낫질과 땀방울은 무엇을 의미하는 것일까. 국민교육헌장을 누구보다도 빨리 외워 가장 먼저 집에 가던 아이, 일기를 잘 쓴다고 해서 빵을 제일 많이 타던 모범생, 하급생들이 놀려대도 언제나 허공만을 바라보던 착한 아이. 구민은 홍식이를 바라보는 하급 생들의 눈에서 울음을 터뜨렸던 자신의 모습을 보았다.

교사를 쩡쩡 울리던 한 사내의 음성도 들리는 것 같았다. 가난한 학생들이 썰매를 만들겠다고 한여름에 못 쓰게 된 나무 의자를, 그것도 교실 바닥에 내버린, 다 부서진 의자 다리를 몇 개 가지고 나왔다고 해서, 그 애들을 도둑으로 몰아 사흘씩이나 불러내어 매질을 하는 네가, 네가 무슨 선생인가.

구민은 숨이 콱 막히는 두려움 속에서도 담임의 목소리를 떠올렸다.

"야, 만복아!"

구민은 온몸의 힘을 모아 소리쳤다. 아이들이 흠칫 놀라 바라보고 있었다.

"넌 왜 안 하고 시키기만 해. 제일 농땡이 치는 사람은 바로 너야, 임마. 알아!"

맥없이 오가던 아이들이 우뚝 섰다. 홍식이와 경복이도 벌떡 일어섰다. 연상이와 병수는 '저 새끼가 미쳤나?' 하는 시선으로 노려보았다. 민홍이는 연상이의 발치에서 힐끔 쳐다보더니 시선을 떨어뜨렸다. 망신을 당한 만복이는 허둥거리며 낫을 찾았다.

구민이는 한눈에 들어오는 아이들의 눈동자에 질려서 털썩 주저앉았다. 잘했다는 생각도 잠시였다. 경복이의 단단한 주먹과 병수와 연상이의 날카로운 눈빛을 생각하자 몸이 덜덜 떨렸다.

홍식이는 그때까지도 침묵을 지켰다.

"형이 최고야. 홍식이 저리 가라야."

풀을 안은 채 지나던 꼬마가 소곤거렸다. 연상이가 낫을 든 채 험악한 얼굴로 다가왔다.

"너는 왜 이것뿐이 못해! 저기 민홍이가 해놓은 거 안 보여? 내가 보기에는 너와 회장이 제일 일을 못하는 것 같아. 아니, 일부러 하지 않으려는 거 같아. 누군 낫질을 뱃속에서부터 배워 가지고 나왔는지 알아? 남들이 모두 마을의 명예를 위해서 땀을 쏟고 있는데 넌 네 할 일은 열심히 안 하면서 왜 만복이를 망신 줘. 네가 뭔데. 만복이가 저러는 건 우리가 시켰기 때문이야. 만복이한테 우리가 쟤네들을 감독하라고 시켰는데 네가 왜 간섭을 해. 감독 안 하면 우리 조선 놈들이 일하는 줄 알아! 천만에. 조선 놈들은 죄다 모래알이여. 단결심이 부족해서 가만 놔두면 안 되는 거야. 그러니까 선생들도 우리를 마을별로 감독하는 거지. 제 몸에 묻은 똥은 생각 안 하고 남의 몸에 묻은 겨를 탓해! 웃겨, 정말. 왜 째려봐? 한 번 붙을 테냐?"

연상이는 작정을 한 듯했다. 구민은 가슴도 떨리고 숨이 콱콱 막혀 멍청히 서 있었다. 아주 틀린 말은 아니었다. 풀 베는 솜씨 하나만 가지고도 할 말이 없었다. 조선 놈 운운하던 말도 학교와 마을에서 늘 들어온 것이었다. 조선 놈들은 모래알 같아서 세 사람만 모여도 서로를 헐뜯으며 비난한다는 것은 당파 싸움을 가르칠 때마다 선생들도 언급했던 이야기였다. 반박할 말이 냉큼 떠오르지 않았다.

그러나 당하고만 있을 수도 없는 노릇이었다. 당장 당파쟁이로 몰릴 게 분명했다.

"네가 왜 나서? 네가 만복이 형이라도 되나. 간신 같은 게. 힘있는

데만 붙어서 사람을 이간질시키는 게 무슨 잘난 체야. 계백 장군 좋아하네. 네가 무슨 장군이야, 간신쟁이지."

"뭐야, 이 새끼가. 너 말 다 했어?"

"그래 다 했다. 어쩔래?"

둘은 풀밭 위를 뒹굴면서 치고받는 싸움을 벌였다. 그제야 홍식이가 그만두지 못하겠느냐고 소리를 질렀다.

그러자 병수가 홍식이를 떠다밀면서 왜 말리느냐고 시비를 걸었다. 병수도 한 판 붙으려고 작정한 듯 네 까짓 게 무슨 회장이라고 고함을 질러 대느냐며 막무가내로 대들었다. 아이들은 겁에 질려 한쪽으로 몰려가 웅성거리고 있었다.

"병수야, 연상이 데리고 이리 와서 애들에게 아이스께끼나 사다 줘."

경복이였다. 풀을 베던 자리에 주저앉아 가소롭다는 표정으로 쏘아보던 그가 고함을 치니 병수가 두고 보자면서 주먹을 풀었다.

"연상아, 그만 가자. 구민이 새낀 나중에 손보고."

병수의 지시에 연상이도 구민의 목을 풀어 주었다. 구민은 끈질긴 힘에 깔려 녹초가 돼 있던 터라 아무 말도 못하고 누워 버렸다.

"야! 우리 마을을 위해 싸우지 말자. 다른 마을에서는 구장이 아이스께끼도 사다 주고 부녀회에서 미숫가루도 타 내온다는데 우리 마을만 이래. 다른 마을에서는 수단 방법 안 가리고 일등을 하려고 난린데 우리가 싸우면 되겠어. 우리가 모아 놓은 고물로 오늘은 너희들에게 아이스께끼를 하나씩 사줄 테니 그거 사올 때까지 푹 쉬고 있어."

경복이가 마을을 위한다는 명분을 내걸며 구장과 부녀회까지 들먹이자, 아이들의 시선이 다시 홍식이에게 쏠렸다.

구장이나 부녀회를 찾아가 얼음과자와 미숫가루를 못 얻어 오는 무능한 회장을 아이들은 비웃음이 가득한 눈길로 바라보고 있었다. 경복이와 병수에게 품었던 원망을 얼음과자 하나로 간단히 바꿔 버리는 간사스러움에 욕이 튀어나오려 했다. 경복이는 아이들의 마음을 잘 아는 것 같았다. 얼음과자를 먹는 순간에 어떻게 변할 것인지도.

그런데 우리가 모아 놓은 고물이라니. 그가 말한 우리는 누구누구인가. 의문은 꼬리를 물고 이어졌다. 병수와 연상이가 만복이를 앞세우고 마을로 들어갔다. 아이들은 방금 전의 일을 잊고 따라가지 못해 안달하고 있었다.

구민은 어수선하게 흩어진 전을 바라보았다. 구민의 입 안으로도 군침은 여지없이 고여 들고 있었다. 아이들이 얼음과자를 사먹는 방법은 단순했다. 돈은 애초부터 만져 보기도 어려운 것이어서 주로 헌 고무신짝이나 달걀 같은 것을 부모 몰래 들고 나와 바꿔 먹었다. 그러나 그런 것은 늘 있는 게 아니어서 입맛만 다시며 얼음장수의 뒷모습이나 바라보기 일쑤였다. 가장 손쉬우면서도 구하기가 어려운 건 비료 포대로 쓰이고 버려지는 두꺼운 비닐 자루였다. 서너 개면 얼음과자로 바꿔 먹을 수 있었다. 아이들은 틈만 나면 비료 포대를 주우러 다녔다. 그러나 그것들도 대바구니 이상 가는 요긴한 물건이어서 새것을 줍는다는 건 불가능에 가까웠다.

경복이가 말한 고물의 내용이 무척 궁금했다. 그런 걸 많이 모았다면 상당한 노력과 시간을 투자했을 것인데 아이들에게 얼음과자를 사주겠다고 하니 더욱더 의심이 갔다.

그러나 병수가 자신만만하게 마을로 들어간 걸 보면 실없이 하는 농담은 아니었다. 구민은 그들이 고물 수집을 빌미로 남의 집 것을 훔쳐냈다면 그 꾀는 필시 병수의 머리에서 나왔을 거라고 확신했다.

연상이가 영악한 성격으로 어른들마저 경계심을 품게 한다면 병수는 능청스럽고 음흉한 거짓말로 마을 사람들의 혼을 쏙 빼놓았다. 사소한 사건도 병수의 입을 타면 기상천외한 소문으로 떠돌았다. 옛말을 한 자리 할 때도 구라 솜씨는 유감없이 발휘되었다. 그의 입을 타면 똑같은 귀신 이야기도 눈앞의 끔찍한 현실로 둔갑하곤 했다.

병수는 공부만을 놓고 보면 참말로 머리가 둔한 아이였다. 5학년이 된 지금도 국민교육헌장을 외우지 못했다. 그러나 처녀들에게까지 불려 다니며 풀어놓는 이야기 솜씨를 보면 누구도 의심할 수 없는 천재였다.

병수는 이야깃거리를 끊임없이 찾아내는 노력도 게을리하지 않았다. 집안 내력 탓인지, 맏이부터 병수까지 모두 다 남의 일에 출반주 잘하기로 소문이 나 있었다. 그들은 어른들이 모인 자리도 그냥 지나치는 법이 없었다. 민망한 핀잔을 들으면서도 뒷전을 끊임없이 서성거렸다. 열 살, 스무 살 터울이 지는 자리에도 거리낌없이 나아가 참견을 해대는 통에 욕을 많이 얻어먹었다. 그런데도 버릇은 고쳐지지 않았다. 병수도 어른들 주위를 자주 맴돌았다. 그러다가 아는 이야기가 나오면 그럴듯하게 대꾸도 하고 고갯짓도 하면서 한 몫의 이야기꾼 노릇을 톡

톡히 하는 것이었다.

"허어, 참. 머리에 피도 안 마른 놈이 저 능청떠는 꼴 좀 봐. 살다 보면 별일을 다 겪는다지만 생각할수록 희한한 종자일세그려."

어른들은 야단 아닌 야단을 치면서도 병수를 쫓아내지 못했다. 등에서 콩이 튀게 일을 해도 액운만 겹친다고 한탄하는 어른들은 오히려 병수가 풀어내는 남의 불행한 사연으로 위안을 삼는 눈치였다.

마을 사람들이 어려서부터 들어온 가르침은, 사람이란 모름지기 내려다보면서 살아야 한다는 것이었다. 그러나 너나없이 고만고만하게 사는 처지여서 서로의 처지를 바라다보면 더 답답해질 뿐이었다. 빤한 거짓말인 줄 알면서도 묵인해 온 것은 이 때문일 것이다.

참, 그 집이 큰일이여. 그 집 애가 그런 짓을 저지르다니 망조여. 에이구우, 딸자식 키우는 어미, 애비가 원수지, 원수여. 이런 상투적인 말로 거짓말을 묵인하면서 평상을 떠나는 어른들을 향해 병수는 매번 의젓하게 인사까지 했다.

병수가 심심풀이 삼아 해준 옛말 중에서 가장 널리 알려진 게 귀신 이야기였다. 갖가지 그럴듯한 배경을 설정해 놓고 풀어내는 이야기는 듣는 이들을 하여금 소름끼치는 무서움을 느끼게 하는 것이어서 밤이면 부엌 출입도 맘대로 못 하겠다는 말이 나오곤 했다. 구민도 밤중이면 변소를 드나들지 못했다. 병수가 이야기한 귀신은 어디에나 있었다. 마을을 에워싼 고개며 산속의 무덤들과 서낭당과 상여집이 그랬고 학교 숙직실과 우물과 빈집 등도 귀신들의 천국이었다. 그런데도 병수의 입을 타면 그 모든 것들이 아주 특별한 귀신으로 변신을 거듭하는 것이었다. 병수가 부풀린 소문 때문에 적잖은 이들이 곤욕을 치렀다.

온종일 지켜봐도 화물차만 몇 대 지나가는 신작로가의 작은 마을에는 전기도 들어오지 않았다. 건전지로 켜는 라디오만 서너 대 있을 뿐이었다. 사람들은 발 없는 말이 천 리 간다는 소문에 의지한 채 살아가고 있었다.

한번은 황 영감이 논에 나갔다가 뱀에 물렸다. 다행스럽게도 독이 없는 물뱀이어서 논두렁에서 마주친 이웃에게 지나가는 말로 이야기를 흘렸다. 그런데 그 소문이 병수의 귀에도 들어갔고, 일이 그렇게 되느라고 그랬는지 마침 황 영감의 딸을 친정 쪽의 조카에게 중매한 승한이 엄마가 친정에 가려고 동구를 나서다가 지금은 군에 가 있는 병수 큰형을 만나 이야기를 듣게 되었다.

승한이 엄마는 친정집에 가 친정 소식을 들으려고 찾아온 황 영감의 딸에게 병수네 큰형의 입을 통해 들은 황 영감의 근황을 전했다. 병수 큰형을 만나기 전까지만 해도 승한이 엄마는 황 영감이 뱀에 물렸다는 사실조차 모르고 있었기에 막중한 책임감까지 느끼며 마을에서 들은 이야기를 조심스럽게 꺼냈다.

그런데 이야기가 병수네 밥상머리에서 얼마나 부풀려졌는지 이튿날 황 영감의 딸이 부랴부랴 친정에 다니러 온 것이었다. 배가 동산만하게 부어오른 아버지를 걱정하느라 밤새 눈 한 번 못 붙이고 꼭두새벽부터 길을 나섰다면서.

병수 일행이 논을 건너오고 있었다. 얼음장수는 아직도 마을에 있는 모양이었다. 그런데 셋이서 들고 오는 물건이 달랐다. 병수가 들고 오는 종이상자 속에는 얼음과자가 들어 있는 것 같았는데 연상이가 든 주전자와 만복이가 든 함지박 속에는 무엇이 들었는지 알 수가 없었다.

몇이 그들을 향해 뛰어갔다. 남은 아이들은 자연스럽게 경복이 주위로 몰려와 둥글게 자리를 잡았다. 셋은 의기양양했다. 얼음과자가 하나씩 돌려졌다. 홍식이도 몇 번 사양하다가 받아들었다. 구민이도 망설였으나 민홍이가 자기 것까지 가지고 와서 내미는 바람에 입에 물었다. 그러나 연상이의 실룩거리는 입술을 보니 얼음과자의 맛도 느낄 수가 없었다.

병수가 얼음과자를 산 이야기며 구장네 집으로 쳐들어가 미숫가루를 한 주전자나 받아낸 이야기를 특유의 구라를 섞어 풀어냈다. 그때마다 아이들은 두 눈을 반짝이며 까르르 웃었다. 만복이가 들고 온 함지박 속의 찐 고구마는 자기 엄마를 졸라서 가져온 것이라고 했다. 구민은 자신의 목을 향해 소리 없이 던져지는 올가미를 느끼면서도 얼음과자를 맛있게 빨아먹었다.

풍물 소리가 공회당 앞마당에서 신나는 가락을 토해냈다. 앞산의 땅거미도 길어져서 들을 뒤덮었다. 어둠이 빠른 속도로 산과 들을 먹어치웠다. 어둠을 사르는 쥐불놀이의 불빛이 꽃처럼 피어났다. 그러나 아름답게 보이지는 않았다. 오히려 어둠 깊은 곳에서 호시탐탐 기회를 엿보는 요사스러운 괴물의 혀가 떠올랐다.

구민은 뒷동산을 올려다보다가 깡통을 멀리 던져 버렸다. 자신의 진실을 그 누구에게도 토로할 수 없다는 게 너무나 안타까웠다. 구민은 어둠에 묻힌 논두렁길을 벗어났다. 풍물 소리가 더 크게 들렸다. 어둠 속을 휘도는 불꽃도 한층 음산했다.

집에 들어가기가 싫었다. 이도 저도 아닌 부모의 행동을 생각하면 집도 이제는 편안한 공간이 아니었다. 그곳이야말로 깊은 진흙벌이었다. 공회당엘 갈 수도 없었다. 거기는 더 암담한 곳이었다. 돌고 도는 소문으로 위안을 삼는 어른들이야말로 구민을 더욱더 암담하게 하는 원흉이었다.

구민은 캄캄한 미루나무 아래로 가 털썩 주저앉았다. 뒷동산에서는 아직 아무런 기척이 없었다.

"너도 경복이 놈이 사준 얼음과자를 얻어먹었느냐?"

저녁 밥상머리에서 아버지가 물은 말이었다. 구민은 망설이다가 예, 라고 대답을 했다. 경복이의 행동도 끝없이 부풀려져 어른들의 입에 오르내리는 모양이었다.

"별일이야. 애들이 한 짓을 어떻게 그리 잘 아시우?"

어머니가 참견을 하자 아버지가 구장을 들먹였다.

"구장이 공회당에 와서 그러대. 자기네가 아이들을 위해서 미숫가루를 한 동이나 냈대나 어쨌대나."

"헤이구우. 무슨 한 동이씩이나. 보나마나 한 주전자 내줘 놓고 일부러 공회당엘 내려왔구먼. 무슨 염치로 소갈머리 없는 자랑을 하는지 몰라. 그러니 남정네들은 모두 다 빙신이라고 소문이 나는 거지요. 도대체 그 영감이 구장을 얼마나 더 한대유. 이십 년인가, 삼십 년인가. 참으로 오래 해먹고 있구먼유. 하기는 뭐, 그 사람만한 인재가 있어야 바꿔 보든가 어쩌든가 방안을 내보는 거지. 이거야, 원."

"이 여편네가 시방 사람 복장을 뒤집어 놓으려고 작정을 했나. 그러잖아도 속타 죽겠구먼. 남자들이 다 빙신이라면 그 그늘에 숨어 사는 너희들은 도대체 무엇이여. 누군 법을 모르고 경우를 몰라서 이러고 있는지 알아. 대대로 이웃하여 늙어 가는 처지에 죽일 테면 죽이라고 배를 내미는 걸 어쩐단 말이여. 아닌 말로 감옥에 처넣어서라도 돈이 나온다면야 그리할 수도 있겠지만 이건 시방 뭐가 있어야 어찌 해보지. 그런데도 뭐, 빙신이라고!"

"답답해서 하는 말이 그렇다는 것이지. 자기 남정네 앞장서라는 년이 어디 있겠소. 지금이나 옛날이나 나서서 좋은 꼴 못 보는 것이 철칙이니 절대로 남 듣는 데서 구장이 어쩌고 하며 떠들지 마시오. 모난 돌이 정 맞는다고 공연히 떠들어 봐야 지만 손해지. 그나저나 학교에서는 무슨 놈의 퇴비증산대횐가 하는 것으로만 애들을 내몰아유. 그러니 경복이나 병수 같은 애들이 신이 나서 설치고 다니잖우."

"그 어려운 걸 왜 내게 물어. 똑똑한 당신이 찾아가서 한번 크게 따져 보지 그래. 왜 애들을 꼴 베는 일로만 몰아치느냐고."

"무슨 남자가 여자 하는 말로다가 금방 꽁해 가지고. 당신이나 나나 농사꾼으로 늙어 가는 게 서러워서 가르쳐 보려고 밤낮없이 나대는 거잖아유. 그런데 낫질을 가르치는 것두 아니구 아침부터 저녁까지 풀만 베라구 허니 답답한 노릇이 아니냔 말유."

"시끄러워. 무슨 지랄들을 하는지 그 속을 누가 알아. 낼이라두 병수 놈이 와서 뭐 좀 내라 하면 군말 말구 감자라두 한 솥 삶아 줘. 고놈의 자석이 진작부터 싹수가 노랗더니만 글쎄, 구장네 집에 느닷없이 들이닥쳐서 다른 동네가 어쩌고저쩌고 하면서 미숫가루를 타내라고 했다는구먼. 거짓말만 밥 먹듯 하는 줄 알았더니 당돌하기도 즈 애비 뺨치는 놈이여. 그러니 마을을 위해서 뭐라도 내달라고 하면 입방아 찧지 말고 내주고 말아. 공연히 말 내어 어른 싸움 시키지 말구."

"알었어유. 우리 구민이도 생전 안 하던 낮질을 하려면 금방 배가 고플 건데 그거야 뭐 어렵수. 공부 못해서 새끼 머슴질이나 할 놈들이 우리 아들 머리 꼭대기에서 이래라저래라 큰소리 치면서 나대는 꼴이 드러워서 그렇지."

"그런 말 내지 말라구 신신당부를 해도 금방 이러네. 말귀를 못 알아듣고는. 어디 한 번 공회당에 나가서 주장을 해봐. 새끼 꼴머슴으로 팔자가 굳어진 놈들이 공부 잘하는 우리 아들 머리 꼭대기에서 나대는 꼴 보기 싫어 동네 위하는 애들에게 감자 한 바가지도 삶아 줄 수 없다고 아주 광을 내봐. 어떻게 되는가."

구장이 미숫가루 한 동이를 냈다고 광을 낸 후부터 사람들은 퇴비증산대회에 관심을 가지게 되었다.

이튿날 방천 둑에서 풀을 베던 아이들은 입이 딱 벌어지는 광경을 목격했다. 과수원을 하는 기철이네서 먹음직스러운 자두와 복숭아를 한 소쿠리나 내온 것이었다. 그것도 중학생이 된 기철이 누나가 화사한 옷을 입고 땀을 흘리면서 들고 나왔다. 아이들은 환호성을 올리면서 반겼다. 자두와 복숭아도 좋았지만 기철이 누나가 손수 들고 나온 것이 아이들을 더 감격하게 했다. 경복이와 병수의 어깨도 한껏 올라가 있었다.

"경복아, 너희들 너무 수고한다. 이거 좀 먹고 힘을 내."

기철이 누나의 칭찬에 경복이는 금방 얼굴이 벌겋게 달아올라서 어찌할 바를 몰랐다. 아이들이 키들거렸으나 기철이 누나는 더욱더 살갑게 대했다. 이것저것 물어 보며 칭찬을 아끼지 않았다. 홍식이는 고개를 떨어뜨린 채 아무 말도 못했다.

그날부터 기철이는 아주 귀한 몸이 되었다. 사나흘이 지나자 승관이가 자기 어머니가 주는 것이라면서 돈 얼마를 내왔다. 아이들은 또 환호성을 질렀다.

그러나 경복이와 병수는 승관이가 돈을 얼마나 내왔는지 공개하지 않았다. 아이들도 묻지 못했다. 승관이도 왠지 말하기를 꺼렸다. 아이들은 조금씩 서로의 눈치를 보게 되었다. 기철이네처럼 자두와 복숭아를 내오지도 못한 처지에 돈의 액수를 물을 수는 없는 것이었다. 물어 보면 보나마나 느네 집에서는 무얼 냈기에 그런 것까지 알려고 하느냐면서 시비를 걸 게 분명했다.

돈은 참 이상한 괴물이었다. 경복이와 병수도 승관이의 눈치를 살피면서 서로를 경계했다. 자두와 복숭아를 내온 기철이를 대할 때와는 너무나 다른 모습이었다. 이래저래 괴로운 건 연상이었다.

외눈박이 엿장수 사내가 생각났다. 그는 어느 날 갑자기 들어와 외딴집을 차지하고 살았다. 새벽에 엿판을 지고 나아갔다가 해거름에 들어왔다. 쓸 만한 연장들이 감쪽같이 사라진다는 소문도 돌았다. 마을 사람들은 그를 장물아비로 취급했다.

구민은 경복이네들이 모아들였다는 고물과 엿장수 사내를 떠올릴 때마다 섬뜩한 두려움을 느꼈다. 연상이도 변했다. 그는 기철이와 승관이에게 마지못한 몸짓으로 대접을 해줄 뿐이었다. 아이들을 떡 주무르듯 해온 연상이었으나 예전의 기백은 찾아볼 수가 없었다.

과수원집은 모든 것이 풍족했다. 설을 맞아 세배를 돌 때도 가장 뿌듯한 대접을 해주었다. 라디오며 자전거며 전축이 갖춰져 도회지의 풍물을 가장 빨리 접할 수 있는 곳이기도 했다. 농약 분무기 같은 최신식 영농기계가 아무렇지도 않게 방치되고 농민신문과 영농 잡지가 한꺼번에 배달되는 유일한 집이었다.

그러나 그곳은 들과 내를 사이에 둔 거리만큼이나 이질적인 세계였다. 그렇다고 해서 그네들이 유별난 짓으로 사람을 멀리하느냐 하면 그도 아니었다. 그들은 오히려 마을 사람들이 부담을 느낄 만큼 친절했다. 구민은 반장 노릇도 하고 공부도 잘한다는 이유 때문에 다른 아이들보다는 훨씬 자연스럽게 드나들었다. 그러나 가면 갈수록 몸에 맞지 않는 옷을 입은 것처럼 부자연스러웠다. 과일을 먹을 때조차 불편했다. 손에 잡히는 대로 우적우적 깨물어 먹으면 좋으련만 늘 예쁘게 깎여진 조각을 접시에 담아내서 금빛 포크로 찍어 먹었다. 게다가 그들은 너무 친절했다. 앉고 서는 짓에도 필요 이상의 관심을 내보였다. 거기는 정말 아무나 갈 수 있는 곳이 아니었다.

승관네 집은 마을 한가운데 있었다. 승관이 아버지는 대지주로 위세를 부리다가 몰락한 서씨 집안의 서출이라고 했다. 일찍부터 장사에 눈을 떠 일제 때는 동경까지 가 큰돈을 번 적도 있었다지만 계집질로 다 말아먹었다고 했다. 그래도 자식 농사는 잘 지어서 꼬박꼬박 보내주는 돈이 엄청나다고 했다. 그는 매년 땅을 사들였다. 늘 돈이 도는 집으로 소문이 나 있었다. 마을의 은행이나 마찬가지였다. 그러나 돈을 빌리는 일은 만만한 게 아니어서 마을 사람들은 늘 조심스럽게 처신했다.

두 아이의 부모가 자식을 위하는 마음으로 무심코 행한 관심은 향우회의 분위기를 묘하게 바꿔 놓았다. 경복이는 예쁜 누나를 앞세운 기철이를 더 총애했고 병수는 승관이를 싸고돌았다. 두 아이를 편애하는 그들의 행동은 참으로 역겨운 것이었다. 구민을 비롯한 여타 아이들은 그들의 언동을 대할 때마다 악취라도 맡은 듯 표정을 일그러뜨렸다. 두 아이도 열심히 총애받는 역할을 다했다. 연상이만 낙동강 오리알이 되었다. 가장 큰 혜택을 누리는 애가 만복이였다. 만복이는 승관이가 가져오는 사탕이나 과자를 매일같이 우물거렸다. 기철이도 갖가지 과일을 가져다 주었다.

연상이는 날이 갈수록 고립되었다. 기철이와 승관이는 그간에 당한 설움을 몇 곱절로 되돌려주겠다는 듯 연상이를 의식적으로 따돌렸다.

이제 향우회에도 특권층이 형성되었다. 휴식 시간이면 경복이네는 방천 둑 너머로 몸을 숨겼다. 나머지 아이들은 그들이 기철이와 승관이가 가져온 먹을거리를 참으로 맛나게 먹고 있을 것이라고 상상하면서 팔뚝 감자를 먹이곤 했다.

연상이는 휴식 시간에도 낫을 놓지 않았다. 둑 너머에서 부를 때까지 땀을 흘리며 풀을 베었다. 연상이를 부르는 긴 외침은 자꾸 늦추어졌다. 아이들은 어서 빨리 이놈의 퇴비증산대회가 끝나야 한다고 이를 갔았다. 아이들의 불만은 연상이에 의해 즉시 보고되었다. 연상이의 과잉충성 덕으로 아이들은 얼음과자를 한 번 더 얻어먹었다.

연상이는 독이 잔뜩 올라 아이들의 동향을 주시하며 경복이의 관심을 끌 만한 사건이 일어나기만을 고대하는 눈치였다. 아이들 사이에서도 경복이에 대한 두려움이 역겨움으로 바뀌어 가고 있었다.

그러나 아이들의 변화를 주의 깊게 보아주는 눈은 어디에도 없었다. 어른들과 청년들은 오히려 퇴비증산대회를 새롭게 보면서 경복이에 대한 기대감을 한껏 표시했다. 경복이는 어디서나 긍정적인 평가를 받았다. 학교에서도 주목의 대상이었다. 청년들과 구창모 선생은 그를 자주 불러 격려했다. 그를 칭찬하는 청년들이 버릇처럼 입에 올리는 말은 애향심이었다. 구창모 선생이 하는 말은 언제나 일사불란한 통솔력이었다. 하는 말은 달랐으나 그네들이 공통적으로 요구하는 바는 강력한 리더십이었다.

경복이는 그들의 요구를 단 한 번의 거부도 없이 수행했다. 경복이를 비난하는 어떠한 말도 통하지 않았다. 오히려 불평분자로 낙인찍히는 계기가 되었다. 아이들은 집에 가서도 진실을 말할 수가 없었다.

구민이도 마찬가지였다. 경복이와 병수를 비난하고 기철이와 승관이의 행동을 야유하면 아버지와 어머니는 묵묵부답으로 수저질만 했다. 식사를 마친 어머니는 한숨을 내쉬었다. 아버지는 담배부터 빼물었다. 설거지하는 소리가 유난스럽게 소란스러운 부엌에서 구시렁거리던 어머니가 결론적으로 내리는 훈계는 결국 남 앞에 먼저 나서지 말라는 것이었다. 어떨 때는 아버지 곁에 앉아 있는 것만으로도 숨이 콱콱 막혔다. 독한 담배연기 속에서 어머니의 지청구가 어김없이 이어졌다.

"돈이 웬수지. 어린것들도 그런다니 참으로 돈이 웬술세. 에구, 답답타. 에구, 답답혀. 부모 잘못 만난 너희들만 불쌍타."

들으나마나 한 푸념이 이어지면 아버지는 서둘러 자리를 떴다. 막걸리 잔이 오가는 주막의 평상에서도 제법 소란스러운 논란이 오가지만 풀을 베러 나가야 되는 아침까지도 아무 말씀 안 했다.

아이들은 외로웠다. 그들의 몸짓도 어느덧 어른들을 닮아 가고 있었다. 책보 대신 낫을 들고 집을 나설 때의 표정이며 한숨 쉬는 몸짓이며 마지못한 듯 느릿느릿해진 걸음걸이가 모두 아버지들의 뒷모습을 고스란히 빼닮아 가고 있었다. 그래서 어머니들은 대견해하는 미소를 짓다가도 남몰래 눈물을 훔치는 것이었는데, 아이들의 마음속에서 나날이 쌓이는 것은 왜 이런 짓을 해야만 하느냐는 의문이었다.

풀을 메고 학교로 가는 아침은 많은 것을 생각나게 했다. 아이들을 괴롭히는 것은 육체적인 고통만이 아니었다. 사실 하려고만 들면 얼마든지 요령을 피울 수 있었다. 구창모 선생이 아무리 야구 방망이를 가지고 겁을 줘도 아이들은 오히려 선생을 놀려먹었다. 선생을 속이는 건 쉬웠다. 문제는 무엇이 옳고 그르냐는 것이었다.

대다수의 아이들은 선생을 속이는 꾀마저 죄악시했다. 그러나 현실은 아이들에게 그걸 자꾸 써먹으라고 요구했다. 김유신과 계백과 연개소문에 대해서 나름의 해석을 감행하고 실천해 온 아이들에게는 너무나 부끄러운 현실이었다.

구민은 당당하게 살고 싶었다. 싫은 것은 싫다 하고, 그른 것은 그르다고 말하면서 살고 싶었다. 누구의 눈치도 보지 않고 하고 싶은 것을 마음껏 하면서 살고 싶었다.

그러나 어른들은 그걸 옳지 않다고 했다. 싫은 것도 어쩔 수 없이 해야 하고 옳지 않은 것을 봐도 말없이 따라야 한다고 가르쳤다. 참으로 혼란스러웠다. 그네들의 가르침은 늘 애매모호했다. 귀를 기울일수록 뭐가 뭔지 모르게 되었다. 싫은 것을 싫다 하고 그른 것을 그르다고 말해야 할 때도 나서지 말라고 했다.

아이들은 풀 베는 일을 시작할 때면 일부러 능장을 부렸다. 누가 시킨 것도 아닌데 다투어 놀이를 즐기려 했다.

그런데 이런 식의 동료의식은 꼭 풀베기 전의 다급한 순간에서만 빛을 발했다. 점심시간이나 작업 중의 쉬는 시간에는 놀이를 하자고 말을 내는 애가 없었다. 작업이 시작되면 늘 개개인으로 쪼개져 경복이와 병수의 눈치부터 살폈다. 그런데 이상하게도 그 시간만 되면 아이들은 우리라는 이름으로 놀이판을 다투어 벌였다.

둑 위에서 병수와 연상이를 좌우로 거느린 채 들을 건너오는 아이들을 지켜보는 경복이는 당당했다. 어깨에 힘을 잔뜩 주고 양손을 허리에 얹은 채 내 주먹 하나면 모든 것이 다 해결된다는 자신감으로 넘쳐나고 있었다. 너무나 부당하고 기이한 현실이었다.

경복이는 기철이 누나가 다녀간 후부터 자신의 행동을 과장해서 떠벌렸다. 풀 베는 일도 하지 않았다. 눈에 띄게 멋을 부렸고 폼을 잡았다. 함께 땀을 흘리며 풀을 베던 경복이와 군림하는 자세로 폼을 잡는 그는 너무 달랐다.

"허쭈, 또 똥폼 잡네."

아이들은 둑 위에 서 있는 그를 볼 때마다 빈정거렸다. 자기네들끼리만 통하는 웃음으로 키들거렸다. 병수도 일을 하지 않았다. 경복이와 뭔가를 심각하게 소곤거리다가 아이들을 둑 위로 불러올렸다. 구민이도 한 번 불려 올라갔다. 이튿날 구민이 어머니가 찐 감자를 한 바구니 내왔다. 병수의 활동 덕에 아이들은 전보다 자주 고구마며 감자 같은 것을 먹을 수 있게 되었다.

그러나 아이들은 전처럼 환호하지 않았다.

"재주는 곰이 부리고 돈은 되놈이 챙긴다더니 이거야, 원."

누군가가 말을 내면 제법 심각한 표정으로 고개를 끄덕였다. 감자와 고구마를 먹으면서도 아이들은 수군거렸고 낄낄거렸다. 경복이와 기철이 누나가 그렇고 그런 사이라는 소문이 떠돌았다. 병수가 승관이네 돈을 얼마나 빼돌렸는지 모른다는 이야기도 퍼져 나갔다. 아이들 사이에서도 끼리끼리 모여 수군거리는 패거리가 형성되었다. 경복이와 병수를 비난하는 목소리도 높아졌다.

너나없이 작업 시작 전에 느끼는 결속력을 아쉬워했다. 아이들은 감자며 고구마 같은 것을 양보하는 행위로 서로의 마음에다가 무언의 지지를 보냈다. 겉으로는 드러나지 않는 매일매일의 변화였으나 마음속에서 들끓는 열기를 확인하는 데는 부족함이 없는 시간이었다.

어느 날부턴가 아이들이 장난을 치기 시작했다. 느린 걸음을 옮기면서 모심는 흉내도 냈고 상여 나가는 모습도 재현했다. 누군가가 노래를 부르면 합창이 되었다. 무리 속에서 터져 나오는 노래를 큰 소리로 따라 부르면 이상하게도 두렵지 않았다. 오히려 한껏 멋을 부린 채 서 있는 경복이와 병수가 더할 나위 없이 초라하게 느껴졌다.

구민은 피곤함도 잊은 채 서둘러 집을 나섰다. 야구 방망이를 든 선생에게 지고 온 풀의 양을 확인받을 때마다 경이로웠던 순간의 흥분은 늘 새로운 의미로 구민을 부추겼다. 수업을 받을 때도 멍하니 앉아서 그때의 열기를 되새겼다.

퇴비증산대회가 막바지로 치달으면서 수업은 뒷전으로 밀려났다. 아이들은 등교하자마자 향우회 일을 핑계로 교실을 빠져나갔다.

구민이네 마을도 두 번이나 학교를 빠져나와 풀을 베었다. 선생들은 감독하는 마을의 아이들이 와서 부탁하면 수업 중의 풀베기를 쉬 허락했다.

아이들은 경복이의 지시도 두려워하지 않게 되었다. 아침마다 느끼는 무언의 눈길이 깊어질수록 놀이도 거칠어졌다. 아이들은 들을 건너면서부터 자연스럽게 대열을 지었다. 노래 소리에도 나날이 힘이 들어갔다.

뜨음북 뜨음부욱 뜸북새애. 노오네서어 우울고오. 뻐어꾹 뻐어국 뻐어꾸욱 새, 사아네서 우울제에. 우우리이 오오빠아 마알 타아고오 자앙에 가아시일 제. 비이다아안 구우두우 사아가아지이고오 오오시인 다아더니이. 아이들은 낫을 든 채 노래를 부르며 느릿느릿 앞으로 나아갔다.

경복이와 병수는 아이들의 변화를 무척 심각하게 받아들이는 눈치였다. 너무나 고소했다. 구민은 혼자서도 자주 노래를 흥얼거렸다. 첫

구절을 부를 때마다 땀을 뻘뻘 흘리며 풀을 베던 자신과 친구들의 모습을 떠올렸다. 두 번째 구절을 부를 때는 안타까운 심정으로 바라보고 계실 부모님의 얼굴을 떠올렸다. 마지막 구절을 부를 때는 항시 목이 잠겼다. 어린 여동생에게 비단구두를 사다 주겠다고 비장하게 약속하는 자신의 모습이 떠오르곤 했다. 그러면 상상 속의 여동생이 아버지가 되기도 했고 어머니로 변하기도 했다.

아이들은 길을 가면서도 노래를 불렀다. 그때마다 서로를 향한 믿음을 거리낌없이 드러냈다.

"우리들이 나서서 선생님들에게 다 일러바칠까? 경복이가 연애하는 거하고, 병수가 돈 빼앗은 거를. 어때?"

아이들은 다투어 오빠 노릇을 하려 들었다. 사건도 연달아 터져 나왔다.

경복이는 그동안 기철이를 통해 연애편지를 여러 번 보낸 모양이었다. 기철이 누나는 굉장한 모욕감을 느끼면서도 동생의 입장을 고려하여 알아듣도록 잘 타일러 왔다고 했다. 그런데도 경복이는 편지를 계속 보냈고 답장을 받아오지 않는다고 기철이를 협박까지 했다는 거였다. 견디다 못해 기철이 누나가 자기 엄마에게 일러바쳤고, 화가 머리 끝까지 치민 기철이 아버지가 경복이 부모와 구장을 찾아가 호통을 쳤다고 했다. 편지질을 하거나 아이들을 괴롭히면 가만두지 않겠다고. 게다가 승관이가 자기 어머니의 지갑에서 몰래 돈을 빼낸 게 발각되어 병수도 엄청난 꾸중을 들었다고 했다.

그러나 경복이와 병수 부모의 변명도 만만치 않았다. 처음에는 손이 발이 되게 빌었다는데 며칠 못 가 있는 집이라고 남의 집 자식을 향해 막말을 해도 너무한다는 식의 소문이 번져났다. 기철이 누나, 그애도 좀이나 맹랑한 계집애냐는 식의 험담도 들렸다.

마을의 여론도 조금씩 달라졌다. 병수의 행실에 대해서는 다들 잘못됐다는 걸 인정하면서도 어린애가 돈을 뜯어내 봐야 얼마를 뜯어냈기에 그런 위세를 부리느냐는 식의 소문이 더 우세하게 떠돌았다. 자기네들이 먼저 철부지 아이들에게 과일과 돈을 내다줘 놓고 이제 와서 그딴 소리를 한다는 비난도 일었다.

어른들은 진실 여부에는 관심조차 두지 않았다. 살다 보면 그럴 수도 있는 것이지, 털어서 먼지 안 나는 놈 있어? 다들 제 자식 위하는 마음으로 그러는 걸 내가 왜 감 놔라, 사과 놔라 방정을 떨어. 사건의 진실은 날이 갈수록 불분명해졌고 소문만 무성하게 떠돌았다. 어른들의 언행을 엿들은 아이들도 뒤를 사리기 시작했다.

구민도 아침마다 늑장을 부리게 되었다. 경복이와 병수는 퇴비증산 대회를 시작했을 때의 차림새로 열심히 풀을 베어 나아갔다. 아이들도 판이하게 달라진 모습으로 낫을 놀리면서 그들의 눈치를 살폈다.

아이들은 딱 부러지게 어느 편을 들 수 없었다. 분에 넘치는 과일과 돈을 내놓은 행동은 반감을 사기에 충분한 것이었다. 기철이와 승관이가 별스럽게 논 것도 불만을 사기에 족했다. 그것 참, 잘됐다고 손뼉을 쳤던 아이들도 일이 크게 번지자 오히려 경복이와 병수를 동정하는 편으로 기울어졌다.

"우리 모두가 그 두 놈에게 깜빡 속았다. 우리가 언제 과일을 달라고 했어, 돈을 내라고 했어. 자기들이 먼저 가지고 와서 아들을 잘 좀 봐달라고 부탁하더니 이제 와서 우릴 도적놈으로 몰아. 기철이 누나도 그렇지 자기가 먼저 경복이에게 넌 참 멋진 애라고 해놓고서 오리발을 내밀어. 그리고 느덜 이건 모르지. 기철이와 승관이가 우리들 모르게 시내에 자주 놀러간 거. 즈덜끼리 가서 기철이 누나랑 영화도 보구 양 과자도 사먹고 그랬다는 걸 난 다 알고 있어. 승관이가 어디서 돈이 났겠어. 보나마나 자기 엄마 지갑에서 빼냈을 건데 그걸 나한테 뒤집어 씌우는 거잖아. 그런다고 우리가 포기할 것 같아? 천만에, 우리는 그 것들이 아무리 방해를 놓아도 반드시 퇴비증산대회에서 상을 타고 말 거야. 자기네들이 도와주지 않으면 우리 마을 사람들은 아무것도 못하는 줄 아는 모양인데 천만에 말씀! 두고 보라고, 두고 봐!"

쉬는 시간이면 아이들을 모아 놓고 병수는 한바탕 연설을 했다. 두 아이는 부모의 엄명으로 풀을 베러 나오지 않았다. 구민이 마음도 뒤죽박죽이었다. 무엇이 옳고 그른지 판단을 내릴 수가 없었다.

그런데 다시 작업이 시작되어 열심히 풀을 베면서 생각해 보니 또 속는 것이 아닌가 하는 의심이 들었다. 다른 아이들도 같은 생각인 듯했다. 모두들 풀을 벤다고 땀을 쏟고 있었으나 처음과 같은 열기는 느낄 수 없었다.

제기랄, 왕구라라고 하더니만 사람의 혼을 쏙 빼놓고 잘난 체하는 꼴이라니. 구민은 연상이와 연신 웃음을 주고받는 병수를 보면서 투덜거리다가 가슴이 뜨끔해지는 걸 느꼈다. 그가 힘주어 강조했던 우리라는 말이 가시처럼 솟아났다. 아하, 뭔가 했더니만 바로 이것이었구나.

구민은 새삼스럽게 병수를 보면서 그를 향한 의심이 공연한 게 아니라는 걸 깨달았다.

우리라고? 우리가 모두 그 두 놈에게 깜빡 속았다. 우리가 언제 자기들보고 과일을 달라고 했나, 돈을 달라 했나. 그런데도 우리를 도적놈으로 몰아가. 그 두 놈이 우리들만 모르게 살짝 시내를 드나들더니만. 아무리 짚어 봐도 뭔가 찜찜했다.

우리라, 우리. 그러면 두 아이를 데리고 쉬는 시간마다 둑 너머로 사라졌던 그들은 누구인가. 온갖 폼을 잡으면서 경복이를 에워싼 채 둑위에서 아이들을 내려다보던 그들은 또 누구인가. 생각할수록 뭐가 뭔지 모를 아리송함 속으로 자꾸 빠져들었다.

홍식이가 눈에 들었다. 경복이 때문에 잊고 있던 회장이었다. 그는 그 순간까지도 침묵을 지키면서 열심히 풀을 베고 있었다. 땀을 뻘뻘흘리면서 제 능력껏 풀을 베느라고 안간힘을 다하는 모습이 이상하게도 가슴 뭉클한 감동으로 다가왔다.

그날 오후에 또 다른 일이 일어났다. 해웅이 엄마 때문이었다. 구민은 수업을 한 시간도 받지 못했다. 경복이와 병수가 교실을 돌아다니면서 아이들을 불러냈다.

"우리 동네를 감독하시는 구창모 선생님께서 허락하셨다. 오늘부터는 수단 방법을 안 가리고 열심히 할 것이다. 너희들도 각오해라. 꼭 상을 타서 우리를 이간질시키고 마을의 명예를 짓밟은 사람들에게 본때를 보여주자."

병수가 또 열변을 토했다. 학교를 나서자마자 둑으로 몰려가 풀을 베었다. 경복이와 병수도 불명예를 씻고자 열심히 낫을 놀렸다. 연상이는 흔들렸던 자리를 되찾은 기쁨 때문인지 누구보다도 활기차게 풀을 베어 나아갔다.

새참 때가 지나자 정말 죽을 노릇이었다. 목도 마르고 배도 고프고 냉수 한 그릇이 아쉬웠다. 미숫가루 한 대접만 마셔도 한이 없을 것 같았다. 아이들은 자주 경복이와 병수의 눈치를 살폈다.

그러나 그들은 일만 했다. 아이들의 마음을 다 알고 있으면서도 모르는 척 풀만 베어 나아갔다. 타는 갈증에 땀은 비 오듯 흐르고 허기가 져서 허리가 금방이라도 꺾일 것 같았다. 그래도 쉬었다 하자는 말은 들리지 않았다.

아이들은 차츰 이게 아니라는 걸 느끼기 시작했다. 경복이와 병수가 폼을 잡으며 일을 하지 않을 때에는 꾀도 부릴 수 있고 그네들을 욕하는 재미가 있어 그렇게 힘든 줄 몰랐는데, 투덜거리지도 못하고 일만 죽도록 하면서 찐 감자도 하나 얻어먹지 못하니 그야말로 죽을 맛이었다.

구민이도 심한 내적 갈등에 시달렸다. 아이들도 한숨을 푹푹 내쉬었다. 바로 그때 해웅이 엄마가 바구니를 인 채 들을 건너왔다. 휴식할 빌미를 고대하던 아이들은 구세주를 맞이하는 몸짓으로 낫을 팽개쳤다. 구민이도 풀더미 위에 털썩 주저앉았다. 경복이와 병수는 아이들의 환호를 무시한 채 계속 풀을 베어 나아갔다. 아이들은 금방 뜨악해하는 표정으로 낫을 다시 집어들었다. 땀이 비 오듯 흘렀다. 진흙밭에 거꾸로 박힌 것 같았다.

해웅이 엄마가 둑 위에다가 바구니를 내려놓고 아이들을 불러모았다. 아이들은 체면불구하고 우르르 몰려갔다. 연상이가 낫을 든 채 경복이 쪽으로 다가갔다. 병수가 연상이를 힐끔 쳐다보더니 낫질을 계속했다. 구민이도 천천히 둑 위로 올라갔다.

들을 내려다보니 아침마다 불렀던 노래가 생각났다. 벼가 한창 자라는 들에서는 어른들이 허리를 굽힌 채 논을 매고 있었다. 무성하게 우거졌던 풀밭은 난장판으로 변해 있었다. 서툰 낫질로 베어진 곳보다는 짓밟히고 꺾인 곳이 더 많았다.

홍식이도 열심히 풀을 베는 중이었다. 엉망으로 짓뭉개진 풀밭 구석에서 풀을 베어내는 그를 보자 눈물이 나오려 했다. 열심히 벤다고 베어낸 것이 저 모양이라고 생각하니 가슴이 너무 아팠다. 경복이와 병수가 베어낸 풀밭 언저리는 눈에 뜨이게 말끔했다.

구민은 망설이다가 고구마 하나를 집어들었다. 어느 새 올라왔는지 연상이도 해웅이 엄마를 향해 손을 내밀고 있었다. 그런데 고구마 맛이 이상했다. 너무 배가 고파 처음 집어든 것은 아무 냄새도 못 느끼고 먹어치웠는데 두 번째 것은 첫 입부터 역했다. 입 안의 것을 서둘러 뱉어내는 아이도 보였다.

분명 새로 삶은 게 아니었다. 적어도 하루 전에 삶아서 보관한 것이었다. 아주 못 먹을 정도로 맛이 간 것은 아니었지만 비위가 약한 아이들이라면 먹기가 어려울 정도로 쉰내가 났다. 쉰내를 풍기는 옥수수며 고구마를 많이 먹어 온 터였지만 너무 심한 것 같았다.

쉰 고구마를 가지고 인심을 쓰다니. 참으로 치사한 인간이었다. 밥상머리에서 들은 소문이 거짓말만은 아니었다. 해웅이네는 알부자로 소문이 났지만 살림살이는 궁상스럽기 짝이 없었다. 가끔씩 드나드는 걸인마저도 발길을 돌릴 정도였다. 안팎이 다 지독한 구두쇠였고 일벌레라고 소문이 자자했다. 돈이 되는 일이라면 무슨 짓이든 다 했다. 수십 년을 이웃해서 살아온 사람들도 그네들의 논밭이 얼마나 되는지 모를 정도로 비밀이 많았다. 이해타산이 걸린 문제에서는 양보를 모르는 사람들이었다. 자녀들을 위해 서울에다가 집까지 장만해 놓았으면서도 마을을 위한 일에서는 눈에 드러나는 가난을 핑계로 십 원짜리 한 장을 희사하는 법이 없다고 했다. 마을 사람들이 핏대를 올려도 꿈쩍도 안 했다. 아이들을 위해 고구마 한 바구니 내는 걸 가지고도 수없이 뒤를 사리며 엄살을 떤 모양이었다.

"아무리 돈, 돈 하는 세상이지만 그래, 즈 아들 또래들이 새참으로 먹을 고구마 한 솥을 가지고도 그렇게 애를 끓여. 내 참."

그들을 향한 마을 사람들의 반감은 뿌리가 깊었다. 해웅이 아버지는 어딜 가도 어른 대접을 받지 못했다. 젊은 사람들마저 막말을 마구 해 댔다. 그러나 그이는 오불관언이라고 했다. 네놈들이 아무리 그래 봐야, 결국에는 내 돈 앞에서 무릎을 꿇게 돼 있다는 오만함을 철저하게 숨기면서 오히려 몸에 밴 비굴함으로 엄살을 떤다고 했다. 해웅이 엄마도 부녀회의 젊은 아낙들과 자주 싸웠다. 그녀는 남의 집 큰일을 돕는다는 구실로 찾아와서는 가장 많은 음식을 제일 먼저 챙겨 가는 여자로 소문이 나 있었다. 수채의 밥알을 남의 집 닭이 먹는 걸 보면 하던 일도 팽개치고 달려가 달걀을 내놓으라고 떼를 썼다고도 했다.

그녀가 이고 나온 고구마는 양도 많았다. 참으로 해괴한 일이었다.

그녀는 친절한 웃음까지 흘리며 아이들 손에다가 떠맡기듯이 고구마를 쥐어 주었다. 허겁지겁 몰려든 아이들은 쉰 고구마를 서너 개씩 손에 든 채 망연자실한 표정이었다.

구민이도 다섯 개나 되는 고구마를 양손에 나눠 들게 되었다. 먹을 마음은 조금도 일지 않았다. 아이들은 떨떠름한 표정으로 둑을 내려갔다. 그녀 혼자 흡족한 표정이었다.

"에구, 이놈의 정신 좀 봐. 고추밭 매다 나온 년이 천하태평으로 이러구 앉았네."

그녀는 혼잣소리로 중얼거리며 무겁게 뵈는 궁둥이를 잽싸게 일으켜세웠다. 아이들은 모두 처치 곤란한 물건을 억지로 떠맡은 표정으로 엉거주춤 서 있었다. 연상이가 둑 위로 고구마를 힘껏 던졌다.

"다 썩어서 돼지도 못 먹을 걸 우리 보고 먹으란 말여!"

너무나 당돌한 행동이었다.

초여름의 햇살은 뜨거웠다. 소금기가 허옇게 묻어나는 얼굴로 쉰 고구마를 들고 앉은 아이들은 모두 입을 헤벌린 채 바라보았다. 참으로 무서운 말이었으나 그녀는 대꾸조차 하지 않았다. 그녀 또한 현실 너머의 다른 세계를 바라보는 듯했다.

구민은 그녀의 검은 눈을 접하고는 몸을 부르르 떨었다. 그녀가 자리를 뜨자 연상이도 풀이 죽어 꼴 무더기 위로 벌렁 누워 버렸다. 아이들도 서로 힐끔거리더니 쉰 고구마를 풀더미 속에다 던져 버렸다.

"세상에 믿을 놈이 어디 있어. 가뜩이나 열받는데 쉬어터진 고구마로 사람을 놀리다니. 백 날, 천 날 베어 봐야 이 모양 이 꼴이니 할 수 없다. 저 나뭇가지라도 잘라다가 넣어야지."

병수가 갑자기 벌떡 일어서더니 둑 위의 버드나무를 향해 나아갔다. 아이들도 낫을 들고 뒤를 따랐다. 구민은 풀더미 위에 앉아서 멍하니 바라보았다. 아이들은 독이 잔뜩 오른 벌떼처럼 나무를 향해 달려들었다. 늙은 버드나무는 대번에 요절이 났다.

"가자. 우리라고 못할 줄 알아. 우리도 얼마든지 할 수 있어."

병수가 앞장섰다. 십여 명의 아이들이 버드나무 가지를 끌면서 학교로 가는 모습을 꼭 그만큼의 아이들이 풀더미 위에 주저앉아 바라보고 있었다. 버드나무는 팔다리가 모두 잘린 처참한 모습이었다. 아버지의 얼굴이 불쑥 떠올랐다.

구민은 고목이 다 된 미루나무에 등을 대고 앉아 어둠 속을 응시했다. 풍물 소리를 끊임없이 실어오는 어둠이었다.

구민은 전날과 마찬가지로 풀을 등에 지고 학교에 갔다. 퇴비증산대회도 막바지에 접어들었다. 손수레에다가 풀을 잔뜩 싣고 오는 마을도 늘어나고 있었다. 모든 마을이 다 열심히 풀을 져 날랐다. 그런데도 퇴비 더미는 큰 차이가 없었다. 십여 개의 더미가 고만고만한 크기로 늘어서 있었다.

홍식이가 매를 맞는 중이었다. 때리는 사람은 구창모 선생이었다. 엎드려서 야구 방망이 세례를 받는 홍식이 옆에는 경복이와 병수가 무릎을 꿇은 채 두 손을 추켜들고 있었다.

"향우회장이라는 놈이 고생하는 애들 격려할 생각은 않고 나뭇가지를 넣었다고 고자질을 해! 난 고자질하는 놈이 제일 싫어. 한번 목표가 주어졌으면 똘똘 뭉쳐서 그걸 이뤄 놓고 봐야지, 무슨 놈의 이유가 그렇게 많아. 애들이 어디 자기들을 위해서 그런 짓을 했겠어? 다 마을을 생각하는 마음으로 그랬을 거 아녀. 그러면 너는 애들을 감싸줘야 옳지. 그래, 그걸 가지고 선생한테 일러바쳐! 임마, 너 같은 놈들 때문에 우리나란 안 되는 거여. 사사건건 불평불만이나 터뜨리면서 단결을 깨뜨리는 놈들은 빨갱이나 마찬가지여. 일어나, 임마. 그리고 저거 읽어 봐. 저거, 저거 뭐라고 읽어?"

"총력안봅니다."

구창모 선생이 교사 벽의 커다란 고딕체를 야구 방망이로 가리켰다.

"잘 아는구먼. 그 옆에 거는?"

"유, 유비무환입니다."

"그렇게 잘 아는 놈이 이런 짓을 해! 너, 애들한테 먼저 사과해. 애들도 잘못했지만 내가 보기엔 네 잘못이 더 커. 똑같이 다섯 대씩 맞은 거니까 나한텐 불만 없지?"

"예."

"좋아. 어서 사과해. 그리고 더 열심히 해. 내 꼭 지켜볼 거야. 느네 향우회에서 몇 등을 하는지를. 알았어?"

"알았습니다."

"가봐. 애들 데리고 저리로 가서 사과하고 의논해 봐. 향우회장인 네가 책임지고 한번 일등을 해봐. 그러려면 어떻게 해야 하는지는 네가 더 잘 알겠지?"

"예."

"좋아. 어서 가. 아니, 잠깐만. 내 다시 한 번 너한테 묻겠어. 똑똑히 대답해."

"예."

"네가 저 퇴비 더미에 쟤들이 나뭇가지를 넣었다고 나한테 일러바친 이유가 진짜 뭐야? 너 정말 사람은 뭐든지 정직하게, 정정당당히 해야 한다는 생각 때문에 그랬어? 아니면 쟤들이 향우회장인 네 말을 무시하고 자기들 멋대로 하는 것이 불만스러워서 그랬어? 어느 것이 네 진심이야? 앞에 거여? 뒤에 것이여? 분명히 말해. 만약에 네가 정말 앞에 것 때문에 그랬다면 내 지금 당장 너희 마을의 퇴비 더미를 헐어내고 나뭇가지를 빼내 주겠어. 그럼, 어떻게 되는지 알지?"

"예."

"자, 그럼 말해 봐. 네가 고자질을 한 진짜 이유를. 앞에 거여, 뒤에 것이여?"

"뒤, 뒤에 겁니다."

"분명히 네 입으로 뒤에 거라고 그랬지? 나중에 딴말 안 하겠지?"

"예."

"좋아. 그럼 가봐. 가서 내가 시킨 대로 해봐. 그게 너 자신을 위하는 길이니까. 어여 가봐."

얼마나 닦달을 당했는지 홍식이는 혼이 반쯤 나간 모습이었다. 경복이와 병수는 덤덤한 표정이었다. 그들은 이런 결과를 예측하고 있었다는 듯 허리를 깊숙이 숙여 인사를 하고는 홍식이의 뒤를 쫓아갔다.

"어린놈들이 하는 짓들이라고는."

구창모 선생이 구시렁거리면서 교실에서 가져다 놓은 나무의자에 걸터앉았다. 그는 모든 것이 귀찮은 모양이었다. 그냥, 이대로 살면 되지. 무얼 더 바랄 게 있다고 퇴비 더미에다가 나뭇가지를 숨겨 넣고 그걸 또 고자질까지 하느냐는 식이었다.

그의 행동은 구민을 더 큰 혼란과 낭패감 속으로 밀어넣었다. 이제는 퇴비 더미의 진실이 밝혀져 뭔가 큰일이 일어날 것이라고 잔뜩 기대했던 아이들도 뭐가 뭔지 도통 모르겠다는 표정들이었다. 퇴비 더미 속에 분명히 들어 있을 나뭇가지들. 그걸 알면서도 묵인하는 선생들. 구민은 둘러선 여타 아이들과 함께 구창모 선생을 참으로 어안이벙벙한 심정으로 바라보았다.

"야, 이놈들아. 뭘 쳐다보고 있어. 어서 저리들 안 꺼질 거야. 쥐새끼 같은 놈들. 그저 군기가 쏘옥 빠져 가지구."

그가 다시 야구 방망이를 집어들면서 호통을 치자, 아이들은 마지못한 몸짓으로 흩어졌다. 쉰 고구마인 줄 알면서도 나눠주던 해웅이 엄마와 퇴비 더미 속에 나뭇가지를 넣었다는 보고를 받고도 괴이한 논법으로 홍식이의 항복을 받아내던 구창모 선생을 구민은 참으로 이해할 수가 없었다.

퇴비증산대회는 아무 일도 없었다는 듯 계속되었다. 퇴비 속에다가 나뭇가지를 넣은 것은 잘못이다. 그러나 그걸 선생한테 고자질하는 짓은 더 나쁘다. 구창모 선생의 윽박지름을 아이들은 자주 인용했다.

경복이와 병수는 큰 힘을 얻었다. 다른 마을의 퇴비 더미를 헐어 오고도 아이들은 선생의 말로써 자신들의 부도덕함을 은폐했다. 퇴비 더미 주위에서 싸우는 일은 더욱 잦아졌다. 홍식이는 고자질쟁이로 낙인 찍혔다. 아이들은 그를 멀리했다.

어른들도 홍식이 편이 아니었다. 그들도 구창모 선생과 같은 생각을 하고 있었다. 그들도 경복이와 병수의 입장에서 홍식이를 평가했다. 홍식이는 마을의 명예 같은 건 조금도 생각하지 않는 아이였다. 마을을 위해 애를 쓰는 친구들을 고자질한 싹수 노란 놈이었다.

"세상이 다 그런 걸 홍식이놈이 너무했지. 쯧쯧. 배운 것들은 원래부터 그런 종자들이야. 마을 일이라면 손가락 하나 까딱 안 하면서 저 잘난 듯이 비판부터 먼저 하고."

"어디 배운 사람들만 그런가유. 해웅이네 좀 보구려. 하루만 지나면 내버리게 될 쉰 고구마를 가져다 주구 너스레를 떠는 꼴이라니. 만나는 사람마다 붙잡고 우리가 요번에 고구마를 한 소쿠리나 쪄냈더니 아이들이 그렇게 달게 먹드라나. 웃기는 여편네지. 아, 글쎄. 우리 구민이에게는 자기가 특별히 생각해서 고구마를 많이 안겨줬다고 어떻게나 생색을 내던지. 보나마나 영농자금이 나왔다니까 거기에 한 다리 껴들려고 선수를 치는 거겠지. 그걸 누가 모를 줄 알고. 하기는 뭐, 미숫가루 한 주전자를 내주고 한 동이로 부풀려 떠벌린 구장이나 과실과 돈얼마로 제 자식들 편안함을 꾀했던 작자들부터가 잘못된 것이지만."

어른들의 마음을 비웃듯 풍물 소리는 끊임없이 어둠 속을 흘러갔다. 들에서는 불덩어리들이 파르스름한 빛살을 단 채 빙글빙글 돌았다.

괴기스럽고 무서웠다. 도깨비라도 나올 듯했다.

구민의 몸이 부르르 떨렸다. 홍식이는 공부를 핑계로 바깥출입을 하지 않았다.

구민이 찾아가니 홍식이 누나가 나왔다.

"선생이나 애들이나 어쩌면 그렇게 똑같니? 우리 홍식이가 뭘 잘못했다고 고자질쟁이로 따돌리니? 우리 홍식이는 잘못한 거 하나도 없어. 퇴비 더미에다가 아무 짝에도 쓸모없는 나뭇가지들을 가져다 넣은 게 잘못이냐, 그런 못된 짓을 이야기한 게 잘못이냐. 참, 이상한 사람들이다. 하기는 너희들을 탓할 게 뭐 있겠어. 선생들과 어른들이라는 작자들이 다 그런걸. 우리 홍식이는 이제부터 중학교 입학시험 공불 해야 하니 네가 애들한테 잘 얘기해 줘. 학생이 공부한다는데 그걸 가지고 또 무슨 말들을 얼마나 지껄일지 참으로 걱정이다. 구민이 너도 정신 차려라. 학생이 열심히 공불 해야 옳지. 퇴비증산대회에서 일등 하면 뭐 하니. 본말이 전도된다더니 학교에서 시키는 일이 꼭 그렇구나."

옳은 질책이었으나 구민에게는 너무나 서운한 소리이기도 했다. 자신의 진심을 너무나 몰라주는 것 같아 울음이 터지려고 했다.

그러나 홀로 어둠 속에 앉아서 생각해 보니 홍식이를 향한 자신의 진심이라는 것도 분명치가 않았다. 오히려 아침부터 아이들을 찾아다닌 자신의 모습만이 이상한 부끄러움으로 마음을 가득 채워 오는 것이었다.

마을 잔칫날인데도 갈 곳이 없었다. 외톨이로 앉아 뒷동산으로 올라가는 길목이나 지키는 신세였다. 그런데도 홍식이처럼 두문불출하며 공부할 생각도 없었다.

"구민아, 내 말 잘 들어야 한다. 어린 너에게 이런 말을 하게 되다니 참으로 부끄럽다. 내 단도직입적으로 말하마. 내가 감독하는 마을의 퇴비 더미 속에도 나뭇가지가 들어 있을 것이다. 아니, 어쩌면 다른 마을의 퇴비 더미보다 더 많이 들어 있을지도 모른다. 참으로 괴롭다. 우리끼리 회의를 했단다. 다른 사람이 감독하는 퇴비 더미를 가지고 가타부타 따지지 말기로. 많은 논란이 있었지만 다수의 의견이 그러기로 했단다. 그냥 눈에 보이는 것만으로 평가하기로. 그 안에 돌멩이가 들었든, 나뭇가지가 들었든 상관하지 않기로 결정을 보았단다. 다 파헤쳐서 진실을 드러내야 하지만 어디서부터 어떻게 손을 대야 할지 막막하구나. 난 분명히 반대했지만 네 눈을 보니 그것도 거짓인 거 같다. 이렇게 될 줄 알고 폼을 한번 잡아 본 것만 같구나. 너도 반대했었니?"

"아뇨."

"그렇더라도 용기를 잃지 마라. 반대를 하지 못했더라도 부끄러워하고 고민하는 마음만은 절대로 잃어버리지 마라. 그게, 부끄럽지만 내가 해줄 수 있는 유일한 가르침이구나. 산다는 건 어려운 일이다. 썩지 않는 돌멩이를 가슴에 넣고 썩게 해야 하는 것만큼이나. 그러나 열심히 고민하고 부끄러워하면 많은 것들을 좋은 거름으로 만들 수 있단다."

구민이 김종환 선생을 찾아간 것은 홍식이가 매를 맞는 것을 본 이튿날이었다.

그런데 그 일을 어떻게 알았는지 병수와 연상이는 지금까지도 중요한 일이 있을 때마다 구민을 따돌리는 거였다.

부끄러웠다. 따돌림을 당하지 않기 위해 몸부림친 행동이 하나씩의 검은 눈동자로 떠올랐다.

퇴비증산대회가 끝나자마자 경복이와 병수는 고물 수집을 제안했다. 고물을 모아 기금을 마련하여 공도 사고 연극도 해보자고 했다. 향우회의 새로운 임무였다. 아이들은 수시로 모였다. 서너 명씩 조를 짜서 고물을 수집하러 다녔다. 아무리 헤매고 다녀도 남아 있는 게 없었다. 그런 것이 있을 만한 곳은 기철이와 승관이네 집뿐이었다.

아이들의 발길은 자연스럽게 두 집의 대문을 넘어서곤 했다. 놀러왔다는 핑계로 머뭇거리다가 달걀도 훔쳐 내오고 여기저기 나뒹구는 농기구들 중에서 쟁기 같은 것도 내오고 아궁이 덮개도 부셔 왔다. 누구나 한두 번쯤은 다 이런 식으로 도적질을 해야 했기에 고물 수집에 대한 뒷말은 해가 바뀔 때까지도 어른들의 입에 오르내리지 않았다.

그러나 그렇게 모아들인 쇠붙이와 달걀들이 어떻게 처분됐는지를 아는 애는 없었다. 멀쩡한 쟁기가 산산조각나 고물로 둔갑해도 공과 연극의 소품이랄 수 있는 어떤 것도 향우회 몫으로 나타나지 않았다. 외눈박이 엿장수네 집을 경복이와 병수가 여러 차례 드나들었다고 하는데, 고물들이 얼마의 돈으로 환전되었는지조차 알 길이 없었다.

아이들은 아무 말도 할 수가 없었다. 아버지, 제가 기철이네 쟁기를 훔쳐냈고 승관이네 부엌에 들어가 아궁이 덮개를 떼어내 고물로 팔아 먹었습니다, 라는 말을 차마 할 수가 없었다.

추석날 열기로 한 체육대회와 연극 공연이 설날로 미뤄지면서 날카로운 눈초리가 곳곳에서 아이들의 행동을 지켜보았다. 설이 가까워져도 아이들은 향우회의 상황을 발설하지 못했다. 아이들의 가슴속에는 영원히 썩지 않을 돌멩이가 서너 개씩 박혀 있었다.

구민의 가슴속도 똑같았다. 담임선생님도 찾아갈 수 없었다. 경복이와 병수의 행동을 비판할 수도 없었다. 당파쟁이나 고자질쟁이보다 훨씬 더 무서운 도적놈의 멍에를 쓸까 봐 모두 다 전전긍긍했다. 희생양이 필요하다고 느낀 아이들은 해웅이를 부추겼다.

그러나 해웅이도 예전의 그가 아니었다. 내가 왜 남보다 앞서서 고백을 해. 기다리면 누군가가 해주겠지. 내가 왜 먼저 도적놈 누명을 써야 돼. 난 못해. 해웅이도 이렇게 생각하는 것 같았다.

아이들은 차츰 혼자 있는 것을 두려워하게 되었다. 고물 수집의 횟수가 늘수록 경복이와 병수의 눈에 드는 일을 자청했다. 서로의 시선이 무서워 불평불만조차 마음대로 할 수가 없었다. 해웅이도 연상이의 충실한 부하가 되었다.

가장 큰 따돌림을 당하는 아이는 구민이었다. 아이들은 이제 구민이처럼 되지 않기 위해 애를 썼다. 그러나 새끼 고자질쟁이로 낙인찍힌 구민이는 아무리 열심히 해도 멍에를 벗어 던질 수가 없었다. 애를 쓸수록 더 깊은 소외감이 찾아들었다. 들을 건너며 노래를 함께 불렀던 친구들은 다 어디로 간 것일까. 구민은 주머니 속의 성냥곽을 만지작거렸다. 쥐불놀이를 하기 위해 가지고 나온 것이었다.

구민은 더욱 짙은 어둠으로 서 있는 뒷동산을 바라보았다. 유혹의 손길이 부추겼다. 그래, 먼저 불을 지르자. 달집태우기를 계획하고 있는 아이들보다 먼저 불을 지르자.

구민이 성냥을 꺼내 들었다. 풍물 소리도 미친 듯 어둠을 들쑤셨다.

아이들은 달이 뜨기만을 고대하는 모양이었다. 거대한 괴물처럼 웅크린 산의 거친 숨소리가 아주 가까이서 들렸다.

구민은 벌떡 일어났다. 신작로는 보이지 않았다. 어둠만이 가득했다. 나뭇가지를 넣은 거짓 퇴비 더미가 산처럼 솟아올랐다.

구민은 조심스럽게 나아갔다. 승관네 텃밭에서 제법 큰 짚더미가 막아섰다. 구민이 떨리는 손으로 성냥곽을 열었다. 반짝이며 솟은 작은 불씨가 불길로 솟아오르면서 매캐한 연기가 번졌다.

구민이 밭을 가로질러 뛰어갔다.

거대한 불길이 치솟았다. 불이야, 하는 외침도 들렸다. 구민의 마음 속에서도 거대한 퇴비 더미들이 불길로 솟아오르고 있었다.

풍물 소리가 뚝 그치고 와자하게 달려 내려가는 소음이 들렸다. 조금도 두렵지 않았다. 내일 아침이면 전혀 엉뚱한 소문이 떠돌 것이었다. 그 누구도 방화의 진실에 대해서는 알려고 하지 않을 것이다.

승관네 짚더미가 탔으니 병수를 범인으로 짐작하면서 쉬쉬할 것이다. 그러나 그렇게 된다고 해도 양심에 꺼릴 건 하나도 없었다. 왜냐하면 그런 식의 소문은 언제나 있어 온 것이니까.

구민은 그날 밤 세 곳에다가 불을 놓았다. 마을 사람들은 불을 끄고 나서도 이리저리 몰려다녔다.

구민은 방에 들어가 책을 펴놓고 앉았다. 바깥마당에 쌓아 놓은 콩깍지도 잿더미로 변한 모양이었다. 구민은 방에 앉아서 이런저런 이야기들을 다 들었다. 아버지가 들어와 아들의 기색을 살피더니 안심이 된다는 듯 밖으로 나갔다.

구민은 회심의 미소를 지었다. 아버지가 확인하고 나간 이상 마을에서는 그 누구도 의심하지 못할 것이다.

"달집 짓는다며 짚을 추렴할 때 코가 쑥 빠지도록 야단을 쳐야 하는 것을."

"참, 어느 집 자식인지 배포 한번 좋다."

"그려. 세 집의 짚더미며 콩깍지를 태워 버렸으니."

"집에다 안 지른 게 천만다행이지. 큰일날 뻔했구먼."

"그놈의 불 때문에 술맛도 다 가고. 에이."

구민은 바깥마당에서 들려오는 대화의 주인공들을 떠올리며 미소를 지었다. 참으로 뜻 깊은 대보름 밤이었다. 가슴속에 박힌 차가운 돌멩이를 후련하게 뽑아 버린 기분이기도 했다.

부러진 화살

김 혁

중학교를 졸업할 무렵, 녀석은 심한 정신적 몸살을 앓기 시작했다. 평소에 말도 별로 없고 공부도 곧잘 하며 착실한 편이었는데, 하루아침에 느닷없이 돌변하고 말았다. 학교에도 가지 않고, 낮에는 하루 종일 아무것도 하지 않고 빈둥거리며 잠만 자다가 밤만 되면 컴퓨터 앞에 앉아서 채팅이나 게임 등으로 날을 새기 일쑤고, 매사에 반항하며 짜증을 심하게 내고, 사소한 일에도 나이 어린 여동생이나 옆집 아이를 두들겨패는 등 걷잡을 수 없이 폭력적으로 나왔다.

앞날이 불확실하고 때때로 예기치 못한 운명과 마주친다는 점에서 여행은 인생과 매우 흡사하다. 인생 자체가 하나의 여행이기 때문에 그런지도 모른다. 그리고 대부분의 여행자들에게는 마치 범죄자처럼 한 번 가본 곳을 언젠가 다시 가보고 싶어하는 심리가 숨어 있다. 일상의 때가 묻은 영혼을 온통 홀리고 마음을 송두리째 훔쳐간다는 점에서, 여행과 범죄는 어쩌면 일맥상통하는지도 모른다.

모든 게 그날 저녁 일몰 때문이었다.

애시당초 함피에 오래 머물 작정은 아니었다. 전에 발이 부르트도록 돌아다녀 본 적이 있는 데다가, 다음 행선지인 뱅갈로르에서 해야 할 일이 잔뜩 밀려 있어서 일정이 빠듯한 터였다. 특히 현지에서 학교를 다니고 있는 아들 녀석을 찾아가 만나고, 생활지도와 앞으로의 진로에 대해서 선생님들과 면담도 해야 했다. 하지만 아무리 바빠도 함피는 꼭 다시 한 번 찾아가 보고 싶었다.

아이가 인도에 온 지도 벌써 여러 해가 지났다. 중학교를 졸업하자 마자 바로 인도로 왔으니까, 소위 말하는 조기 유학인 셈이다. 조기 유학은 역시 쉽지 않은 일이었다. 처음부터 무얼 크게 바란 것은 아니었다. 나날이 치열해져 가는 비인간적인 점수 경쟁과, 밤늦도록 학원가를 맴돌아야 하는 기계적이고 숨막힐 듯한 현실과, 일방적인 주입식 교육에 적응하지 못하고 심하게 반항을 하던 중이어서, 인생의 황금기와도 같은 청소년 시절에 좀 숨이라도 쉬며 살라고 보낸 터였다. 그런 면에서는 어느 정도 괜찮은 선택이었다.

물론 처음에는 힘든 일도 많았다. 하루아침에 말도 안 통하는 낯선 곳에 홀로 뚝 떨어졌으니, 아이가 방황을 하는 것도 당연한 일이었다. 수업을 빼먹고 기숙사에서 한국 애들과 고스톱을 치다가 들켜서 처벌을 받는가 하면, 사소한 자존심 문제로 날카롭게 대립각을 세우던 인도 아이들과 싸움질을 해서 정학을 당하기도 했다. 그렇다고 당장 인도로 날아가서 아이와 함께 살 형편도 못 돼서, 그저 멀리서 속만 태워야 했다.

다행히 아들은 시간이 흐르면서 서서히 적응을 하기 시작했다. 제가 원해서 떠난 유학인 데다 우리처럼 공부만 억지로 강요하지 않고 다양한 활동을 하고, 성적과 무관하게 개개인의 인격을 존중해 주는 환경이라서, 스스로 생각하고 마음을 굳게 다지며 나름대로 성장할 수 있는 기회가 된 것 같았다. 무엇보다 아직은 여러 면에서 우리보다 보수적인 사회인지라, 이런저런 탈선의 위험이 거의 없어서 안심이 되었다. 그래서 주변에서 "왜 하필이면 인도냐?"며 약간 의아한 눈길로 질문을 할 때마다 "인도라서 보낸다"고 농담삼아 대답하며 남몰래 안도의 한숨을 내쉬곤 했다.

아무리 그래도 조기 유학은 결코 쉬운 일이 아니었다. 한창 자라는 나이에 가족과 함께 살지 못하고 멀리 떨어져서 지내는 것은 둘째치고, 제가 나고 자란 나라에서 또래들과 함께 웃고 떠들며 학교를 다니지 못하고 머나먼 이국 땅, 특히 환경이 너무나 열악한 인도에서 외국 아이들 틈바구니에 끼여서 힘들게 학교를 다니고 있는 아들 녀석 생각만 하면 언제나 가슴 한구석이 아려 왔다. 그리고 주변에서 이런저런 속상한 얘기들이 들려올 때마다 '과연 잘 한 선택인가?' 하는 회의가 들 때도 많았다. 인도인들처럼 모든 걸 다 신의 뜻으로 돌려 버리면 마음이 편하겠지만, 아직 그렇지가 못한 게 문제라면 문제였다.

몇 해 전, 아이와 함께 함피에 온 적이 있었다.

중학교를 졸업할 무렵, 녀석은 심한 정신적 몸살을 앓기 시작했다. 평소에 말도 별로 없고 공부도 곧잘 하며 착실한 편이었는데, 하루아침에 느닷없이 돌변하고 말았다. 학교에도 가지 않고, 낮에는 하루 종일 아무것도 하지 않고 빈둥거리며 잠만 자다가 밤만 되면 컴퓨터 앞에 앉아서 채팅이나 게임 등으로 날을 새기 일쑤고, 매사에 반항하며 짜증을 심하게 내고, 사소한 일에도 나이 어린 여동생이나 옆집 아이를 두들겨패는 등 걷잡을 수 없이 폭력적으로 나왔다. 그동안 남몰래 쌓였던 분노와 스트레스가 한꺼번에 폭발한 모양인데, 갑자기 그렇게 변할 수 있다는 게 도저히 믿어지지 않았다.

내막을 자세히 알 수는 없었지만 성적 때문에 비관하거나, 왕따라든가 학교 폭력 같은 문제로 그런 것 같지는 않았다. 도대체 이유를 알 수가 없어서 왜 그러냐고 캐물으면 그저 '사는 게 지겹다'는 말만 되풀이했다.

"사는 게 지겹다고?"

"네."

"뭐가 그리 지겨워?"

"그냥 모든 게 다 지겨워요."

"정말로 모든 게 다?"

"학교도 친구들도 그리고 엄마 아빠도 다 그래요."

"이유가 뭐냐?"

"몰라요."

한창 자라는 아이가 오래 산 노인네처럼 사는 게 지겹다니, 이거야말로 보통 문제가 아니었다. 아무리 타이르고 달래도 소용이 없었다. 굳게 닫힌 마음을 전혀 열려고 하지 않았기 때문에 상담 교사와의 면담이나 신경과 치료도 별 도움이 되지 않았다. 다행히 학교에서는 그동안 말썽 한 번 피우지 않은 범생이인 데다 졸업도 얼마 남지 않아서, 무단결석을 병원 입원 치료로 처리해 주기로 했다.

그러던 어느 날, 초등학교 다니는 여동생이 학교 앞에서 사온 노랑

병아리를 아들 녀석이 솔개처럼 채가서는 손으로 잔인하게 눌러 죽인 사건이 벌어졌다. 분하고 불쌍해서 울고불고 난리를 치는 여동생 앞에서, 녀석은 뭐가 그리 신이 나는지 싱글싱글 웃고 있었다. 부화된 지 얼마 되지도 않은 연약한 병아리의 창자가 온통 밖으로 삐져나온 모습을 보니 정말로 끔찍했다.

"이게 도대체 무슨 짓이냐?"

화가 치밀어 녀석의 머리를 한 대 쥐어박았다.

"씨, 뭐가 어때서요?"

녀석은 눈을 치뜨고 대들었다.

"불쌍하지도 않냐?"

"어차피 며칠 못 살고 죽을 건데요, 뭐."

"아무리 그래도 그렇지. 이렇게 잔인하게 죽여서 되겠니?"

"저 병아리들은 병들었거나 정상이 아니라서 솎아낸 놈들이에요. 부화장에서 내다버린 놈들이라고요."

"그래서?"

"며칠 동안 아이들 노리갯감이 되어 살다가 죽느니, 아예 이렇게 죽는 게 낫죠."

"……"

아들 녀석의 냉담하고 무표정한 얼굴을 보니 가슴이 섬뜩했다.

무엇이 아이의 마음을 저리도 병들게 하고 있는 걸까?

그 일이 있은 후로는 아이 얼굴 보기가 겁이 났다. 섣불리 해결을 시도하거나, 적당히 현실과 타협한다 해서 해결될 일이 아니었다. 어찌

해야 좋을지 몰라서 가슴만 태우다가, 아는 사람의 조언을 받아서 고민 끝에 선택한 것이 남인도 여행이었다. 잔소리 심한 엄마와 동생은 집에 남겨두고, 우선 아이하고 단 둘이서 우리와 환경이 전혀 다른 나라를 여행하다 보면 마음의 문을 서서히 열지도 모르고, 여차하면 아예 인도로 유학을 보낼 사전 탐색도 하기 위한 그런 여행이었다.

남인도를 여행하면서도 아이의 태도는 크게 달라지지 않았다. 물론 처음 접하는 신기한 풍경에 매우 놀라워하거나, 길가에 늘어선 수많은 걸인들에게 전에 없이 깊은 동정심을 느끼거나, 상상하지도 못했던 열악한 환경에 크게 충격을 받은 것 같기는 했지만, 가슴속에서 부글부글 끓고 있는 반항기는 여전했다.

남인도에서도 가장 오래된 것으로 유명한 고색창연한 힌두 사원 안에서 힌두교도가 아니면 절대로 출입할 수 없는 신성한 신전에 몰래 숨어들어갔다가 들켜서 일단의 성난 힌두교도들로부터 뭇매를 맞고 코피를 흘리며 쫓겨나는가 하면, 야자수가 끝없이 우거진 멋진 강 사이로 하루 종일 천천히 배를 타고 내려가는 환상의 수로 여행 도중에 지루함과 갑갑증을 이기지 못해 고함을 지르며 날뛰다가, 급기야는 발가벗고 알몸으로 강으로 뛰어들어 한동안 배가 멈춰서는 등 커다란 소동을 일으키기도 했다. 조용히 있다가도 언제 무슨 일을 벌일지 몰라서 잠시도 긴장의 끈을 놓을 수가 없었다. 마치 자폐아와 함께 여행을 하는 듯 힘든 여정이었다.

그러다가 마지막 일정으로 도착한 곳이 함피였다. 함피를 끝으로 뱅갈로르를 거쳐 귀국하기로 되어 있었다. 그런데 어찌된 영문인지 함피에서는 사정이 크게 바뀌었다. 여행이란 참 알다가도 모를 일이었다. 돌무더기로만 이루어진 거대한 황무지 어디가 마음에 들었는지, 아이는 밝은 표정으로 함피 곳곳을 신들린 듯이 싸돌아다녔다. 말투나 눈빛도 한결 부드러워지고, 마음도 아주 편안해 보였다.

"여기가 무척 마음에 드는 모양이구나?"

덩달아 기분이 좋아져서 녀석에게 넌지시 물어 보았다.

"네, 그래요."

"거 참, 이상한 일도 다 있네. 아무리 둘러보아도 돌무더기만 잔뜩 쌓여 있는데, 좋긴 뭐가 좋다는 거야?"

"몰라요. 그냥 좋아요, 히히!"

"내 참, 허허!"

아이의 웃음에 그만 헛웃음이 터져 나왔다.

특히 만월이 하늘 가득 뜬 밤에 아이는 두 다리가 온통 피투성이가 될 정도로 돌산 계곡을 밤새 헤매 다니다가, 새벽녘에야 돌아와 기진맥진해 쓰러져서는 하루 종일 잠만 잤다. 그러기를 몇 날 며칠이나 되풀이하더니, 신기하게도 차츰 예전의 모습을 되찾기 시작했다. 그리고 뜻밖에도 인도에서 학교를 다니고 싶다는 얘기를 먼저 꺼냈다. 그 얘기를 듣는 순간 두 귀를 의심하지 않을 수 없었다.

"그게 정말이냐?"

"네."

"나중에 딴 소리 하기 없기다."

"저도 나름대로 고민 끝에 내린 결정이에요."

"그래, 좋은 생각이다. 근데 왜 그런 결심을 했니?"

"뭐 별다른 이유는 없어요."

"그래도 너무 갑작스러운 얘기라서 궁금하구나."

"그냥, 여기는 답답하지가 않아서 좋아요."

이럴 수가! 인도인들이라면 틀림없이 시바 신의 은총이라고 생각했을 것이다.

아이에게 함피는 무슨 의미였을까? 함피의 무엇이 그토록 굳게 닫혔던 마음을 열게 했을까? 그게 늘 궁금했다. 이번에 뭄바이에서 일을 마친 뒤, 아이가 있는 뱅갈로르로 직접 가지 않고 힘들게 뿌나를 거쳐 여기로 온 것도 그 때문이었다. 그리고 하룻밤 머물며 둘러보고 떠나려던 것이 그만 일몰에 발목이 잡히고 말았다. 역시 함피는 떼려야 뗄 수 없는 인연으로 얽힌 곳이었다.

마탕가 힐.

함피에서도 일몰을 가장 멋지게 감상할 수 있는 언덕이라고 소문난 마탕가 힐에 앉아서 멀리 발아래 펼쳐진 기이한 광경을 감상하고 있는 중이었다. 평소에도 황무지 한가운데 세상의 모든 일몰이 모여 있는 듯 사방으로 붉은 돌무더기가 끝없이 펼쳐져 곳곳에 크고 작은 산과 계곡을 이루고 있는 묘한 풍광이, 일몰 무렵이라 더욱 기묘하고 비현실적으로 보였다. 비수기임에도 불구하고 외국 관광객들이 여럿 올라와 여기저기 자리잡고 앉아서 조용히 노을을 지켜보고 있었다.

조금 전까지만 해도 한쪽 구석에 둥글게 모여 앉아서 하시시를 피우며, 떠돌이 거지 차림의 힌두 사두를 상대로 '이곳에서 나는 하시시의 품질이 좋은 이유가 무엇인가?', '하시시가 우리의 정신 건강에 정말로 이로운가?' 등의 얘기로 왁자지껄하게 논쟁을 벌이던 일단의 서양인들도 분위기에 압도당했는지 일부는 드러눕고 일부는 바위에 기대고 앉아서 다 같이 침묵을 지켰다.

한낮의 뜨거운 열기는 가셨지만 듬성듬성 놓여 있는 집채만한 바위덩이에는 아직 온기가 상당히 남아 있었다. 사위는 먹먹할 정도로 고요하고, 점점 짙어 가는 노을 속으로 제 둥지를 찾아가는 새들만이 까마득히 하늘을 나는 가운데, 시원한 바람을 타고 어디선가 저녁 연기 내음이 아련히 풍겨 왔다. 바야흐로 거대한 지상의 노을과 하늘의 노을이 서서히 하나가 되어 가는 중이었다. 몸이 마치 노을 한가운데 둥둥 떠 있는 듯했다.

"개다!"

누군가 조그만 목소리로 속삭였다. 돌아보니 언제 나타났는지 커다란 들개 한 마리가 주위를 어슬렁거리고 있었다. 들개는 마치 자기 자리를 찾기라도 하듯 사람들 사이를 헤집고 두리번거리다가, 이윽고 깊은 명상에 빠져 있는 사두 옆에 앉아서는 꼼짝 않고 멀리 앞만 바라보았다. 그 모습이 너무나 의젓하고 천연덕스러워서 함께 명상을 하는 사람으로 착각할 정도였다.

그 어디에도 존재하지 않는 기묘한 풍광 때문인지, 이곳 노을 속에는 땅과 하늘을 물들이고 흡수하는 힘이 유난히 강렬하게 느껴졌다. 문득 세상의 모든 경계가 흐르는 강물에 진홍색 물감을 푼 듯이 아득

하고도 모호해져 갔다. 그리고 노을빛이 절정에 달한 듯하더니 금방 사그라들면서 땅거미가 깔리기 시작했다.

막막한 가운데 어둠이 빠르게 다가왔다. 한동안 노을에 넋이 빠져 있던 사람들은 마치 집단 최면 상태에서 깨어나기라도 한 듯 하나 둘 자리를 털고 일어나서는 언덕을 서둘러 내려갔다. 달이 뜨려면 아직 한참 더 있어야 했다. 작은 불빛 하나 보이지 않는 황무지인지라, 더 캄캄해지면 길을 잃고 바위 벼랑을 헤맬 위험조차 있었다. 들개도 어느 틈에 사라졌는지 보이지 않았다.

"해질 무렵이면 어김없이 개가 나타나서 자리에 앉아 명상을 하지요."

다른 여행자들은 다 내려가고 어스름 속에 단 둘이 남자, 사두가 말했다.

"매일 저녁?"

"거의 매일 저녁."

"정말로 개가 명상을 한다고 생각하세요?"

"그렇소. 근데 당신은 왜 언덕을 내려가지 않소?"

"딱히 할 일도 없구요, 조금 있으면 달이 뜬다고 해서 구경 좀 하려구요."

"달이 뜨면 아주 아름답지요. 특히 오늘 밤처럼 만월이 뜨면 더욱더."

"사두도 만월을 기다리고 있군요?"

"그렇소, 허허허!"

남인도의 황무지에 태고의 어둠이 찾아왔다. 그렇게 생각해서 그런지 어디서도 느껴 볼 수 없는 깊고도 으스스하고 아득한 어둠이었다. 태어나서 평생을 거의 이곳 돌무더기 마을 인근을 떠돌며 살아왔다는 사두가 어둠 속에서 한동안 침묵을 지키다가 문득 생각난 듯이 말했다.

"만월 축제는 가보셨소?"

"네. 예전에."

만월 축제라면 몇 해 전에 아이와 함께 경험한 적이 있었다.

여행자들이 몰리는 성수기가 되면 보름달이 뜨는 날을 전후해서 며칠간 만월 축제가 열린다. 마을을 가로지르는 강 너머 깊숙한 골짜기에, 각지에서 소문을 듣고 모여든 여행자들이 바위 계곡 사이로 폭포처럼 쏟아지는 달빛을 받으며 밤새 신들린 듯이 춤을 추다가 아침 해를 맞이하는 매우 특이하고 비밀스런 축제인데, 하시시나 술을 전혀 하지 않고도 그 이상으로 분위기에 취해서 빠져들 만큼 몽환적이어서 누구나 한번 경험하면 죽을 때까지 절대 잊을 수 없을 정도다.

이윽고 거대한 바위산 사이로 달이 떠오르기 시작하자 이런저런 얘기를 나누던 두 사람은 말을 잊고 더욱 비현실적인 분위기를 자아내는 달빛 세상 속으로 서서히 빠져들었다. 달빛을 받자 바위산들은 태고의 어둠 속에서 마치 살아 있는 거인이 이곳저곳에서 긴 잠에서 깨어나는 것처럼 꿈틀거리며 일어났다. 그리고는 그 옛날 화려했던 왕국 시절에 있었던 수많은 숨겨진 이야기들을 수런거리기 시작했다.

얼핏 보기에 이곳은 바위투성이로 이루어진 불모지 같지만, 자세히 돌아보면 곳곳에 거대한 왕궁 터와 건물 잔해, 크고 작은 수많은 사원들과 아름다운 바자르(시장) 흔적 등 과거에 크게 번성했던 왕국의 영광을 짐작케 하는 대단한 유적과 유물들이 즐비했다. 게다가 언제 어떻게 존재했다 스러져 갔는지가 대부분 비밀에 싸여 있어 더욱 신비감을 자아냈다(기록에 따르면 서기 1336년경에 이곳 함피를 수도로 하는 위자야나가르 왕국이 세워져 매우 아름답고 강력한 힌두 왕국으로 230여 년간 존속하면서, 한때는 인근 지역의 여러 왕국들을 제압할 정도로 융성하다가 1565년에 주변을 둘러싸고 있던 이슬람 연합 세력과의 전투에서 패한 뒤 멸망했다고 한다).

달빛이 점점 더 밝고도 푸른 빛을 띠어 가면서, 오랜 과거 속의 시간에 잠겨 있는 듯한 순간들이 계속되었다. 언덕 꼭대기 바위 위에 앉은 두 사람은 이제 자신들의 존재마저 잊고 무언가에 홀린 듯 그저 멍하니 앉아 있었다.

그렇게 얼마나 지났을까, 문득 눈앞의 허공에 이상한 형상이 하나 나타났다. 거대한 화살표 같은 형상이었는데, 가운데가 휘어져 있어서 흡사 부러진 화살처럼 보였다. 그것은 나타났다간 잠시 뒤 사라지고, 또 나타났다가 사라지기를 두세 차례 반복했다. 꼭 신기루에 홀린 것 같았다.

저게 무엇일까?

처음에는 환각인가 하고 눈을 비벼 보았지만 분명 환각은 아니었다. 그렇다고 확실한 실체라고 할 수도 없었다. 어쨌든 너무나 뚜렷하면서도 이상해서 UFO가 아닌가 하는 생각마저 들었다. 나타났다 사라지기를 반복하던 화살이 문득 허공을 가로지르며 날아와서는 가슴속에 꽂히는 듯한 강렬한 느낌에 나도 모르게 그만 비명을 내지르고 말았다.

"아─악!"

"왜 그러시오?"

사두가 옆에서 급히 돌아보며 말했다.

"화, 화살이……."

"화살?"

"저 허공에서 화살이……."

"부러진 화살 말이오?"

"네, 사두도 보았군요?"

"……."

"하지만 잘못 본 건지도 모르겠어요."

"아니, 당신이 본 것은 화살이 맞소. 절대로 환상이 아니오."

"그래요?"

"이렇게 만월이 뜬 밤이면 종종 허공에 나타나곤 하지요."

"참 신기한 일이군요."

"그건 오래전에 사라진 함피 왕국의 상징이오."

"사라진 함피 왕국의 상징?"

"그렇소."

"거기에 얽힌 무슨 전설이나 비밀이라도……."

"나도 자세히는 모르오."

"……."

"단지 왕국의 흥망과 연관이 있다고만 전해져 내려올 뿐……."

말을 마친 사두는 웬일인지 슬픈 표정을 지으며 고개를 숙였다. 그러고는 한숨만 연거푸 내쉬며 더 이상 말이 없었다.

깊은 슬픔에 빠져 있는 사두와 헤어지고 언덕을 내려오는 발걸음이 자꾸만 떨렸다. 숙소로 돌아와서도 조금 전의 강렬한 흥분이 채 가시지 않는 데다, 가슴속에 간간이 통증이 느껴져 도대체 잠이 오지 않았다. 천장에서 천천히 돌아가고 있는 팬 소리가 유난히 귀에 거슬렸다. 설핏 잠이 들었다가도, 어디선가 화살이 자꾸만 가슴을 향해 날아오는 뒤숭숭한 꿈에 밤새 시달리며 자다 깨다를 되풀이하면서 뒤척였다.

예전에 아들 녀석과 나눴던 얘기들도 간간이 떠올랐다.

"넌 지금 한창 호기심도 많고, 하고 싶은 것도 많은 나이야."

"그래도 사는 게 지겨워요."

"시골에 계신 할머니 할아버지도 그런 말씀 안 하시는데, 네가 그러면 되겠니?"

"지겨우니까 지겹다고 하지요."

"도대체 뭐가 그리 지겹다는 거냐, 응? 어디 말 좀 해봐라."

"아빠도 한번 생각해 보세요. 유치원 때부터 지금껏 매일매일 실컷 놀지도 못하고 학교 갔다, 학원 갔다 다람쥐 쳇바퀴 돌듯 했잖아요."

"그게 그리도 힘들었니?"

"네."

"너만 그런 게 아니고, 네 친구들도 다들 그랬잖아."

"그렇지만 이젠 정말 지겨워요."

"우리 현실에서 대학에 들어갈 때까지는 어쩔 수가 없잖아."

"나중에 대학 들어가고 나면요?"

"그땐 모든 게 확 달라지지."

"뭐가요?"

"우선 그 지긋지긋한 입시 공부에서 해방되고, 맘 편히 놀 수가 있지."

"대학 가서 놀려고 어릴 때부터 이 고생을 해야 한다는 게 참 웃겨요."

"그건 그래. 진짜 공부는 대학에 가서 하는 건데 말이야…… 요즘은 대학 들어가자마자 취업 준비를 하느라 예전처럼 놀지도 못한다더라만."

"그런 대학을 가려고 밤늦게까지 학원을 돌아다니는 것도 정말 지겨운 일이에요."

"대학 안 가면 뭐 할래?"

"조그만 장사나 하지요, 뭐."

"이넘아, 장사는 아무나 하는 줄 아니?"

"어디 목 좋은 곳에 편의점이나 하나 차려 주시면, 히히!"

"이제 보니 이넘이 순 날강도로구나. 아빠가 무슨 돈이 있다고. 그리고 대학 졸업장 없으면 취직은커녕 장가가기도 힘들어진다."

"순전히 간판 따러 대학 가는 거군요."

"그게 어디 어제오늘 일이더냐."

"지겨운 일이에요."

"그래, 지겨운 일이다. 사실 우리나라 대학들이 잘못돼도 한참 잘못됐지. 대학이 바로 서야 입시 전쟁이나 사교육비 등 심각한 교육 문제가 근본적으로 해결될 텐데 말이야. 하지만 현실이 그런 걸 어쩌겠니."

"……."

"하긴 대학만 탓할 일도 아니지. 사회가 온통 비리와 불법으로 뒤엉켜 있는데, 그 속에서 대학인들 온전하겠냐."

문득 얼마 전에 입시에서 잘못 출제된 수학 문제를 폭로한 뒤 재임용에서 탈락한 한 대학 교수가 끈질긴 법정 투쟁 끝에 대법원까지 갔지만 결국 기각을 당하자, 억울한 재판 결과에 항의하며 석궁을 갖고 담당 판사를 찾아가서 항의하다 배에 상처를 입히고 구속되어 세상을 놀라게 했던 석궁 사건이 뇌리를 스치고 지나갔다. 오죽 억울하고 답답했으면 평생 학문 연구만 해온 교수가 그런 일을 저질렀으랴만, 그런다고 대학을 이윤 추구의 대상으로만 생각하고 있는 사학 재단들이나, 그들을 일방적으로 감싸고 도는 사법부가 눈 하나 깜짝할 것 같지도 않았다.

다음날 아침.

가까스로 짐을 꾸려 숙소를 나오는데 무거운 몸뚱이가 마치 돌덩이 같았다. 뱅갈로르행 버스를 타러 가면서 둘러보니 아련했던 달빛 속 정경들은 찾아볼 길이 없고, 소박하고 자그마한 촌마을 주위로 사방 돌무더기 산들만이 아침 햇살에 붉게 빛나고 있었다. 간밤의 일이 꼭 오래된 꿈만 같았다.

표를 사고 버스를 기다리고 있는데, 뜻밖에도 어젯밤의 그 사두가 맨발에 지팡이 하나만 짚고 터덜터덜 걸어가고 있는 모습이 보였다. 꾀죄죄한 행색이 먼지와 오물로 뒤덮인 길과 잘 구분이 가지 않았다. 다가가서 인사를 하자 몇 개 남지 않은 누런 이를 온통 드러내며 활짝 웃었다. 밝은 햇살 아래서 보니 살이라고는 찾아볼 수 없을 정도로 몸이 바짝 마른 데다 새까맣게 탄 얼굴은 온통 주름살투성이였다.

"어딜 가십니까?"

"멀리 가오."

"얼마나?"

"아주 멀리."

힘없이 손을 내젓는 표정이 마치 세상과 영영 작별이라도 하려는 것처럼 허탈하면서도 무덤덤해 보였다. 평생을 여기서 살아왔노라는 말을 들었는데, 문득 뭔가 이상하다는 생각이 들어서 얼른 짜이를 사온 뒤 한 잔 마시라고 권했다.

"짜이 맛 참 좋다."

정류장 앞에 놓인 빈 의자에 앉아서, 마치 귀한 넥타라도 마시듯 짜이를 조금씩 그리고 천천히 음미하면서 늙은 사두는 입맛을 쩍쩍 다셨다.

"한 잔 더 드릴까요?"

"아니, 됐소."

짜이를 다 마신 사두는 한동안 멀거니 허공을 바라보더니, 앙상한 두 손을 모아 합장을 한 뒤 뜬금없이 주문을 외웠다.

"옴 마니 파드메 홈ㅡ! 옴 마니 파드메 홈ㅡ! 옴 마니 파드메 홈ㅡ!"

사두는 주문을 외고 나서 내 눈을 똑바로 쳐다보며 말했다.

"신이 왜 진흙 속에서 연꽃을 피게 만들었는지 아시오?"

"그, 글쎄요."

"이 세상이 너무나 고통스럽고도 아름답기 때문이지요."

그러고는 다짜고짜 자기를 따라오라며 앞장을 섰다.

"아주 멀리 간다면서요?"

"떠나기 전에 보여줄 게 있소."

"뭔데요?"

"어젯밤 화살과 관련된 곳인데, 자세한 건 가보면 알 거요."

"부러진 화살과 관련된 곳이라……."

곧 버스가 올 텐데 어찌할까 잠시 망설이다 이내 포기하고 따라가기로 마음을 먹었다. 사두의 얘기에 구미가 바짝 당긴 데다, 지금 기회를 놓치고 나면 어떤 기가 막힌 비밀을 영영 풀지 못하고 평생 미련을 지닌 채 살아야 할지도 모른다는 절박하면서도 거역할 수 없는 힘이 느껴졌던 것이다.

사두를 따라 마을 아래쪽 강가에 이르자 강을 오가는 빈 광주리배가 하나 있었다. 두 사람이 올라타자 사공은 긴 장대를 익숙하게 저어서 배를 앞으로 몰았다. 전에 타본 적이 있는 광주리처럼 생긴 조그만 배는 좌우로 뱅글뱅글 돌면서 앞으로 잘도 나아갔다. 강물은 깊고 맑았다. 바위투성이 황무지인 이곳에 식물이 자라고 사람들이 마을을 이루어 살 수 있는 것도 다 이 강물 덕택이었다. 문득 개구쟁이들처럼 발가벗고 뛰어들고 싶은 충동이 일었다. 강물에 모든 것을 완전히 내맡기고 한바탕 신나게 놀다 보면 가슴속 뿌리 깊은 갈증도 잠시나마 가실 듯싶었다.

강 건너 골짜기에 들어서자 햇살이 따갑게 내리쬐는 바위산 아래로 그늘이 지면서 시원한 바람이 불어왔다. 사두는 느릿느릿, 그러나 쉬지 않고 계속 발걸음을 옮겼다. 불안감과 호기심이 수시로 교차하면서 밀려왔다. 묵묵히 따라가고 있는 자신이 한심하기까지 했다. 그렇게 이삼십 분쯤 걸었을까, 바위 계곡 사이로 난 커다란 고개를 넘자 뜻밖에 너른 벌판이 나타났다.

"다 왔소. 저기요."

사두는 굽은 허리를 펴고 긴 숨을 내쉬면서 한쪽에 버려져 있는 유적을 가리켰다.

"저게 뭔가요?"

"가서 잘 보시오."

가까이 다가가 살펴보니 커다란 돌무더기가 기다랗게 줄지어 놓여 있는데, 얼핏 보아 옛날에 지었던 건물의 주춧돌 같기도 하고, 무슨 종교적 상징물 같기도 했다. 오랜 세월을 견디느라 여기저기 금이 가고 깨어져 나가기는 했지만, 보존 상태가 양호해서 크게 훼손되지는 않고 비교적 뚜렷한 형상을 갖추고 있었다. 징검다리처럼 이어진 중간중간에는 잡초가 무성하게 나 있었다.

이게 무슨 유적일까, 여기까지 힘들게 오자고 한 걸 보면 분명 뭔가 특별한 의미가 있을 텐데 그게 무엇일까, 아무리 생각해 봐도 알 수 없었다. 분명히 어디선가 본 듯한 느낌이 들면서도 자세히 살펴보면 처음 보는 유물이라 생소하기만 했다. 그렇게 호기심 반 의구심 반으로 주변을 이리저리 거닐며 머리를 굴리고 있는데 갑자기 번개처럼 뇌리를 스치는 게 있었다.

화, 화살이다!

기다랗게 곡선을 그리며 이어진 돌덩이들은 어젯밤에 본 바로 그 부러진 화살의 형상임에 틀림없었다. 순간 오랫동안 신비에 싸여 온 거대한 비밀의 문에 들어서기라도 한 듯, 그리고 어젯밤에 이어서 계속 특별한 계시라도 받은 듯 온몸에 전율이 일면서 현기증이 엄습했다. 앞으로 무슨 일이 벌어질지, 또 어찌해야 할지 전혀 갈피를 잡을 수가 없었다. 심장이 마구 뛰고 다리가 후들거렸다.

무겁고 어찔어찔한 머리를 두 손으로 감싸 쥐고 놀란 가슴을 겨우 진정한 뒤 멍하니 유적을 바라보고 있는데, 나무 그늘에 앉아 쉬고 있던 사두가 손짓을 해 불렀다. 자신의 의도가 제대로 들어맞은 데 대해 매우 만족한 듯한 표정이었다.

"흥미가 있소?"

"아주 놀랍군요."

"나도 처음에 무척이나 놀랐소."

"많은 사람들이 이곳을 알고 있나요?"

"아니, 몇몇 사람뿐이오."

사두는 의미심장한 눈빛으로 미소를 지었다. 그러고는 이런저런 이야기 끝에 물어 보지 않았는데도 자신에 관한 얘기들을 마치 유언이라도 하듯 느릿느릿 오랫동안 풀어놓기 시작했다. 영어가 몹시 서툰 데다 발음마저 엉망이라 알아듣기가 무척 힘들었지만, 내용은 놀랍고도 흥미로웠다.

…… 어려서 부모를 잃고 고아가 된 그는 함피 인근의 사원을 전전하며 자랐다. 참으로 힘들고 외로운 나날의 연속이었다. 그럴 때마다

그는 주변에 수없이 널려 있는, 무너지고 잡초로 뒤덮인 옛날 사원과 왕궁 터 주변을 찾아다니는 재미로 마음을 달래곤 했다. 그것만이 유일한 기쁨이었다. 그렇게 긴 세월을 지내다 보니 오래전에 사라진 왕국이 내면에서 서서히 살아나면서 생생하게 자리를 잡아 갔다.

특히 상상의 나래를 한없이 펼치다 급기야는 왕으로 변신하는 기쁨에 빠져들곤 했으며, 어느 때부턴가 자신이 왕이었다는 확신을 갖기에 이르렀다. 그리고 주변에 전해 오는 얘기들을 통해 사라진 왕국에 대한 사실을 많이 알게 되었다. 특히 마탕가 힐에서 화살 모양의 신기루를 본 뒤로 한때 자신이 사라진 왕국의 왕이었다는 확신을 더욱 강하게 가지게 되었고, 당시 왕궁을 함께 일구었던 백성들의 넋을 위로하고, 왕국을 망하게 한 자신의 잘못을 참회하며 살리라 굳게 결심했다.

그렇게 남모르는 소명을 홀로 완수하며 지내기를 어언 수십 년. 그런데 얼마 전부터 그 신기루가 보이지 않는 것이었다. 그는 만월이 뜰 때마다 몹시 초조하게 기다렸지만 헛수고였다. 마지막으로 기대했던 어젯밤에도 나타나지 않고 엉뚱한 여행자에게 나타나자, 이윽고 함피와의 인연이 다했음을 깨닫고는 너무나 슬프고 절망스러웠다. 하지만 이 모든 걸 신의 뜻으로 돌리자 오랫동안 무겁게 짊어지고 온 짐을 내려놓기라도 한 듯 오히려 마음이 가볍고 홀가분해졌다. 그리고 모든 미련을 버리고 평생 살아온 이곳을 떠나기로 결심했다……

힘들게 말을 마친 사두는 오랫동안 허공을 멀거니 바라보았다. 꿈과 현실이 마구 뒤섞인 기이한 이야기에 정신이 혼란스러워서 더 이상 아무 말도 할 수가 없었다. 헤아릴 길 없는 깊은 침묵만이 주위를 에워쌌다. 점점 뜨거워지는 햇살을 받아서 돌무더기 산들은 젊은 피를 수혈이라도 받은 듯 더욱 붉게 타올랐다.

"그럼 잘 있소."

마침내 자리에서 일어난 사두는 되돌아서 왔던 길로 터덜터덜 걸어가기 시작했다.

"어디로 가시나요?"

"나도 모르오."

사두는 떠났다.

그가 떠난 뒤로 한참 동안이나 그 자리에서 꼼짝도 할 수 없었다. 그리고 어떤 알지 못할 힘에 이끌려 유적지 주변을 계속 헤매고 돌아다녔다. 인근 밭에서 일하고 있는 농부에게 바나나와 코코넛을 사서 간단하게 요기를 한 뒤, 오후 내내 그렇게 미친 듯이 돌아다니다가 기진맥진해서 어느 바위틈에 쓰러져 잠이 들었다. 잠들기 전에 농부에게서 조금 얻어 두었던 하시시를 한 때문인지, 잠 속에서 아주 길고도 신기한 꿈을 꾸었다. 아니, 꿈을 꾼 것이 아니라 유적 속에 오랫동안 보존되어 있던 생생한 기억 속으로 깊숙이 빨려들어간 것만 같았다.

* * *

"꼬끼요오~~~!"

함피 왕국의 아침.

아직 해가 뜨려면 좀 더 있어야 할 시각이지만, 궁전 안에서 특별한 대우를 받고 있는 금빛 수탉이 홰를 치며 우렁차게 울자, 깊은 잠에 빠졌던 궁궐 전체가 서서히 깨어나면서 새로운 하루가 시작되었다.

오늘은 아주 중요한 날이었다. 오랫동안 갈등과 다툼을 겪어 온 이웃 나라와 마침내 화친 조약을 맺기로 예정되어 있었다. 이웃 나라라고는 해도 오랜 이해 다툼과 전쟁 끝에 갈라서서 통치를 따로 하고 있을 뿐, 사실은 피를 나눈 동족이나 다름없었다. 하지만 오랫동안 적대시하며 지내는 동안 쓸데없이 경쟁을 하느라 쌍방 간에 피해가 심각해서 이제는 화해를 하지 않고는 둘 다 살아갈 수 없을 지경에 이르렀다.

사방 돌무더기만 쌓여 있는 황무지에서 오늘의 번영을 이루기까지 왕국에는 많은 시련과 고통이 있었다. 사실 얼마 전까지만 해도 대부분의 백성들이 먹고 입을 것이 부족할 정도로 가난한 나라였지만, 강력한 힘을 가진 마하라자를 중심으로 백성들이 똘똘 뭉쳐서 피땀 흘려 노력한 결과, 이제는 주변에서 다들 부러워하는 부자 왕국으로 변모했다.

왕국이 오늘날 이렇게 잘살게 된 배경을 살펴보면, 처음에는 멀리 떨어진 왕국으로부터 식량과 무기를 지원받았지만, 그후 대대적으로 잘살기 운동을 벌이고, 황무지에서 농작물을 재배하는 기술을 개발해 식량난을 해결하는 등 여러 가지 요인이 있었다. 하지만 뭐니뭐니해도 돌을 마음대로 주무를 수 있는 타고난 재주를 더욱 혹독하게 훈련시켜서, 정교한 조각품들을 대량으로 만들어 이웃 왕국들에게 팔아 부를 쌓은 게 가장 큰 요인이라고 할 수 있었다.

그러나 갑자기 잘살게 되면서 부작용도 심각하게 나타나기 시작했다. 가난할 때는 그렇게도 인정 많고 서로 도우며 사이좋게 살던 사람들이, 이제는 조그만 이익을 가지고도 서로 잡아먹을 듯이 싸우고 분쟁을 일으켰다. 깊은 신앙심을 바탕으로 저마다 분수를 지키며 소박하게 살아온 왕국의 미덕은 흔적도 없이 사라지고, 모든 것을 물질로만 판단하고, 남을 짓밟고 올라서기 위해 수단 방법 가리지 않고 무한경쟁을 벌이는 황금 숭배 왕국으로 변해 갔다.

부는 부를 부르고, 모든 게 투기의 대상으로 전락했다. 사람들은 누가 더 화려한 마차와 집을 갖느냐 하는 경쟁을 대대적으로 벌였고, 오로지 그것을 잣대로 사람을 판단했다. 자라나는 아이들 문제는 더욱 심각했다. 어려서부터 남보다 더 많은 재주를 가르치기 위해 경쟁하는 바람에 놀 틈이 없을 지경이었다. 심지어는 특별한 기술을 가진 먼 왕국으로 유학을 보내는 것이 공공연한 비밀이었다. 그래서 새롭게 변하지 않으면 안 된다는 목소리가 곳곳에서 터져 나오고 있는 중이었다. 특히 재주만을 강조하고 있는 현재의 제도가 근본적으로 바뀌지 않으면 더 이상 왕국의 미래는 없다고 식자깨나 있는 사람이면 누구나 한목소리로 주장했다. 최근에는 세태 풍자로 유명한 한 광대가 "일등 재주꾼만 알아주고 대우하는 더러운 왕국"이라고 조롱하며 거리를 돌아다니다가, 대사제의 노여움을 사서 붙잡혀 참수당한 일도 있었다.

"꼬끼요오~~~!"

정오가 가까워 올 무렵, 많은 신하들이 조금 있으면 이웃 나라에서 도착할 손님맞이 준비를 하느라 부산하게 움직이고 있을 때, 느닷없이 수탉이 우는 소리가 궁궐 안에 높다랗게 울려 퍼졌다.

"이게 어찌된 일인가? 이 시간에 수탉이 울다니?"

그렇지 않아도 근엄한 마하라자의 얼굴에 금방 노기가 잔뜩 어렸다.

"글쎄 말입니다요. 한 번도 이런 일이 없었는데, 참으로 이상한 일입니다요."

머리가 허옇게 센 대사제가 큰 죄라도 지은 듯이 머리를 조아렸다. 그때 또다시 수탉 우는 소리가 연달아 요란하게 들렸다.

"저 닭도 이제 늙어서 노망이 든 모양이구나. 당장 목을 쳐라!"

"알겠습니다요."

마하라자 앞을 물러나면서 대사제는 가슴이 철렁했다. 저 닭이 어디 보통 닭이던가. 금빛 찬란한 깃털을 가진 당당한 모습으로 새벽마다 어둠을 일깨우며 오래전부터 많은 백성들의 사랑을 받았고, 전쟁이 벌어질 때마다 선발대와 동행하여 우렁찬 울음으로 군사들의 사기를 북돋우던 용맹스런 수탉이 아니던가. 그런데 이런 실수로 목을 쳐야 하다니 실로 난감한 일이었다.

그가 수탉이 있는 왕궁 옥상 쪽으로 발걸음을 급히 옮기고 있는데, 시녀 하나가 얼빠진 표정으로 황급히 달려오더니 숨넘어가는 소리로 고하는 것이었다.

"왕, 왕자님이……."

"왕자님이 어찌 하셨다고 이 호들갑이냐?"

"망측하게도 발가벗으시고……."

"무어라?"

"수탉 앞에서, 닭 흉내를 내시면서……."

"닭 흉내를?"

"네, 그리고 닭처럼 울고 계십니다."

"그게 사실이란 말이냐?"

"네, 제가 눈으로 똑똑히 보았습니다."

"세상에, 이런 해괴한 일이 다 있나."

대사제는 시녀와 함께 부리나케 옥상으로 달려갔다. 가서 보니 과연 시녀의 말 그대로였다.

"왕자님!"

"난 왕자가 아니라 닭이다. 꼭, 꼭, 꼭!"

"왕자님, 왜 이러십니까?"

"꼬끼요~~~!"

"제발 정신 좀 차리세요!"

"나는 닭이다. 닭 중에서도 가장 용감한 수탉이다. 날 왕자라고 부르지 말고, 수탉 왕자라고 불러라."

이 사실은 즉각 마하라자에게 보고되었다. 급히 달려온 마하라자와 왕비 또한 자신들의 눈앞에서 벌어지고 있는 믿기 어려운 광경에 그만 아연실색했다. 왕비는 그 자리에서 실신해 쓰러지고 말았다.

"왕자, 날 똑바로 쳐다보거라."

얼굴에 노기를 띤 마하라자의 목소리가 가늘게 떨렸다.

"난 왕자가 아니라 수탉이라고 몇 번이나 말하지 않았느냐?"

수탉처럼 쪼그리고 앉아서 왕자가 홰를 치는 흉내를 냈다.

"도대체 왜 이러는 게냐!"

"봐라, 나는 이렇게 날개가 있다."

왕자는 팔을 쭉 뻗어서 날개처럼 마구 흔들며 외쳤다.

"아아! 날고 싶다! 날고 싶다!"

"……."

"사는 게 지겹다. 그래서 저 하늘을 훨훨 날고 싶다!"

"왕자, 정말로 날 몰라보겠느냐?"

마하라자가 절박한 심정으로 다그쳤다.

"제발 귀찮게 좀 하지 마라. 지겨워 죽겠다."

왕자가 짜증을 내며 뒤로 홱 돌아앉았다.

"허허, 이게 도대체 무슨 변고란 말인가!"

마하라자는 장탄식을 내뱉으며 넋이 나간 듯 허공만 바라보았다.

왕궁 안에서 곧바로 비상회의가 소집되었다. 장차 왕국을 이어받을 유일한 왕자가 하루아침에 저렇게 되고 말았으니 이는 보통 중대한 문제가 아니었다. 이런저런 얘기가 많이 오갔지만, 빨리 치료를 받도록 하면서 사태를 좀 더 지켜보는 것 말고는 달리 뾰족한 방도가 없었다. 당장 왕자가 참석하기로 예정된 회담부터 취소되었고, 이 사실을 조금이라도 외부에 발설하는 자는 지위 고하를 막론하고 엄벌에 처한다는 함구령이 내려졌다. 왕비는 눈만 뜨면 신전으로 달려가, 반쯤 넋이 나간 상태로 울며불며 신에게 매달렸지만 아무런 소용이 없었다.

황금 수탉이 사는 옥상 위 닭장 곁에 왕자를 위한 특별 거처가 지어졌다. 그리고 탄두리 치킨을 즐겨 먹던 왕국 내에 닭고기 금지 명령이 내려졌다. 왕궁 주치의는 왕자의 병을 지나친 고민에 따른 일시적인 정신착란으로 진단한 뒤, 코뿔소 뿔과 진주와 상아 등을 갈아서 최고의 약을 만들어 복용시켰다. 하지만 차도가 전혀 없었다. 그 후로 왕궁 내의 유명한 의사들이 번갈아 가며 치료를 계속했지만, 왕자의 증세는 호전되기는커녕 날이 갈수록 심해져 갔다. 이제 궁궐 안에서는 하루 종일 수탉 우는 소리가 들렸고, 그만큼 잠 못 이루는 마하라자의 수심도 깊어만 갔다.

"아아, 왕국이 겨우 살 만하니까 이런 불행이 닥치는구나! 이게 정녕 신의 뜻이란 말인가? 아니면 우리의 업보 때문이란 말인가?"

왕자가 미쳤다!

이런 비밀이야말로 막으려고 하면 할수록 더 빨리 퍼지는 법. 그토록 엄한 함구령을 내렸음에도 불구하고, 어느새 백성들도 모두 다 이 사실을 알게 되었다. 소문은 꼬리에 꼬리를 물고 모든 왕국에 다 퍼져 나갔다. 마침내 마하라자는 왕자의 병을 고쳐 주는 사람에게 엄청난 양의 보물과 토지를 상으로 내리겠노라고 공개적으로 선포했다.

소문을 듣고 인도 전역에서 내로라하는 사람들이 숱하게 찾아와서 저마다 치료를 장담하며 도전장을 내밀었다. 그중에는 죽은 사람도 벌떡 일어나게 한다는 신비한 마법사도 있었으며, 멀리 중국에서 온 유명한 침술사도 있었으며, 시바 신과 수시로 대화를 한다고 주장하는 미치광이 교주도 있었다. 하지만 모두 실패로 돌아가고 말았다.

왕궁은 깊은 슬픔과 절망에 빠졌다. 어느 이름 없는 떠돌이 현자가 왕궁 앞을 지나다가 탄식처럼 내뱉었다는 말만이 사람들의 귓가에 공허하게 맴돌았다.

"오호라, 이거야말로 계명구도鷄鳴狗盜로구나! 아무리 천한 재주도 다 쓸모가 있는 법이거늘, 이 왕국에서는 일등 아니고는 닭이나 개 취급을 당하니, 결국 이런 변고가 생기고야 마는구나."

그러던 어느 날, 거지 차림의 노인 하나가 문지기와 실랑이 끝에 왕궁 안에 겨우 들어와서 대사제를 찾아왔다. 그리고는 자기가 왕자를 한번 만나 보고 가능하다면 치료를 해보겠노라고 조용히 청하는 것이었다. 얼핏 보기에는 거렁뱅이 노인네 같았지만, 풍기는 인상이 결코 예사로워 보이지 않았다.

"지금껏 그 누구도 치료하지 못한 왕자님의 병을 노인장이 어떻게 치료한단 말이오?"

대사제가 짐짓 죄를 추궁하듯 엄하게 캐물었다.

"저야 별 능력도 없고 재주도 신통찮지만, 신께서 도와주신다면 치료를 할 수도 있지요. 치료하고 못하고는 다 신의 뜻이니까요."

노인은 담담하게 대답했다.

"시바 신과 아침저녁으로 대화를 한다고 주장하던 교주도 실패를 했는데, 그깟 신의 뜻이 다 무슨 소용이오?"

"허허, 신의 뜻은 그런 게 아니요. 그분이 언제 어떻게 우리를 도와주실런지는 아무도 모르는 법이지요."

잔잔하던 노인의 눈이 일순 강렬한 빛을 발했다. 높은 수행의 경지에 다다른 성자에게서나 봄직한 그런 눈빛이었다. 역시나 예사 노인네가 아니었던 것이다. 비록 행색은 더없이 초라하고 남루했지만, 보면

볼수록 말씨며 눈빛에서 범상치 않은 기품과 아우라가 느껴졌다.

마침내 대사제는 승낙을 하고는 노인을 왕궁 옥상으로 데리고 올라갔다. 그런데 옥상에 올라가자 예기치 못한 일이 벌어졌다. 왕자를 한참 동안 묵묵히 바라보던 노인네가 무슨 생각을 했는지 갑자기 옷을 훌훌 벗어던지더니 앙상한 알몸으로 왕자의 거처 안으로 들어가 똑같이 수탉 흉내를 내는 것이었다.

이럴 수가! 둘러선 사람들 모두가 크게 경악하며 술렁였다.

"뭣들 하느냐! 저 미친 노인네를 당장 끌어내라!"

당황한 대사제가 주위의 시종들을 향해 고래고래 소리를 질렀다.

"잠깐! 내 말 좀 들어 보시오!"

노인이 대사제의 명령을 단호하게 제지하고 나섰다.

"그렇소. 그대 말대로 나는 미쳤소. 그건 틀림없는 사실이오. 어쩌면 왕자보다도 내가 더 심하게 미쳤는지도 모르겠소. 하지만 예로부터 동병상련이라는 말도 있듯이, 미친 사람이 아니고서는 미친 사람을 절대로 이해할 수가 없소. 그리고 진정으로 이해하지 못하고서는 이 병을 고칠 수가 없는 법이오. 특히 왕자같이 심각한 증상을 치료하기 위해서는 정상적인 방법으로는 절대로 불가능하오. 지금까지 날고 긴다는 수많은 사람들이 치료에 도전했다가 실패한 이유도 바로 여기에 있소. 그러나 나는 그들과 분명히 다르오. 나는 미치광이를 그 누구보다도 잘 알고 있소. 내 자신이 바로 무지무지 심한 미치광이였기 때문에. 하하하! 그래서 오직 나만이 왕자를 고칠 수가 있소."

노인의 말은 나름대로 논리가 정연했고, 누구도 감히 대적하기 어려운 위엄이 어려 있었다. 아무도 반박하지 못하고 침묵만 지킬 뿐이었다.

"날 당장 끌어내서 죽여도 좋소. 목숨 따위는 미련을 버린 지 오래오. 그러나 이왕지사 이렇게 된 거 한 번만 기회를 주시오. 다 내 나름대로 계획이 있소. 만일 치료에 실패하면 그때 가서 처벌해도 되지 않겠소?"

그때 한쪽 구석에 쪼그리고 앉아서 가만히 사태를 주시하고 있던 왕자가 갑자기 쌈닭처럼 사나운 기세로 노인에게 달려들었다.

"넌 누구냐? 누군데 감히 그 따위 헛소리를 지껄이는 게냐?"

"내가 누구냐고? 잘 봐라. 난 산전수전 다 겪은 백전노장 수탉이다."

노인은 힘차게 홰를 치며 그럴듯하게 자세를 잡았다.

"그런데 참 이상하다. 넌 생김새가 꼭 인간처럼 보인다."

"어허! 겉모습만 보고 그렇게 속단하지 마라. 눈이 있다면 나의 정신과 영혼을 한번 자세히 들여다봐라. 나도 너처럼 완전한 수탉이다. 그리고 너 같은 햇병아리하고는 급수가 달라도 한참 다르다."

노인은 범접하기 어려운 위엄을 갖추고 당당하게 말했다.

"햇병아리라니, 날 그리 모욕하고도 무사할 줄 아느냐?"

왕자도 지지 않고 대들었다.

"까불지 마라. 넌 겨우 우는 소리나 낼 뿐이지만, 나는 날 수도 있다."

"그게 정말이냐?"

"정말이구말구. 자, 봐라!"

노인은 재빠른 동작으로 제자리를 몇 바퀴 돌더니 공중으로 풀쩍 뛰어올라서 팔다리를 쫙 펼쳤다가 사뿐히 내려앉았다. 그 모습이 마치

한 마리 공작새 같았다. 와! 의외로 민첩하고 대담한 동작에 왕자뿐만 아니라 다들 놀라는 기색이었다. 그제서야 기세가 꺾인 왕자는 노인에게 다가가서 예를 갖추었다.

"몰라봬서 죄송합니다."

"앞으로 잘 보고 배워라. 알겠느냐?"

"네, 알겠습니다."

왕자는 머리를 굽신거리며 꼬리를 완전히 내렸다.

대사제는 경험이 풍부하고 사려가 깊은 사람이었다. 노인의 얘기를 무시하지 않고 곱씹으며 왕자와 수작부리는 걸 유심히 지켜보다가 마하라자에게 가서 사실대로 고했다. 마하라자 또한 처음에는 불같이 화를 냈지만, 노인네와 왕자가 친구처럼 사이좋게 지낸다는 보고를 받고는 마음이 누그러졌다. 그래서 일단 노인네에게 치료 기회를 주되, 왕자의 몸에 털끝만큼이라도 해를 입히지 않도록 감시를 철저히 하라고 엄명을 내렸다.

왕궁 옥상에 특별히 마련된 닭장 안.

이제 미치광이 거지 노인과 왕자의 기묘한 동거가 시작되었다. 둘 다 벌거벗은 채로 수탉 흉내를 내면서 돌아다니고 있는 모습은 정말로 가관이었다. 바로 옆에 있는 황금 수탉이 한심하다는 듯이 쳐다볼 정도였다. 하지만 자세히 보면 정해진 시간에 일어나 닭과 똑같은 모이를 먹고, 나는 법을 수련하는 등 하루 종일 나름대로 짜여진 일과를 수행하기 위해 부지런히 노력하는 것 같았다. 특히 수탉으로서의 긍지와 자세를 배우는 데 매우 열심이었다.

"세상에 수탉만큼 고귀한 존재는 없나니!"

"황금빛 벼슬의 영광이여, 영원하라!"

"날자! 날자! 한 번만 날자꾸나!"

"인간들로부터 해방되는 그날을 위하여!"

두 사람은 이 세상이 전부 그들을 적대시하고 있다는 중대한 결론을 내리고, 앞으로 영원히 함께 살기로 맹세했다. 왕자는 노인을 스승으로 깍듯이 대했고, 아무리 사소한 지시에도 절대 복종했다. 황금 수탉도 어느덧 이들의 영향을 받았는지, 제 시간에 잘 울지도 않고 시도 때도 없이 날카로운 발톱을 세우고 사람들에게 사납게 달려드는가 하면, 모이도 잘 먹지 않고 멍하니 서 있을 때가 많았다.

노인은 왕자 앞에서 마치 마하라자라도 되는 양 군림했다. 하지만 왕자의 병을 치료하겠다고 큰소리를 쳐놓고서 웬일인지 치료에는 별로 신경을 쓰지 않고 함께 놀기에만 바쁜 것 같았다. 그래서 내관을 비롯한 많은 신하들의 애간장을 몹시도 태웠다. 그들은 '왕자님에게 일단 친구가 생긴 것만 해도 어디냐, 참말로 다행스러운 일이 아닐 수 없다'고 마하라자에게 아첨을 하면서, 애써 위안을 삼았다.

그러던 어느 날, 노인이 그동안 먹던 닭 모이 대신 왕자가 평소 즐겨 먹던 음식을 시종에게 태연히 주문하였다. 소식을 들은 대사제가 놀라서 달려와 확인한 뒤, 득달같이 요리사들에게 명하여, 그야말로 화려하기 그지없는 최고의 궁중 요리를 만들어 푸짐하게 대령하였다.

"아니, 이게 뭡니까? 인간들이 먹는 구역질나는 음식이 아닙니까?"

왕자가 놀라서 눈을 휘둥그레 떴다.

"왕자야, 오늘부터는 이 음식을 먹도록 하거라."

노인이 태연하게 명령하였다.

"왜요? 이제부터 슬슬 인간 흉내를 내려고요? 아하, 어쩐지 인간처럼 생겼다 했더니, 결국 이렇게 본색을 드러내는군요. 비열하게시리."

배신감을 느낀 왕자가 구역질을 하면서 거세게 항의하였다.

"어허! 그럴 리가 있느냐."

"그게 아니라면 뭔가요?"

"나도 너처럼 인간들이 먹는 음식에 몹시도 구역질이 난다. 수탉 중에서도 백전노장 수탉인 내가 왜 안 그러겠느냐? 하지만 세상일이란 결단코 그리 만만하거나 간단한 게 아니다. 특히 우리의 상대는 저 악명 높은 인간들이 아니더냐? 그래서 오랜 고민과 번민 끝에, 우리의 적인 인간들에 대해 잘 알고 대처하기 위해서는, 우선 그들이 먹는 음식을 잘 먹을 줄 알아야 한다는 결론을 내렸다. 알겠느냐?"

"아무리 그래도……."

"물론 이게 매우 참기 힘든 굴욕적인 수련이라는 건 나도 잘 안다. 하지만 그럴수록 더욱 꾹 참고 불굴의 의지로 이겨내야만 한다. 그래야 나중에 그들과의 싸움에서 승리할 수 있는 법이다. 아, 그리고 우리가 비록 인간들의 음식을 어쩔 수 없이 먹는다 할지라도, 우리 수탉의 빛나는 정신과 영혼에는 절대 어떠한 흔들림이나 손상도 없을 테니, 그 점에 대해서 너는 지금처럼 나를 믿고 조금도 두려워하거나 걱정하지 말거라."

"······."

"자, 식기 전에 어서 먹자."

말을 마친 노인은 음식을 게걸스레 먹기 시작하였다. 노인의 엄숙한 설교에 넘어간 왕자 또한 긴가민가하면서도 조금씩 음식을 따라 먹었다. 처음엔 구역질이 자꾸 났지만, 그것도 점차 익숙해졌다. 그리고 예전에 즐겨 먹었던 음식인지라, 혀가 곧 맛에 대한 기억을 되찾으면서 식욕이 매우 왕성해졌다. 그래서 음식을 입에 마구 퍼 넣기 바빴다.

"인간들의 음식도 제법 먹을 만하구나. 그렇지 않느냐?"

노인이 의미심장한 눈초리로 왕자를 바라보며 능청스레 물었다.

"그러게 말입니다, 생각보단 맛이 좋습니다."

일단 음식 맛이 돌아오자 왕자는 더 이상 닭 모이를 쳐다보지도 않고 다양한 요리에 완전히 빠져들었다. 그리고 음식을 맛있게 먹을 때마다 예전의 기억들이 미세하게 파편화된 상태로나마 조금씩 되살아나기 시작하였다. 하지만 자기가 닭이라는 완고한 생각에는 아직도 변함이 없었다.

그렇게 얼마간 시간이 흐른 뒤, 노인은 이번에는 대사제에게 옷을 넣어 달라고 부탁하였다. 그도 재빨리 속셈을 알아차리고는 왕자가 평소 즐겨 입던 것과 노인네 옷가지 등 여러 벌을 준비해서 하나씩 넣어 주었다. 마침 날씨가 쌀쌀한 철이어서, 여태 알몸을 고집하며 지내고 있는 왕자가 몹시 걱정되던 참이었다.

"이번엔 또 웬 옷입니까? 음식에 이어 옷까지 걸치고, 이제 인간 흉내를 본격적으로 낼 생각입니까?"

몸을 잔뜩 웅크리고 한쪽 구석에서 해바라기를 하며 병든 닭처럼 졸던 왕자가 눈을 뜨더니 옷을 걸친 노인네를 보자마자 크게 짜증을 냈다.

"왕자야, 너도 오늘부터 나처럼 옷을 걸치도록 하거라."

노인은 태연하게 명령하였다.

"왜 내가 짜증나게 인간들 옷을 입어야 한단 말입니까?"

"이것도 다 우리를 위한 비장의 전술이니, 그런 줄 알거라."

"아하, 그렇습니까? 근데 그렇게 옷을 걸치고 있으니까 꼭 말라비틀어진 허수아비 같군요, 히히힛!"

"웃지 마라. 나도 너 못지않게 짜증이 난다. 그리고 내 모습이 몹시도 우스꽝스럽다는 걸 잘 안다. 수탉 중에서도 백전노장 수탉인 내가 왜 그걸 모르겠느냐. 하지만 오랜 고민과 번민 끝에, 영악하기로 소문난 인간들을 속이기 위해서는 이렇게 옷으로 위장 전술을 쓰는 수밖에 없다는 결론을 내렸다. 이렇게 옷을 입고 있으면 저들이 우리를 구분하지 못하고 혼동을 일으켜서 우왕좌왕할 것이다. 그 틈을 타서 저들을 공략한다면 틀림없이 우리가 승리할 것이란 말이다. 이제 내 말뜻을 알겠느냐?"

"아무리 그래도……."

"물론 쉽지 않은 결정이었다. 그리고 이게 얼마나 창피하고 굴욕적인 노릇인가는 나도 잘 안다. 하지만 그럴수록 더욱 분발해서 참고 이겨내야만 한다. 그리고 아무리 우리가 인간들의 옷을 걸친다 해도, 자랑스러운 수탉으로서의 품위와 권위에는 조금도 손상이 가지 않도록 할 테니 나만 굳게 믿고 안심하거라."

"……."

"자, 어서!"

노인은 입고 있던 옷 위에 화려한 실크 가운을 하나 더 걸쳤다. 그러고는 잔뜩 폼을 잡고 거드름을 피우며 닭장 안을 한 바퀴 천천히 돌았다. 이번에도 노인의 그럴듯한 설교에 넘어간 왕자가 긴가민가하면서도 똑같이 실크 가운을 걸치고 천천히 따라 돌았다. 가운을 걸치자 쌀쌀해진 날씨에 오들오들 떨던 몸이 금방 따뜻하고 훈훈해졌다. 그리고 포근한 느낌에 휩싸이자 기분도 한결 좋아졌다.

"인간들의 옷도 제법 쓸 만하구나. 그렇지 않느냐?"

노인이 왕자를 유심히 살피면서 능청스레 물었다.

"그러게 말입니다. 보기보단 따뜻하면서도 편안한 게, 정말 좋습니다."

전에 늘 입었던, 왕국 안에서 제일가는 최고급 실크 특유의 섬세하고 보드라우면서도 포근한 느낌을 만끽하며 왕자가 말했다. 몸에 밴 예전 습관으로 다시 돌아간 그는 이제 옷을 벗을 생각이 전혀 없는 것 같았다. 옷에 얽힌 갖가지 추억들도 조금씩 되살아났다.

"나의 뜻을 그렇게 바로 이해하고 실천에 옮기다니, 너는 역시 뛰어난 제자로구나. 앞으로 더욱 열심히 노력하거라."

노인은 왕자를 한껏 추켜올리며 사기를 북돋우었다.

왕자의 증세는 나날이 좋아졌다. 이제 음식과 옷을 정상적으로 먹고 입게 된 왕자는 수탉 흉내를 내는 것만 빼면 누가 봐도 멀쩡한 상태로 보였다. 하지만 마지막 고비가 하나 남아 있었다. 자신의 존재에 대한 심각한 정체성의 혼란에 빠져들었던 것이다. 그래서 나는 연습도 게을리하고, 새벽이 돼도 예전처럼 잘 울지도 않는가 하면, 시간이 날 때마다 구석에 쪼그리고 앉아서 고민하며 혼잣말을 내뱉곤 하였다.

"과연 나는 닭인가, 아니면 인간인가……."

노인은 기다렸다는 듯이 때를 놓치지 않고 정확한 처방으로 쐐기를 박았다.

"왕자야, 너는 인간이다!"

"뭐라구요? 내가 자랑스런 수탉이 아니라, 혐오스럽기 짝이 없는 인간이라구요?"

왕자가 경악스런 표정으로 말했다.

"아니, 진짜로 인간이라는 말이 아니라, 지금부터 자나깨나 끊임없이 너 자신을 인간이라고 생각하며 주문을 강하게 외우란 말이다. 그래서 인간으로 완벽하게 변신을 해야만 한다, 이 말이다."

"왜요? 이것도 인간들과 싸워서 이기기 위한 비장의 전술인가요?"

"그렇지! 이젠 제법 잘 알아듣는구나. 허허!"

"하지만 이것만은 절대로 할 수 없습니다."

왕자가 단호하게 말했다.

"어째서?"

"자랑스러운 수탉으로서 마지막 남은 자존심이 허락하지 않습니다."

"어허! 그렇게 고집부리지 말고, 내 말을 잘 들어 보거라."

노인은 전에 없이 엄숙한 표정으로 왕자를 매섭게 쏘아보며 말을 이어 갔다.

"너는 지금껏 정말 잘 해왔다. 이제 음식과 옷은 완벽하다. 하지만 그걸로는 아직 충분하다고 할 수가 없다. 조금이라도 의심을 받거나 허술한 틈을 보여서는 절대로 안 되기 때문이다. 이제 이 마지막 관문만 무사히 통과하면 승리는 우리의 것이다. 하지만 여기서 중단하면 그동안 그토록 공들인 것이 다 수포로 돌아가고 만다. 승리를 목전에 두고 여기서 포기할 수는 없다! 알겠느냐?"

"승리를 목전에 두고 있다구요? 좋습니다. 그런데 승리하면 뭐가 달라지나요?"

"뭐가 달라지냐고? 허허, 너야말로 참 순진하기 짝이 없구나. 모든 게 엄청나게 달라지지. 암, 엄청나게 달라지고말고. 우선 너는 왕자가 되는 거다. 왕자가 된 뒤에는 당연히 머지않아 왕국을 이어받아 마하라자가 되고, 그러면 이 왕국을 통째로 접수할 수가 있는 거지. 그때가 되면 비로소 우리가 오랫동안 꿈꾸어 온 새로운 세상이 열리는 거야."

"……."

"아아, 생각만 해도 너무나 신나고 멋진 일이지 않느냐?"

노인은 꿈을 꾸는 듯한 표정으로 허공을 아련하게 바라보았다.

마지막 관문을 통과하기란 역시 쉽지 않았다. 왕자는 이럴 수도 없고 저럴 수도 없어서 한동안 심각한 고민에 빠졌다. 너무 고민을 한 나머지 식음을 전폐할 정도였다. 노인은 이제 수탉 흉내를 그만두고 닭장 밖으로 나가서, 사람들과 함께 어울려 웃고 떠들며 유쾌하게 시간을 보냈다. 그리고 여전히 극진한 대접을 받고 있는 황금 수탉에게 다가가서 우스꽝스러운 몸짓으로 흉을 보았다.

"너 이제 보니 참으로 볼품도 없고 못생겼구나, 흐흐흐!"

그러다가 수탉 우리 안으로 들어가서 일부러 머리를 들이밀고 싸움을 청해서는, 얼굴이 온통 피투성이가 된 채로 바닥을 함께 뒹굴며 소리를 질러 댔다.

"이놈! 이 나쁜 놈! 머지않아 내가 널 잡아먹고야 말 테다!"

이제 거의 정신이 돌아온 왕자는 그런 모습을 유심히 지켜보면서, 수탉으로 지냈던 지난 시간들을 곰곰이 돌이켜 보았다. 결국 왕자는 노인의 말을 따르기로 결심하고 실천에 옮겼다. 자나깨나 인간이라는 주문을 끊임없이 외며, 행동거지도 인간과 똑같이 따라했다. 그리고 얼마 후에는 닭장을 나와서 사람들과 어울리기 시작했다. 그러자 놀라운 변화가 일어났다. 이미 되살아나기 시작한 조각난 기억들이 하나하나 차례로 들어맞으면서, 정신을 스스로 온전히 되찾게 되었던 것이다.

왕국에 다시 평화가 찾아왔다.

전과 같은 활기를 되찾은 황금 수탉은 아침마다 제 시간에 정확하게 울었고, 나라에 큰 변고가 생기지 않나 하고 밤낮으로 불안에 떨던 백성들은 안도의 한숨을 내쉬었다. 닭고기 금지령도 풀려서 예전처럼 탄두리 치킨을 즐겨 먹게 되었으며, 대사제를 중심으로 논의되던 후계자 문제도 쑥 들어가는 등, 그동안 어긋나고 흐트러졌던 모든 일들이 하나하나 제자리를 잡아 갔다.

왕자는 왕궁 안에 마련되어 있는 거처로 돌아가 평소처럼 지내기 시작했다. 그리고 예전과는 비교할 수 없는 위엄과 기품을 지녀 주위 신

하늘로부터 커다란 칭송을 들었다. 마하라자와 왕비의 기쁨은 말할 수 없이 컸다. 그들의 노인에 대한 신임은 가히 절대적이었다.

이제 노인은 떠돌이 거지에서 일약 국사로 임명되어 왕국 전반에 걸쳐 막강한 영향력을 행사하게 되었다. 그러자 지금껏 나라 일을 주도해온 대사제와 사사건건 충돌이 일어났다. 두 사람의 생각이나 살아온 내력이 워낙 달랐기 때문이었다. 대사제는 지금과 같은 발전을 더욱 재촉하고, 이러한 왕국의 방침에 반대하거나 방해하려는 자에게는 법을 엄격히 집행하는 입장인 반면, 노인은 이런 무모한 발전이야말로 미친 짓이라는 입장이어서 두 사람의 갈등의 골은 점점 더 깊어만 갔다.

왕궁은 이제 겉으로는 아무 일 없는 태평성대로 보였다. 그러나 이번 사건으로 말미암아 입은 정신적 충격은 매우 컸다. 우선 많은 아이들이 서서히 왕자와 유사한 증상을 보이면서, 왕국 전체가 일대 혼란에 빠져들었다. 아이들은 스스로를 닭이라고 주장하며, 신성한 신전에 가서 온몸에 닭의 피를 바르고 입문 의식을 행하였다. 그러고는 집단으로 몰려다니면서 인간과의 투쟁을 선포하였다. 머리도 양 옆은 바싹 깎고 정수리만 남겨서 닭 벼슬처럼 하고, 말도 끼리끼리 짧고 재빠르게 중얼거리며 주고받아서 다른 사람들은 도무지 알아들을 수가 없었다.

물론 다 똑같이 수탉이나 암탉 흉내를 내는 것은 아니었다. 어떤 아이들은 앵무새 흉내를 냈고, 어떤 아이들은 공작새 흉내를 냈으며, 또 다른 아이들은 쌈닭이나 전설 속의 불사조 가르빙가 흉내를 냈다. 그러면서 끼리끼리 떼를 지어 다니며 패싸움을 하거나, 노약자를 괴롭히며 금품을 약탈하는가 하면, 종종 멀쩡한 아이들을 집단으로 괴롭혀 커다란 상처를 입히거나 죽음으로 몰아가기도 했다.

"허허, 이거야말로 왕국의 존립을 뿌리째 뒤흔드는 위험한 징후가 아니고 무엇이란 말인가, 쯧쯧쯧!"

사람들은 모이기만 하면 걱정을 하며 혀를 찼다. 부모나 사제들이 아무리 나무라고 달래도 소용이 없었다. 왕자는 이 모든 사태가 자신의 책임인 것만 같아 몹시 괴로웠다. 그래서 해결책을 마련하기 위해 국사가 된 노인과 함께 오랫동안 깊은 고민을 했다. 그는 이제 예전의 심약한 젊은이가 아니었다. 특히 자신도 같은 병을 앓고 난 터라, 아이들의 정신이상 증세에 대해 누구보다도 깊은 동병상련의 마음과 정확한 이해력을 갖고 있었다. 하지만 뾰족한 해결책이 없다는 게 문제였다.

한편 대사제는 대사제대로 이 문제를 해결하기 위해서 최대한 노력을 기울였다. 그는 지금껏 자신이 해온 정책을 더욱 강하게 밀고 나갔다. 말썽부리는 아이들의 정신을 개조한다는 미명 하에, 강제로 붙잡아다가 이 산의 돌덩이들을 저 산으로 옮기고, 저 산의 돌덩이들을 이산으로 옮기는 일을 대대적으로 벌였다. 그런 와중에 강물을 더욱 잘 흐르게 한답시고 멀쩡한 강을 막고는 바닥을 온통 파서 뒤집는 등 난리를 피웠다. 하지만 그럴수록 민심만 흉흉해져 갔고, 백성들로부터 거센 반발과 원망만 샀다.

그러던 어느 만월이 뜬 날 밤, 왕자와 노인은 몰래 산책을 나갔다. 두 사람은 돌산 계곡 근처에 있는 거대한 조형물 근처를 거닐며 긴한 얘기를 나누었다.

"국사님, 이제는 결단을 내려야 할 때가 된 것 같습니다."

왕자가 당장 거사라도 일으킬 듯한 기세로 재촉했다.

"그렇지 않아도 마음의 준비를 하고 있습니다."

달빛을 받아서 꼭 날아가고 있는 것처럼 보이는 화살 모양의 조형물을 바라보면서, 노인이 결의에 찬 표정으로 답했다.

이 조형물은 그간 불모지에서 빠르게 이룩한 눈부신 발전의 상징이었다. 처음부터 왕국의 발전을 주도해 온 대사제가 몇 해 전에 대대적으로 공사를 벌여서 아주 특별한 돌과 기술로 만든 기념물이었다. 완공되던 날, 대사제는 조형물 위에 올라서서 "황금의 새여, 하늘 높이 날아라! 이 화살처럼 빠르게, 그리고 이 화살처럼 곧게! 보라, 우리의 화살은 더욱 풍요롭고 더욱 희망찬 미래로 날아간다!"며 일장 연설을 했다. 신기한 것은 간혹 만월이 뜬 밤에 왕궁 뒷산인 마탕가 힐에서 보면 달빛을 받아서 허공에 신기루가 떠오른다는 사실이었다. 그 때문에 이 조형물은 많은 이들의 찬탄을 받아 왔다.

그런데 바로 이 기념비적인 조형물 앞에서 국사와 대사제가 정면 대결을 벌여서 새로운 변화의 계기를 만든다는 것이 왕자의 계획이었다. 어쨌거나 마하라자에게 잘못된 발전의 틀을 제공한 대사제야말로 현재 벌어지고 있는 사태의 장본인이라는 결론을 내렸던 것이다.

다음날 왕자는 왕국의 미래를 건 투쟁을 엄숙히 선포하였다. 칼과 창으로 싸우는 무력 대결이 아니라, 온 백성들이 지켜보는 가운데 몇날 며칠이고 논쟁을 벌여서 그간의 공과를 하나하나 따지고 잘못을 바로잡아 앞으로 나아갈 올바른 방향을 잡으려는 것이었다. 위기에 처할 때마다 이렇게 해결책을 찾는 것이 왕국의 오랜 전통이었다. 승자는 당연히 앞으로 왕국을 이끌어 나갈 것이고, 패한 자는 그가 누구든 말없이 왕국을 떠나거나, 심지어 사안에 따라서는 목숨까지 내놓아야 했다. 이 토론에는 마하라자도 간섭이나 압력을 전혀 행사할 수가 없었다.

마침내 온 백성들의 뜨거운 관심 속에 대회가 열렸다. 화살 모양의 조형물을 사이에 두고 국사를 지지하는 측과 대사제를 지지하는 측이 따로따로 모여들어 커다란 집단을 이루었다. 사안이 사안인 데다 국사와 대사제가 직접 대결을 벌이는 만큼, 분위기가 다른 때보다 훨씬 무겁고 엄숙하였다.

지위와 신분의 차이를 완전히 떠나 동등하게 상대하는 것이 대회의 원칙이었다. 똑같이 검은 가면에 하얀 로브를 걸치고 거대한 조형물 위에 올라선 국사와 대사제는 각기 지지하는 사람들을 등에 업고 단도처럼 짧고도 날카로운 대화를 주고받기 시작했다.

"이 왕국이 지금 어디로 가고 있는지 아는가."

"알고 있다. 아주 잘 나가고 있다고 생각한다."

"왕국이 심하게 병들었다고 다들 난리인데도 그리 생각하는가."

"그런 소수의 불평불만 세력은 언제나 있는 법이다."

"대부분의 사람들이 아이들 때문에 걱정하고 있다."

"하지만 예전에 못살던 때를 한번 생각해 봐라. 얼마나 끔찍했던가를."

"물론 그걸 부인하자는 게 아니다."

"그렇다. 그래서 다들 태평성대라고 이렇게 칭송하고 있지 않은가."

"대신 정신과 영혼이 이렇게 썩어가고 있는데 그게 무슨 소용인가."

"모든 사람들의 영혼이 지금보다 옛날에 더 깨끗했다고 어찌 장담할 수 있는가."

"물론 다 그런 것은 아니지만, 적어도 지금처럼 이렇게 타락하지는 않았다."

"타락도 받아들이기 나름이다. 어떤 사람에게는 그것이 커다란 축복일 수도 있다."

"드디어 본심이 드러나는구나. 타락은 타락일 뿐, 영혼의 타락을 그렇게 미화하지 마라."

"미화가 아니라 엄연한 현실이다. 누구나 부귀영화보다 영혼을 원하는 것은 아니다."

"물론 그렇다. 하지만 일부가 아니라 대부분이 그렇다는 것이 심각한 문제다."

"대세라는 게 있다. 그걸 애써 부인하려고 들지 마라."

"그렇게 만든 게 누구인가. 신인가, 아니면 우리 자신인가."

"물론 우리다."

"그렇다면 우리가 책임을 져야 하지 않겠는가."

"도도하게 흘러가는 저 강물을 되돌릴 수만 있다면 그렇게 하겠다."

"아무리 그래도 누군가는 나서서 바로잡으려고 노력해야 하지 않겠는가."

"물론 그렇다. 그러나 그것도 따지고 보면 다 신의 뜻이라고 할 수 있다."

"신으로부터 멀어질수록 불행해진다는 것은 자명한 사실인데, 어찌 그럴 수 있는가."

"잘 살려는 과정에서 어쩔 수 없이 나타난 결과지, 일부러 그런 것은 결코 아니다."

"시작할 때부터 방향 설정이 잘못되었다. 좀 더 신중하고 지혜로워야만 했다."

"애시당초 그것까지 염두에 둘 상황이 아니었다. 그건 누구나 인정하는 바다."

"그만큼 앞날을 보는 눈이 부족하고 근시안이었다는 얘기 아닌가."

"그런 말은 나중에 누구나 할 수 있다. 그거야말로 무책임한 결과론이다."

첫날 하루 종일 입씨름을 벌였지만 두 사람의 대립은 팽팽했다. 그 다음 날도 지루하면서도 언제 터질지 모르는 팽팽한 공방이 계속되었다.

"이 거대한 화살은 어디를 향해 날아가는가."

"물론 신의 영광과 왕국의 미래를 향해 날아간다."

"그런데 그게 지금 우리 모두의 심장을 향해 날아오고 있다."

"그렇게 사태를 과장하지 마라. 우리의 과녁은 결코 잘못되지 않았다."

"진리로 가는 데는 어떠한 편법이나 지름길도 있을 수가 없다."

"현실은 그렇지 않다. 때로는 편법이나 지름길도 필요하다."

"과녁이 틀렸다면 빠른 화살이 대체 무슨 소용인가."

"처음부터 정해진 과녁은 없다. 그때그때 힘을 모아 찾을 뿐이다."

"자고로 독화살을 맞은 사람은 우선 살려 놓고 봐야 한다고 했다."

"그게 독인지 꿀인지는 두고 보면 자연히 알게 될 것이다"

"누가 뭐라 해도 최선의 목표는 물질보다 정신이어야 한다"

"우리도 최선이 무엇인지 잘 알지만 언제나 차선의 길을 찾아왔다."

"잘 알면서 어째서 최선을 버리고 차선을 택했는가."

"최선만 좇다가 실패하는 것보다는, 차선이라도 성공하는 게 더 중요하다."

"이렇게 안으로 곪아서 썩어들어가는데도 성공이 그렇게 중요한가."

"지금은 우리가 단결을 할 때다. 우리가 분열하면 누가 좋아하는지 아는가."

"단결을 하기 위해서라도 썩은 살은 과감히 도려내야 한다."

"누가 썩은 살이란 말인가."

"누가 분열을 부추긴다는 말인가."

대결은 점차 극에 달했다. 그리고 양측 모두 지나친 감정 대립으로 말미암아 급기야 일어나서는 안 될 충돌이 일어나고 말았다. 먼저 조형물 우측에 있던 사람들이 흥분을 참지 못하고 행패를 부리기 시작했다.

"용기 있는 자들이여, 주저하지 말고 모두 일어나라! 그래서 왕국을 분열시키려는 저 불순한 무리들로부터 우리 왕국을 수호하자!"

그러자 좌측에 있던 사람들도 들고일어나는 바람에 싸움이 점차 커졌다.

"양심 있는 자들이여, 침묵하지 말고 모두 일어서자! 그래서 이번 기회에 왕국을 좀먹고 파멸로 이끄는 썩은 무리들을 도려내자!"

양측의 싸움은 걷잡을 수 없이 확산되어 며칠간이나 계속됐다. 군대가 대거 출동해서 겨우 진정시켰지만, 사망자가 숱하게 발생하는 등 많은 피해를 냈다. 그 후유증이 너무 커서 하마터면 왕국이 망할 뻔했을 정도였다.

싸움이 끝난 뒤 불행한 사태를 초래한 책임을 지고 국사와 대사제자 백성들이 보는 앞에서 참수되었다. 마하라자는 충격을 받아서 시름시름 앓다가 죽었다. 뒤를 이어 새로운 마하라자가 된 왕자는 노인과 대사제의 죽음을 계기로 그동안 왕국을 좀먹어 온 무리들을 대대적으로 물갈이한 뒤, 왕국의 틀과 방향을 새롭게 정비하고 다져 나갔다.

특히 교육 문제에 심혈을 기울였다. 그는 노인이 자신에게 했던 것과 같은 방식으로 아이들을 치유하면서 정신질환이 심각하게 번져 가던 사태를 원만하게 해결하였고, 재주만을 강조하던 잘못된 교육 방식을 크게 바꿔서, 누구나 인정받고 사랑받는 신의 아이들로 만드는 데 성공하였다.

또한 이 사건을 후대에 길이 교훈으로 남기기 위해서, 싸움 와중에 거대한 화살 모양의 조형물 가운데가 크게 휘어진 것을 원상 복구하지 않고 그대로 보존하도록 하였다. 그리고 표면에는 다음과 같은 경구를 깊이 새겨 넣었다.

'진정한 화살은 보이지 않는 과녁을 향해 날아간다!'

　　　　　* 　* 　*

　여기가 어딘가?

　온몸을 파고드는 싸늘한 기운에 잠이 퍼뜩 깨었다. 비몽사몽간에 잠시 어리둥절하다가 정신을 차리고 벌떡 일어나 주위를 둘러보니, 시간이 꽤나 흐른 듯 밤이 벌써 이슥하였다. 태초의 영기가 어려 있는 듯한 함피 계곡은 짙은 어둠과 침묵 속에 잠겨 있고, 달빛만 사방 교교하게 빛나고 있었다.

　아아!

　갑자기 무섬증이 와락 밀려들면서, 가슴이 터질 듯 벌렁거리고 머리칼이 온통 곤두섰다. 무얼 어찌해야 할지 도무지 갈피를 잡을 수가 없었다. 우선 이곳을 벗어나는 게 급선무였다. 공포감으로 몸이 굳어서 제대로 말을 듣지 않았지만, 억지로 팔다리를 놀렸다. 맹수에 쫓기듯 정신없이 걸어서 계곡을 빠져나와 강가에 다다르니, 다행히 광주리배가 하나 기다리고 있었다.

　가까스로 마을로 돌아와 숙소를 정하고 잠을 청하는데, 도저히 잠은 오지 않고 놀란 가슴만 계속 벌렁거렸다. 그리고 조금 전에 꾸었던 꿈이 마치 눈앞에서 펼쳐지듯 생생하게 떠올랐다. 과연 실제 역사 속의 함피 왕국은 언제 어떻게 존재하다 사라졌을까? 왠지 실제 역사 속에서도 꼭 그랬을 것만 같은 생각이 들었다. 그리고 스스로를 닭이라고 착각한 왕자가 꼭 아들 녀석같이 느껴졌다.

　거의 뜬눈으로 밤을 지새우다시피 하고, 다음날 아침 일어나려 하니 온몸이 떨리고 다리가 후들거렸다. 지독한 몸살감기였다. 하루 종일 꼼짝도 못하고 자리에 누워서 고열에 시달리며 비몽사몽간을 헤맸다. 아들 녀석이 왕자가 됐다가 황금 수탉이 됐다가 하는 꿈과, 늙은 힌두 사두가 미친 노인네가 됐다가 대사제가 됐다가 하는 꿈이 끊임없이 뒤엉켜서 되풀이되고, 그런 와중에 화살이 심장을 향해 간단없이 쏟아지는 등 혼란스럽기 그지없었다.

그 다음 날에야 가까스로 몸을 추스린 뒤 뱅갈로르행 버스에 몸을 싣자, 비로소 수수께끼 같은 미로에서 풀려난 듯한 기분이었다.

드디어 함피를 떠난다!

하지만 막상 함피를 떠나려 하니 알 수 없는 아쉬움이 크게 밀려왔다. 마치 오랫동안 통치하던 거대한 왕국을 하루아침에 몽땅 잃어버리고 정처 없이 유랑길을 떠나는 듯한 심정이었다. 꿈속의 왕국은 어디로 사라졌을까? 그리고 늙은 힌두 사두는 어디로 갔을까? 아쉬움과 함께 부러진 화살이 계속 버스를 따라왔다.

'진정한 화살은 내면을 향해 날아간다⋯⋯.'

로칼 버스로 장장 열 시간이나 털털거리는 도로를 달려서, 몸이 파김치가 되어 뱅갈로르에 도착하니 바쁜 일정들이 줄줄이 기다리고 있었다. 겨우 2, 3일 늦었을 뿐인데도 회사에서는 난리가 났다. 이럴 때는 걸핏하면 연착하거나 빼먹기 일쑤인 차편 핑계를 대는 게 제일이었다. 어차피 늑장을 부리는 공무원들을 상대로 일을 며칠 늦게 처리한다 해서 전혀 문제될 게 없는데도 지사장은 콩을 볶듯 닦달을 해댔다.

"도대체 뭄바이에서 바로 오지 않고 어딜 들렀다 온 거요?"

"죄송합니다. 피치 못할 사정이 있었습니다."

"무슨 피치 못할 일이 그리도 많소?"

"나중에 조용히 말씀드리겠습니다. 게다가 갑자기 홍수가 나는 바람에, 차편도 마땅치 않았구요."

"인도 한두 번 다녀 봐요?"

"죄송합니다. 인도를 더 잘 알기 위한 기회였다고 생각해 주십시오."

인도에 진출한 한국 기업체들은 다들 열심히 일하고 있지만, 한국식대로 모든 걸 빨리빨리 해결하려는 것이 문제라면 문제였다. 인도도 중국 못지않게 매사에 느리고 천천히 가는 데 익숙한 나라였다. 하지만 영국 지배를 200년간이나 받고도 자신들의 문화와 전통을 조금도 훼손시키지 않고 고스란히 간직하고 있는 인도인들을 볼 때, 무심한 듯 혹은 태평한 듯한 표정 속에 감추어진 그들의 무서운 저력에 종종 등골이 오싹해지곤 했다.

뱅갈로르는 세계적인 IT 도시다. 우리나라를 비롯한 세계 각국의 유명 대기업 연구소가 거의 다 들어와서 활동하고 있을 정도로 최첨단 컴퓨터 정보 산업이 나날이 번창하고 있다. 그러나 한편에서는 농부들이 옛날과 다름없이 태연하게 소달구지를 끌고 간다. 과거와 현재와 미래가 마구 뒤섞여 있는 셈이다. 얼핏 대단히 모순되고 혼란스러워 보이지만, 진정한 문명의 소통은 이런 환경에서 가능할 것이라는 생각이 들기도 한다. 농부에겐 미안한 말이지만, 소똥과 최첨단 컴퓨터가 함께 자연스럽게 어우러질 때, 문명의 간극은 그만큼 좁아지고 인간화되어 간다고 볼 수도 있지 않을까.

어쩌면 인도니까 이런 모습이 가능한 건지도 몰랐다. 첨단 과학이 이렇게 발달한 시대에도 까마득히 오래전부터 지켜 내려온 자신들의 신앙에 전혀 흔들림이 없고, 남들이 다 부러워하는 고소득 전문직에 번듯이 종사하다가도, 어느 날 갑자기 내부의 알지 못할 어떤 강력한 힘에 이끌려 신성한 진리를 추구한다며 모든 걸 다 팽개치고 걸인이나 다름없는 구도의 길로 들어서는 나라가 인도니까.

번갯불에 콩 구워 먹듯 밀린 일들을 끝내고, 주니어 칼리지에 다니고 있는 아이를 찾아갔다. 아들 녀석은 다행히 잘 지내고 있었다. 대충 그간의 안부를 물은 뒤 짐짓 아무렇지도 않은 어조로 말했다.

"여기 오는 길에 함피에 들러서 왔다."

"네? 정말요?"

녀석은 눈을 크게 치뜨고 반색을 했다.

"그럼, 정말이지 않고."

"바쁘시다더니, 어떻게 시간을 내셨네요."

"만사 제쳐놓고 일부러 들렀다."

"왜요?"

"그럴 만한 이유가 있었지."

녀석은 알 듯 모를 듯한 미소를 짓더니 한 마디 보탰다.

"이번에도 달밤에 체조하고 오셨나요?"

"이넘아, 그건 네 주특기잖아."

아이와 농담을 주고받으며 공범자처럼 함께 키들키들 웃었다.

아들 녀석은 그동안 더욱 건강하고 성숙해진 모습이었다. 해 저물녘에 노을이 곱게 물들고 산들바람이 살랑살랑 불어올 때면, 문득문득 한국에 있는 엄마 아빠가 생각나서, 가끔 노래도 부르고 시도 쓴다면서, 녀석은 멋쩍게 웃었다. 그 말을 하며 눈가에 슬쩍 물기가 어리는 걸 보자니 가슴이 울컥했다.

인도도 우리나라 못지않게 교육열이 뜨겁다. 워낙 땅덩이가 큰 만큼, 자기 나라 안에서 많은 기러기 가족이 생길 정도로 좋은 학교에 대한 관심도 높고, 입시 경쟁도 매우 치열하다. 하지만 우리와 다른 점이 있다. 아이들이 공부하는 과목 수가 그리 많지 않고, 이런저런 다양한 활동을 한다. 밤늦게까지 학원을 도는 일은 물론 없다.

인도에서는 우리의 고2, 고3에 해당하는 11, 12학년이 주니어 칼리지다. 주니어 칼리지에서, 대학 가서 전공할 과목을 미리 공부해서 그걸로 입학시험을 치른다. 그래서 우리처럼 대학 입시를 앞두고 전공을 선택하느라 우왕좌왕하는 일은 있을 수가 없고, 대학에 입학하는 순간 이미 상당한 실력을 갖추고 있다. 이런 우수한 제도가 외부인의 눈에는 그저 부러울 뿐이었다.

아이가 인도로 유학을 떠난다고 하자 시골에 계신 노모가 "쯧쯧쯧, 그 먼 나라까지 어린 걸 어찌 보내려고 그러냐. 우리도 그 나라 맹키로 꼭 그렇게 가르치면 될 거 아니냐. 우리는 왜 그리 못하냐?"고 한탄하며 혀를 차시던 모습이 떠오를 때마다 몹시도 부끄러웠다. 이름 없는 시골 노모의 식견만큼도 따라가지 못하는 우리 교육 정책에 대해 더 이상 무슨 말을 하랴.

어쨌거나 이런저런 일들을 정신없이 처리하고 나니 출장 기간이 홀쩍 다 지났다. 중심가인 MG(마하트마 간디) 로드에 나가 쇼핑을 하거나 맥주 한 잔 할 여유도 없을 정도로 시간이 촉박했다. 공항으로 향하기 직전 잠시 한눈을 파는 사이에 뜻하지 않게 카메라와 여권이 든 가방을 분실할 뻔한 사고를 겪긴 했지만, 무사히 귀국 길에 올랐다. 방콕에서 한참을 기다려서 비행기를 갈아탄 뒤, 눈에 익숙한 한국 신문을 집어 드니, 그동안 까맣게 잊고 있었던 현실들이 코앞으로 바짝 다가왔다.

반가운 마음으로 신문을 펼쳐 들었다. 그리고 한동안 접할 수 없어서 좀 낯설긴 하지만, 자세히 읽어 보면 크게 바뀌지도 않은 그렇고 그런 내용들을 여기저기 훑어보고 있던 중, 한쪽에 실린 기사 제목 하나가 눈에 크게 띄었다.

'석궁 사건 전직 교수 징역 4년 확정'

좁은 창을 통해 밖을 내다보니, 거대한 먹구름 더미 위로 푸른 하늘이 투명하게 빛나고, 무심한 햇살이 눈부시게 지고 있었다. 문득 타고 있는 비행기가 하나의 거대한 화살처럼 느껴졌다.

아아, 지금 우리는 어디를 향해 날아가고 있는가?